國家圖書館藏清人詩文集稿本叢書

第二輯

一

陳紅彦 主編

北京大學出版社
PEKING UNIVERSITY PRESS

國家圖書館藏清人詩文集稿本叢書

主　編　陳紅彦
副主編　謝冬榮　董馥榮

國家古籍整理出版專項經費資助項目

《國家圖書館藏清人詩文集稿本叢書》出版前言

陳紅彥

詩文集，也就是傳統目録學中所稱的「別集」，是個人的文學作品集，記録了作者的經歷、情感和思想，反映出作者所生活的時代和地區的社會面貌、風土民情，對後世的研究者而言，是關於作者本人和當時社會的第一手資料，可以勾勒出豐富真實的歷史畫面。

有清近三百年，學術文化集前代之大成，詩文作品蔚爲大觀。據統計，清人的各類著述有約二十二萬種，其中詩文集逾七萬種，現存四萬餘種。清人編選的本朝詩文總集，有官修《皇清文穎》《皇清文穎續編》、沈德潛《國朝詩別裁集》（又稱《清詩別裁集》）、王昶《胡海詩傳》《胡海文傳》、曾燠《國朝駢體正宗》及張鳴珂《續編》、李祖陶《國朝文録》及《續編》、沈粹芬《國朝文匯》等等，這些詩文總集涵蓋年代不同，編選宗旨相異，各有千秋。

近代以來，清人詩文集主要作爲大型叢書（如《四庫全書存目叢書》《續修四庫全書》等）中集部的一部分整理出版。近年上海古籍出版社出版的《清代詩文集彙編》是首部清代斷代詩文總集，但以收録刻本爲主，仍有大量珍貴的稿鈔本分藏各地，未見整理。這些材料如果能夠得到充分地發掘和利用，將爲清史研究開闢新的天地。

有鑒於此，我們整理了國家圖書館收藏的稿鈔本清人詩文集，選取近百種二百餘册，分輯出版。每輯内以作者的生卒年代爲序（生卒年不詳者，以大致活動時期爲序排在最末）；每種附以簡略的解題；如有夾條、貼簽等，局部放大附於原頁之後。我們相信，詩文集等基礎資料的整理出版具有深遠的學術價值和文獻意義，可以給學術研究帶來便利，豐富我們對清代社會歷史、思想文化等各領域的認識，也有助於珍稀文獻的保護和利用。

目録

夢鶴軒楳澥詩鈔續編

繆公恩撰。稿本。八册。

繆公恩(一七五六—一八四一),原名公儼,字立莊,號楳澥,又號蘭皋,瀋陽人,漢軍正白旗人。能詩,工書畫,尤擅寫蘭。

繆公恩頗有才名,然屢試不第,年五十考取盛京禮部八旗右翼官學助教,此後長期任此職。任職期間獎掖後進,愛惜人才,备受敬重。著有《夢鶴軒楳澥詩鈔》正續編二十四卷詩餘一卷、《楳澥雜著》一卷、《題蘭稿》一卷附録一卷。書齋名「夢鶴軒」。《奉天通誌》(民國二十三年鉛印本)有傳。其生平事跡亦見於其曾孫繆潤紱《夢鶴軒楳澥詩鈔跋》及朝鮮使臣朴來謙《沈槎日記》等。

此繆氏稿本共八册,書衣分題「楳澥詩鈔續編」「第七册」至「十四册」、「嘉慶」或「道光」字様及該册詩歌創作時間等。稿本有墨筆删改痕跡,有魏燮均(芷庭)、多隆阿(雯溪)等人雙色浮簽墨筆眉批,眉批角度多樣,内容豐富。

此稿本所存内容爲繆公恩於嘉慶十八年(一八一三)至道光八年(一八二八)間所作詩一千八百餘首。繆詩多寄情山水,描寫山林之趣與田園風光,對於東北地區的風物有所反應。繆公恩擅畫蘭,其題畫詩以題蘭花圖爲主,「每作一花,輒題一詩,畫既以書法行之,詩猶得蘭之趣。」另有一定數量的論詩詩,從中可以略見其文藝主張。青年時與洪亮吉成爲摯友,時有詩歌往還,此外集中也有大量思親懷友之作。繆公恩之詩「不以鎚幽鑿險爲能，襟懷高淡，天籟自鳴，語語真摯，至情流露」（袁金鎧《夢鶴軒楳澥詩鈔序》）。續編作於繆氏五十五歲之後，詩作中也可見自傷老邁的情緒。

繆公恩年少時隨父遊宦江南。其詩中時常流露對這段經歷的緬懷之意，如《懷舊》五十首等，詩後多附小記文字對江南一帶的風物人情、所見景色及昔年經歷等加以説明，亦感情真摯，饒有趣味。

《遼海叢書》本《夢鶴軒楳澥詩鈔》存詩六百餘首，共四卷，遼寧大學圖書館藏《夢鶴軒楳澥詩鈔》鈔本之五、六卷則收於《遼海叢書續編》之中。繆公恩詩散佚嚴重，「至嘉慶癸酉迄道光戊子，併丁酉、戊戌先後十八年之作胥付闕如矣」（繆潤紱《夢鶴軒楳澥詩鈔跋》），此稿本所存詩作可以大量填補此段空白，與正編對照參看，能夠看到繆公恩詩歌創作的較爲完整的面貌。

繆公恩是嘉、道年間東北地區著名的詩人，「一時名士，若錦縣金鑾坡、鐵嶺尚鐵峰、遼陽王義門、吉林沈香餘咸奉爲騷壇牛耳」（繆潤紱《夢鶴軒楳澥詩鈔跋》）。魏燮均在《呈繆梅澥先生》中稱其「獨佔騷壇六十年」（《九梅存詩集》）。符壽潛亦盛讚稱「留都多少能吟客，總讓公才一著先」（《夢鶴軒楳澥詩鈔題詞》）。

繆氏素與金朝覲（鑾坡）、沈承瑞（香餘）、魏燮均、多隆阿等交好，作爲東北文士交遊網絡的核心人物，從其集中可以看到嘉、道年間東北文士的交往情況與文化活動。繆公恩還多次參與接待陪同朝鮮使團，與朝鮮使臣李魯榮（學山）、金善臣（清山）、李相璜（桐漁）、趙萬永（石崖）、朴來謙（晚悟）等人交好，「函牘往還，時相贈答」，寫下了大量酬唱詩篇。朝鮮貢使「道瀋陽，有不識繆蘭皋先生者，至引爲闕憾」（繆潤紱《夢鶴軒楳澥詩鈔跋》）。因而是集亦可作爲研究清朝與朝鮮文化交流歷史的重要參考。

（賈雪迪）

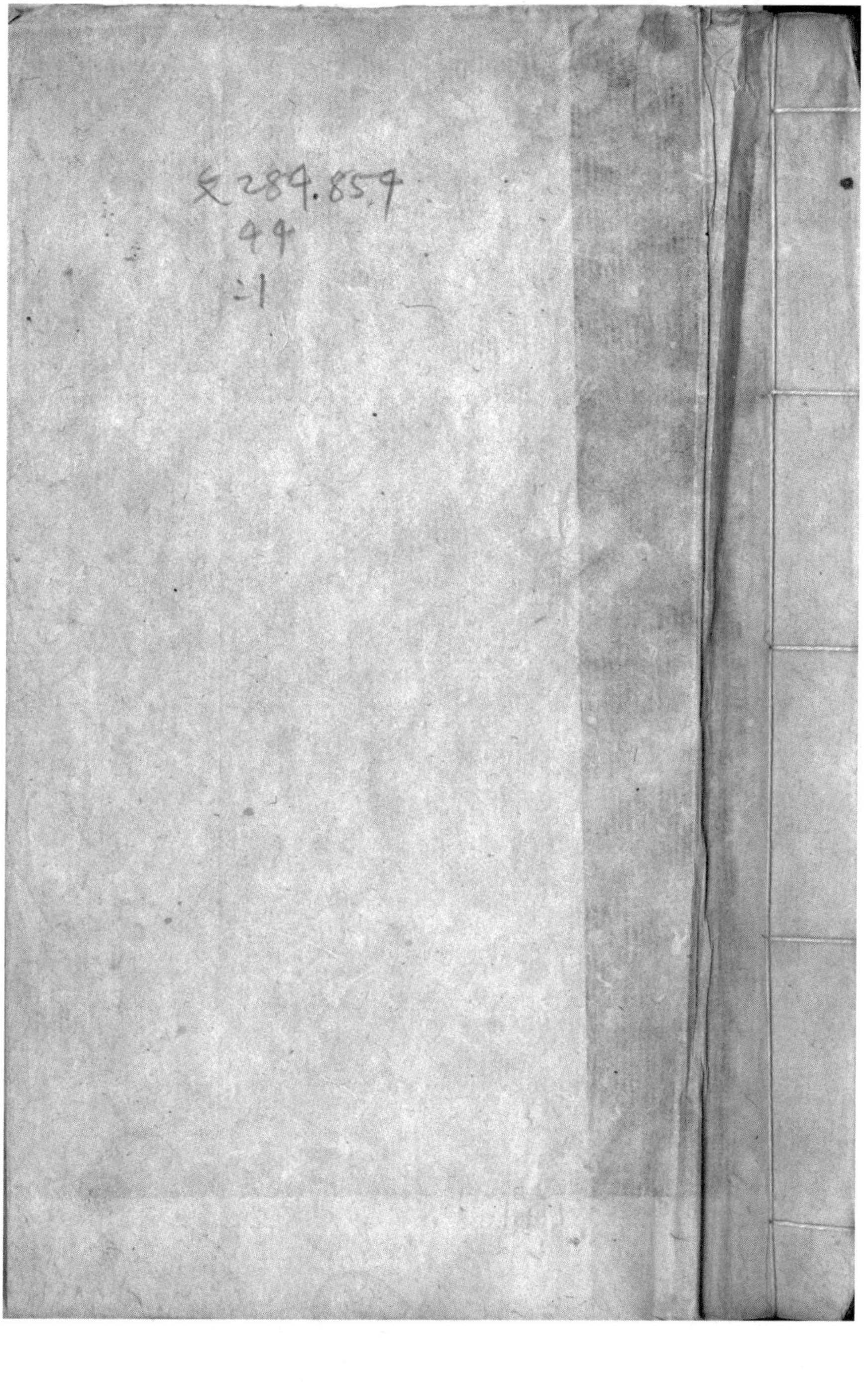
文284.854
44
:1

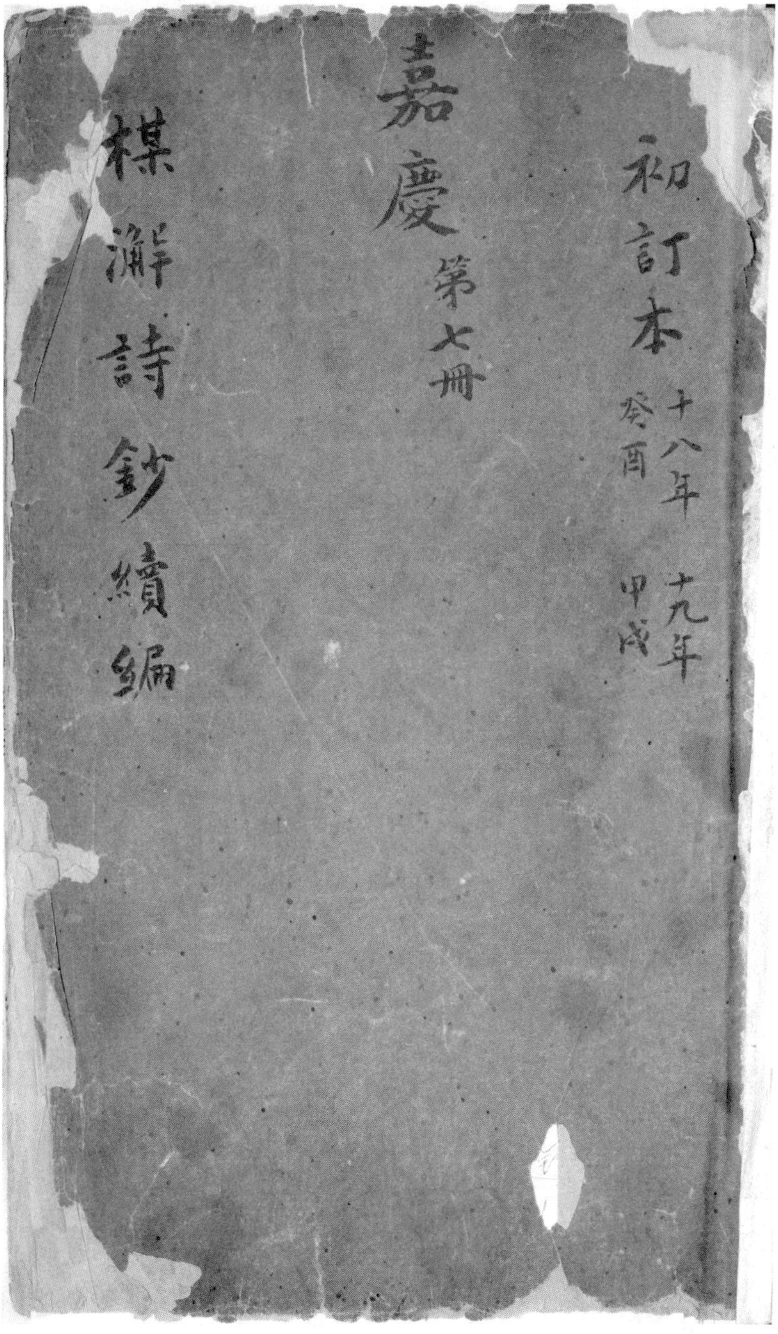
初訂本 十八年 癸酉 十九年 甲戌

嘉慶第七册

楳澥詩鈔續編

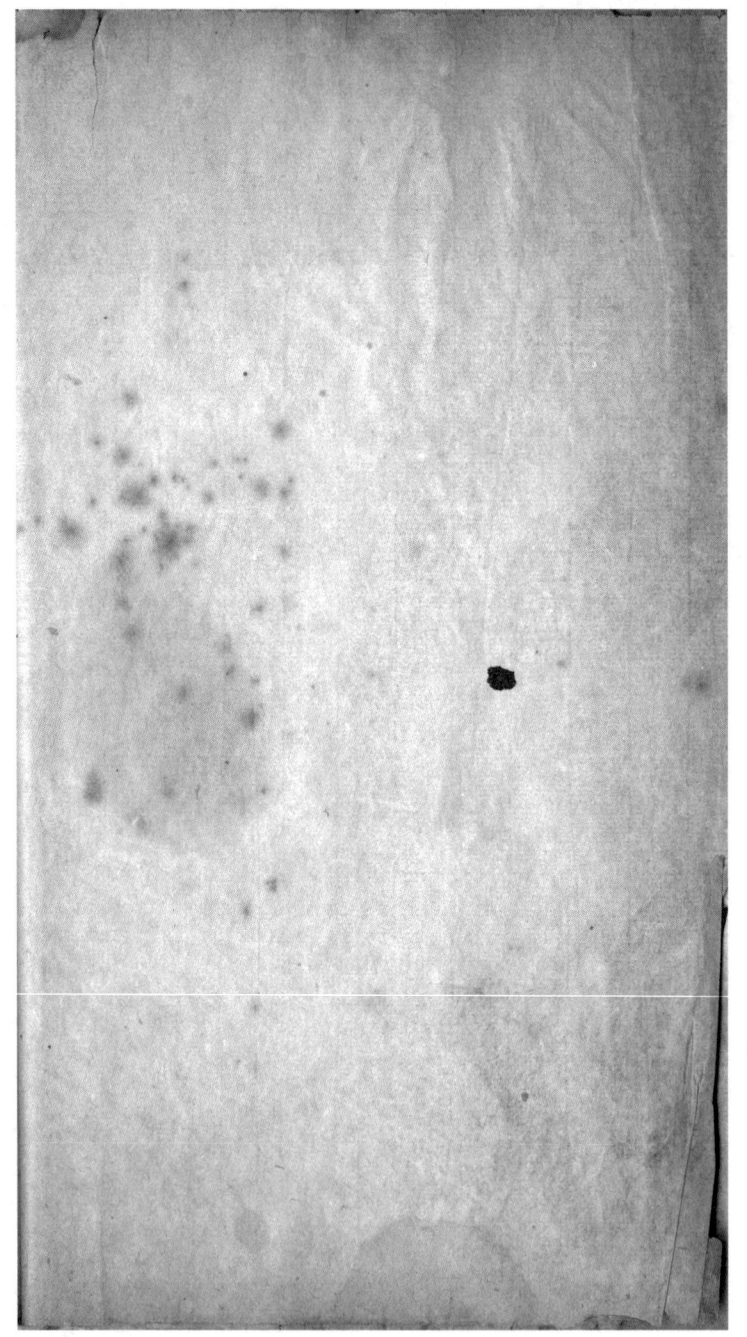

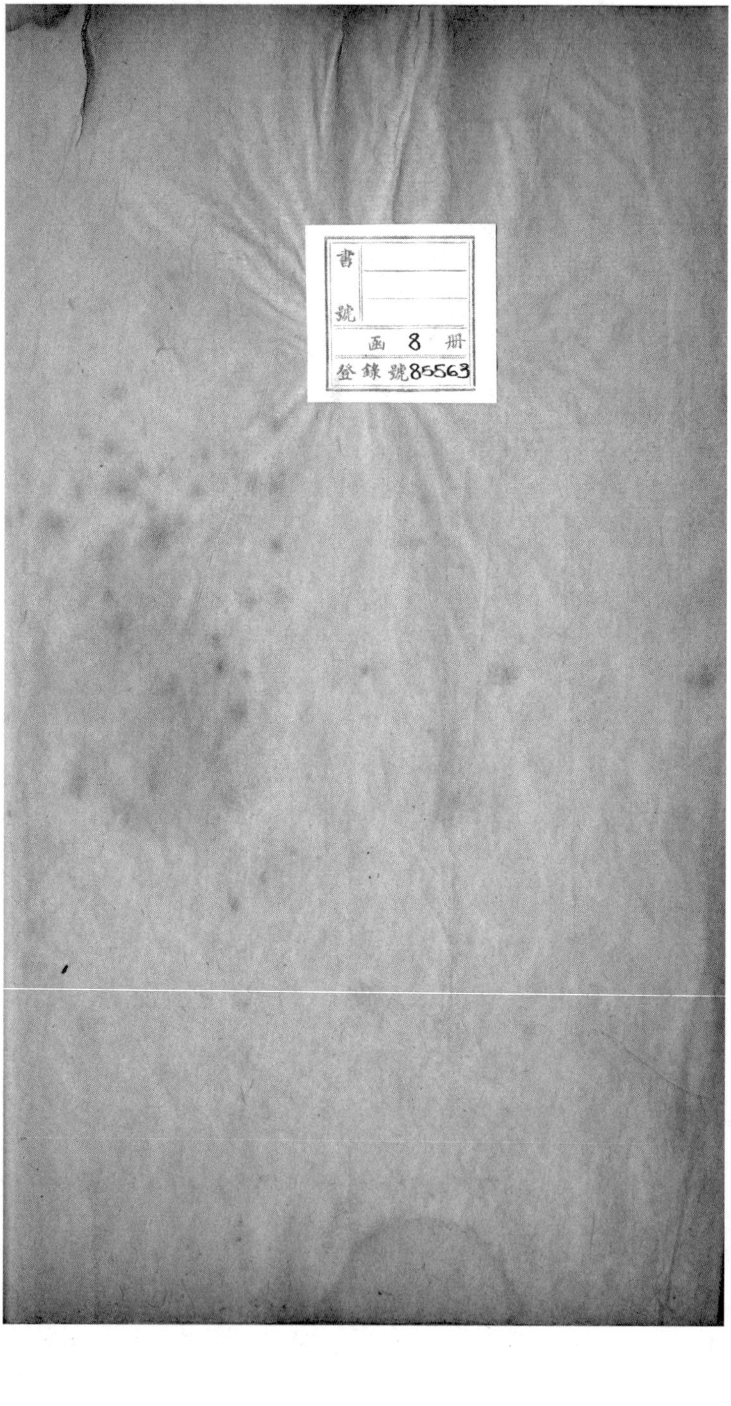
書號
函 8 冊
登錄號85563

夢鶴軒楳澥詩鈔續編編年詩總目

第一卷
古今體詩共一百九十二首十八年至十九年癸酉至甲戌

第二卷
古今體詩共二百一十六首二十年至二十一年乙亥至丙子

第三卷
古今體詩共二百二十七首二十二年至廿三年丁丑至戊寅

第四卷

古今體詩共二百五十九首廿四年己卯至廿五年庚辰

詩共八百九十四首

夢鶴軒楳澥詩鈔續編目録 癸酉至甲戌

第一卷

夢衡軒杕澗詩鈔續編目錄

學衛軒校滿詩鈔續編目錄

五

九生一生大自

夢鶴軒楳澥詩鈔續編卷一 癸酉至甲戌

遼東瀋陽繆公恩立莊

漫吟二首

較短爭長笑少年比來積漸學全天任教雷電兼風雪

息却機心揔淡然

酒國詩城習未除明窗伴我數行書閑關不問人間世

一枕華胥識太初

周瑞庭自淮揚歸因與話舊二首

買來淮棹名舟壓波輕行盡山程又水程百里湍流雙槳

夢鶴軒楳澥詩鈔續編卷一

急五更殘月半輪明湖澄遠澈連天影竹暗孤村度犬
聲此日對君懷往事不堪重憶舊時情

倦羽飛還十七春幾回惆悵昔遊塵荒祠夢雨迎神女
極浦秋波送遠人碧柳烟深城似畫玉簫聲咽月如銀
輸君跨鶴纏腰去愧我吟詩句未新

元宵作

春酒催人逸興奢琉璃世界碧無瑕光飛雲漢燈千樹
冷射樓臺月萬家莫可推移惟節物不容假借是年華
當時竹馬今鳩杖羡煞兒童笑語譁

漫書四首

彈指聲中近六旬勞生孤負幾青春乾坤一隙堪容我
詩酒多情可憩神已是雲霄成梦寐未能泉石遠風塵
呼牛呼馬尋常事白眼何須看世人

幾向雲山歴坎軻比來逢華竟如何清樽興減朱顏少
明鏡春餘白髪多凡眼不須看氣燄道心久欲習冲和
晴窗正好敲新句休爲流光歎逝波

莫容芥蔕在心田隨分吟哦是舊縁未得酒尋千日醉
不妨梦學五旬眠荒唐有客能談鬼侘傺何人欲問天

夢鶴軒楳澥詩抄續編卷一　二

向我東風成獨笑和光暖氣共欣然

舊日經過逈隔塵當前杖履莫辭頻已拚林壑終朝住
不悞鶯花一歲春天地自寬人事窄去來皆幻現時真
如今休使勞生縛努力偷閒葆谷神

計沈秀嵐應以公車西來二首

松花江水綠縈洄不信雙魚去不回日向黃昏看北斗
東風應是送君來余寄信未覆

羽毛豐滿氣冲和看子圖南九萬多一事最勞人悵惘
玉關消息近如何

寄金鑾坡二首

夢鶴驪謌月滿天東風彈指又三年趨庭自足彝倫樂折簡何踈翰墨緣我尚推敲能似昔身惟步履不如前聞君卷軸盈蘭室（鑾坡書室以余所寫蘭滿張四壁）知向船山受秘傳（鑾坡房師為張問陶先生）

應是懷思我若何寄君數語自摩挲素心結契新知少白髮盈頭去日多　老母康寧臻耄耋稚孫齠齔解吟哦性原迂拙闇曹好課畢歸來養太和

寄尚鐵峰四首

藏雲沉醉近中秋刪訂勞君日倚樓此意令人忘不得
却慚筆墨未能酬鐵峰刪訂拙草未能拈韻致謝

欲學東風擇木禽古今絕調少知音有人按劍看珠玉
難向凡流結素心鐵峰屬余覓館穀未得其所

三斗從來月俸微穆生醴酒近時稀皐比莫設春風座
好待秋風着錦衣

雪消風暖好春光我是詩狂亦酒狂之子不來情緒懶
自攜筇杖繞廻廊

寄遐亭妹丈二首

原知王母是神仙不下瑤臺近幾年若到人間看裝束
也應寶勝換花鈿
樓上誰家婑媠娘朱顔皓齒豔生光花前欲向東風舞
羅袖從人酌短長

春夜對月

輕寒入夜薄春衣銀箭迢迢露水稀庭柳低垂深院靜
碧天無際素蟾飛

初春漫成

東風已到舊衡茅燕子新來未覓巢酒酌晴窗惟獨醉

詩吟春句共誰敲峭寒尚復垂檐箸輕暖才經上柳梢
空度年華成底事累然自笑一懸匏

有懷諸友因撿舊時詩藁感吟二絶

素壁青燈夜午時懷人惟撿舊存詩却憐掩卷空惆悵
梦裏諸君知未知

願將清夢托春風到處相尋話别悰爲恨凌虛飛不去
山雲嶺樹碧重重

覽鏡

晴和日日减輕寒蠡殼窗明倚鏡看頭白豈因吟句苦

丙子归
方丑丙子归故山改溯自

高桂平庸弱體獨
居蕃葦性過人也

目昏每覺作書難柳枝欲嫋風初暖池水才流雪乍殘懶慣休教負春色等閒高卧學加飡

自吟述略

高樹日遲遲虛堂思悄悄東風春復春晨光曉復曉四時常代謝五行互顛倒寂坐溯平生耿耿傷懷抱溯自丙子歸身始在襁褓迨至八九齡遭家方不造總髮十三時從宦辭豐鎬十六始讀書頗知愛文藻丁酉返遼東暑雨沖泥潦墨突不得黔復上長安道纔此三上書功名竟草草恒岱勢嵯峨江河流浩渺人文覩列仙宮

闕瞻深窈氣象宕心胸志念踈梁稻篇章貴揣摩典籍
勞忝考顧養羽毛豐欲使飛騰早時數忽弄人　祖妣
歸瑤島自此多轗軻致使空尋討還我舊林坵棄我當
年稿悵悵無所營牖下期終老誰知造化兒偏能弄機
巧無心翻有成伎倆一何狡得失不由人休誇好指爪
傷哉命不辰罔極悲有昊哀風天上來颯颯吹松楸惟
毋壽且康猶能繡文繅敍水足晨昏寒暑調涼燠有婦
能將順幽嫺亦窈窕淹忽斷氷絃所繼亦折夭嘒嘒存
小星差堪備洒掃兩子有薄祿諸孫皆壯佼羣季幼未

學罔知辨蘭鮑薰陶愧化機中心愁焉擣吁嗟年五十註官頭已皓學殖久荒蕪訓廸慚師保人言師道尊余嘆古風杳開奩對明鏡空憶朱顏貌壯心久作灰不復矜奇矯意志契林泉嘔吟寄花鳥遣此春與秋勿使愁腸繞

獨立二首

落照鴉聲亂春空鴈影孤倚闌誰共語獨自立庭除

薄暮東風定高天素月明清光千里共無限故人情

春感兼懷公偉弟

流自賞

獨倚庭軒感化工寒暄消長遞無窮輕陰欲釀催花雨
和氣潛扇解凍風萬里音書魂梦遠半生志願水雲空
等閒莫漫傷懷抱垂白今知造物公

春郊

朦朧野樹碧烟輕連日春陰不放晴燧火欲更寒食近
紛紛細雨釀清明

萬泉河上

萬泉河上春日晴萬泉河裏春泉生日光射泉如繁星
殘冰相間玻瓈明東風不動河邊樹千條碧瓦凝烟霧

諸字錯来

清波倒影浸人家迢迢我憶江南路平江百里浩淪漣
雲帆彩幟平底船高閣遠遮橋外柳衡門多倚水中天
緩帶輕衫貴公子其時丰采方少年自許浮槎上天漢
拍肩挹袂諸神仙一霎風塵歸故里半夜吳謌魂夢裡
桂楫蘭橈竟何許空對門前一溪水水上凌虛梵宇開
沿流拔地起層臺殿影不隨碧波去鈴聲時共天風來
金匾寂寂雲關靜白石濤濤苔砌淨我時曳杖獨逍遥
臨溪默坐如禪定楚水吳山溯昔遊何時重泛木蘭舟
娃宮香徑不相見胥江楊柳空千秋即今已分青門老

當年過眼雲烟藐君不見倦羽歸來天外鳥祇向溪邊
啄凍草

送人

落日春原指去程雪消驛路緑塵輕歸途到處東風暖
陌上花開緩緩行

即事四首

蕭齋虛寂對牙籤鎮日耽吟掩畫簾詩草爲嫌輕費紙
每裁簡尾貯彫奩

紙窗明淨絶塵埃香篆烟縈不冷灰飲酒恐教常近醉

山童先約瀹茶杯
敲得新詩調未和平橋携杖自吟哦天光雲影看來往
底事輕風縐緑波
春池乍浴端溪潤漆几新裁玉板光興到寫蘭三四本
素毫飛舞墨花香

晚坐有懷

開簾對晚晴斜照入窗明風定瀲波静烟生碧瓦輕暮
鴉投遠樹春角動高城我羡還喬鳥相呼得友聲

夜坐有懷

深院暮冥冥踈鐘到戶庭烟光迷夜氣樹影亂春星遣興調清笛懷人倚畫屏遠書誰可寄鳴鴈不稍停

王義門遷居以詩索賀

恰於城市得幽居軒豁檐楹半畝餘布地新生三徑草隨身舊富五車書望衡虛憶過從便撤帳休教唱答踈（往義門居在鄰近往還酬答頗親迨設帳城北相去既遠酬答亦踈）暫此一枝棲鳳翮木天應待駐穹廬

春雨

春雲飛不起懶欲墮高臺漠漠輕陰合紛紛細雨來綠

六國尚是騆
の鸞凰是鶴

池冰盡釋黄甲柳全開一片絪緼氣涵濡育衆材

竹町義門號也詩索同人致賀又成短古即用元倡韻

吾聞東溟之外有蓬萊又聞崑崙之上開瑶臺吾友王君竹町宿世鸞鶴侶即今珊珊玉骨具有神仙材近得精廬僻處在城市無乃移將武夷之幔塵寰來我笑竹町芳春不見璚林琪樹萬花發却教玉笛羯鼓急响勞相催

春夜

茅亭寂静短窗開夜氣冲融暖乍回明月不隨流水去

疎鐘忽共好風來已於清妙生天趣豈復虛靈惹俗埃
倚榻微吟成獨笑臨池攜杖幾徘徊

春望

爲尋芳草出郊坰小住招提望杳冥潭水浮空春浪碧
麥苗連陌野田青溪山閱世成今古花鳥宜人啓性靈
一片天機誰共解吟餘默默聽檐鈴

望並下夜作筆飄灑真是落手　岳

夜作

微雨才收暮靄生東風細細碧雲輕池光浸幙春寒薄
樹影搖窗夜月明塵事不來侵念慮新詩正好養心情

[illegible]典雅

緑甌飲罷清神王獨自攜藤繞砌行

河上

浩浩長河汩地流岸花堤樹對芳洲緑楊嫩甲因風折
紅葯新芽待雨抽我愛青山留半日誰沿春水放孤舟
心無機事天懷淡倚坐橋欄狎野鷗

春興二首

[illegible][illegible]桃[illegible][illegible]閒[illegible]林如許東風催汝開亦能零落汝
吾謂庭前桃東風莫太狂東風能幾日憔悴又秋霜

庭前擬易堤邊東風擬易春歸可否

閒吟

庭前擬易堦邊東風擬易春歸可否

新典雅

緑甌飲罷清神王獨自携藤繞砌行

河上

浩浩長河汨地流岸花堤樹對芳洲緑楊嫩甲因風拆
紅葯新芽待雨抽我愛青山留半日誰沿春水放孤舟
心無機事天懷淡倚坐橋欄狎野鷗

春興二首

丁寧桃李花爛熳休如許東風催汝開亦能零落汝
寄語庭前柳東風莫太狂東風能幾日憔悴又秋霜

閒吟

夢臞軒校涇詩鈔卷一　七

暫此疎塵事終朝且閉關日晴雲葉暖風靜柳花閒捲

幔歸雙燕憑闌看遠山若能常得爾何必出人寰

憶舊四首往在江浦未能一至金陵頃友人問往事因答以此

二疑似誦之蓋類聲

、隔江烟樹望糢糊虎踞龍蟠識舊都我有相思勞遠夢

清風吹過莫愁湖

、丁字慊櫳亞字欄玉樓人起怯春寒雪衣爲報梅花發

蠡殼窗開鎮日看

、長槗白板駕清溪溪上垂楊緑未齊桃葉桃根過江去

渡頭流水自東西

舊院繁華剩幾多六朝金粉久銷磨最憐前輩風流地
渺渺空江喚奈何

齋中漫吟

一片清光暖氣涵松關蘿壁鎖茅庵緑楊葉密藏鶯穩
紅葯香深睡蝶酣筋力漸衰諸妄息吟哦未廢此情耽
讀書今悔青年誤每爲開奩愧蠹蟫

遣懷四首

幾日不吟詩詩情便爾逆幾日不飲酒酒腸便爾窄詩
酒非亟物疎之即扞格君子愼典型寧堪容闇隔

吟詩不求工飲酒不求醉吟詩聊寄興飲酒在適意詩酒謀朝夕無乃多廢墜區區飲與吟原非君子志丈夫在天地原爲萬物雄天地或不及代者惟人工不希古聖賢當企世嶽崧無如坐數奇咄咄惟書空所遇既不偶自分甘儜伶脂韋從其權圭角守其經青青苔上階艷艷花滿庭惟茲吟與飲聊以淑性靈

偶興

漠漠流雲緩欲停綠陰覆牖暮冥冥簾垂細雨花如醉徑入驚風柳乍醒萬物有情叅造化寸心無競養虛靈

官同吏隱堪容拙漫側諸郎擬列星

即事

心鏡誰教物欲蒙却看微類具靈通蟻營高壘先知雨鵲結低巢早避風迂拙任從人眼白埋藏莫遣劍光紅自安樗櫟無材久深爲全天荷化工

讀杜詩集

詩卷留天地生涯足轗軻晴空飛霹靂平陸走江河稷契功名薄干戈涕淚多草堂靈氣在浩浩湧滄波

夏晝

夢鶴軒楳澥詩鈔　卷一　十二

捲簾斷續曉雲輕喜得南熏作夜晴三徑烟深芳草暗
小池水漲板橋平幽禽下砌人心靜密樹垂檐暑氣清
高卧北窗揩短榻天懷淡處是詩情

雙峰寺四首

徑曲縈紆嵐光落縹緲白雲嶺上歸頓失來時道
行入翠微間身在虛空裏坐卧澗邊石心似潭中水
巖樹晝陰森影照衣裳綠忽聞清磬聲松巔見佛屋
空谷無人聲何處尋仙侶策杖倚雲關古殿風鈴語

首音苦蒼老詩中有畫
其詩不啻親睹其境也
芷庭

晚步河上兼憶李松峰

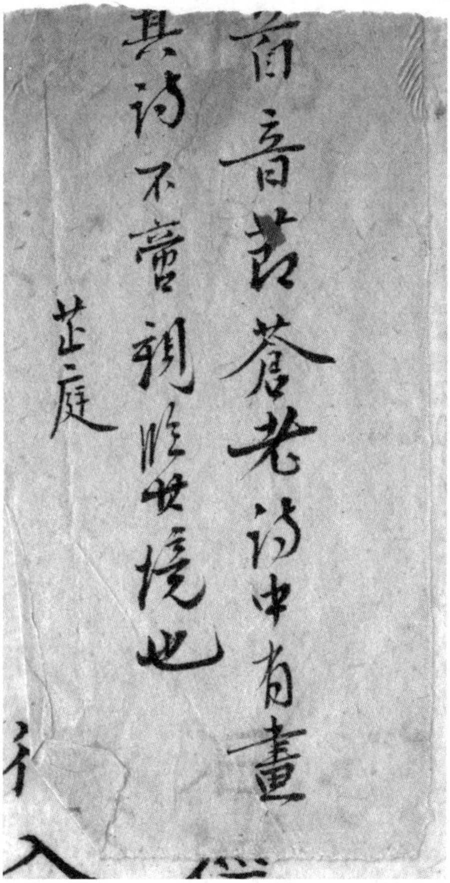
首首皆蒼老詩中有畫
其詩不啻親睹世境也
芷庭

捲簾斷續曉雲輕喜得南熏作夜晴三徑烟深芳草暗
小池水漲板橋平幽禽下砌人心靜密樹垂檐暑氣清
高卧北窗搘短榻天懷淡處是詩情

雙峰寺四首

石徑曲縈紆嵐光落縹緲白雲嶺上歸頓失來時道
行入翠微間身在虛空裏坐卧澗邊石心似潭中水
巖樹晝陰森影照衣裳緑忽聞清磬聲松巔見佛屋
空谷無人聲何處尋仙侶策杖倚雲關古殿風鈴語

晚步河上兼憶李松峰

輕風雨後絕塵埃河上逍遥曳杖來青嶂影從天外落
丹霞光向水中開幽情自與泉聲契詩興非因暮色催
爲憶故人東畔住幾經酬倡夜深回

炎暑

炎暑流空日馭廻招涼徒遣四窗開雲排列岫當軒立
風擁狂塵捲地來未得融冰沉玉李已看萎草掩蒼苔
礮車指顧成霖雨遥聽豐隆陣鼓催

初秋夜坐

露華初欲重炎暑未全收大火低殘夜清飈引素秋樹

迷雲葉暗水浸月波流枉憶當年事無人共倚樓

即事偶吟

爽氣流空撲畫堂庭花砌草散幽香吟餘掩卷虛幃靜
落葉風多白晝涼

調慈西橋孝廉

桂子香深菊有華小星初傍月鈎斜只移堂北宜男草
莫羨人間異品花原唱有又折人間俗品花之句
不許同人近絳紗畫眉恐是筆橫斜阿侯明歲開湯餅
輸與人間俗品花

慰秀嵐下第

智也難求赤水珠西風歸路月模糊玉關探得平安信
勝絶紅牋報捷符

書憶江寧絶句寄酉山辭近柔膩因題二絶於後

見意

飜落䗘花筆硯香豪情滿紙半柔腸銷鎔鐵石成中曲
吟美風流托下場

肝胆何須説向人美人芳草性情真也知鳴舞無能事
仙鶴羣中漫側身

友人索寫蘭法答以短章

寫蘭無他奇佳處在筆致如生沾滯心便使精神累筆致夫如何胸中具靈氣筆急如風行筆緩如絲繫剛則揷刀劍柔則效娬媚芭葉相逢迎花榦辨同異蕭蕭無俗情勃勃有生意心手互呼應興趣相聯繹染翰二十年未能臻善地壯夫愧雕蟲況茲尤末技何勞致縑素津津許能事

梦同秀嵐觀畫

左為山林泉石有室積書帙室前二人乘馬腰

弓矢稍遠一人乘石云是秀嵐小照索余題余
云與君期不朽同作畫中人醒補上二句
案積書充棟腰懸矢破輪與君期不朽同作畫中人
長至
福陵恭襄祀典二首
丹梯拾級躡雲根嵐靄飛空曉色昏星斗清光低
寶殿松杉寒翠鎖
朱閣又回造化陽和氣久沐
君師教養恩飲

福遞頒鸞鶴侶
餕餘亦得及皃奔
衣冠香靄尚縈迴人在層霄頂上來手挽藤梢摩翠壁
身騰木末下
丹臺五文添線陽初復六出花飛暖欲回歸路瓊瑤鋪
大地此身端未染塵埃

示人

本原堪破死生明肯逐鴻毛落地輕倚馬無才操露布
冲冠有氣結精誠尺椎當虎心能壯一劍屠蛟事竟成

集義自來稱至勇漫將荏弱笑儒生

梦洪稚存四絶句

喜君萬里御風來酒緑燈紅笑語開醒後月明窗紙白
披衣搔首獨徘徊

綈袍記得不勝秋同上天橋賣酒樓大醉狂吟人莫識
市中傳説是仙儔

青齋道上白楊邊曾梦携君話昔年今日計來十八載
鬚眉如戟尚依然

君已年華近七旬傳來存歿揔難真若能梦裏常相訪

天趣不可說与門
漢

蘭二字易壽潛二字

不信雲山阻故人

自贈

棣瀞先生春琴莊座中常繞百花香三旬鶴醒長江梦
一笑雲歸詒穀堂蹤跡未能從澗壑心情惟有託篇章
閒庭奉　毋攜孫外左右圖書不下牀

感興

出處原無著和光且混塵黄花貞晚節青瑣寄閒身日
月催雙鬢風霜老故人流波看世事不没是精神

贈符契蘭壽潛

筆大如椽力大如身

土陵太瘦苦吟哦志士遭逢亦轗軻書裏無金生計薄
言中有物慧心多操存堅白貧非病造化財成累是魔
我縱愛才徒說項何時看来飯牛謌

驅車吟

衝寒出北門雪花如剪鵝千里爛銀鋪天爲平轗軻忽
有千鈞車當途不可過崇岡五丈強宿氷如鏡磨側足
跛踏行無殊千仞坡六馬相躑躅十人齊口呵欲進進
不能慮退退已多恍然憶太行騏驥負鹽鹺長鳴鬐鬣
張力殫志不蹉跎工夫何知鞭箠責效苛今古惟奇才

筆　大如椽力大如

身　言中

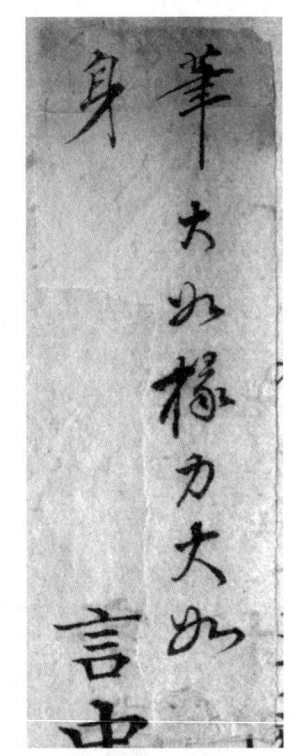

杜陵太瘦苦吟哦志士遭逢亦轗軻書裏無金生計薄
言中有物慧心多操存堅白貧非病造化財成累是魔
我縱愛才徒説項何時看來飯牛謌

驅車吟

衝寒出北門雪花如剪鵝十里爛銀鋪天爲平轗軻忽
有千鈞車當逩不可過崇岡五丈強宿氷如鏡磨側足
踧踖行無殊千仭坡六馬相躑躅十人齊口呵欲進進
不能慮退退已多恍然憶太行騏驥負盬鹺長鳴鬐鬣
張力殫志不蹉跎工夫何知鞭箠責效苛今古惟奇才

所過恒偏頗伯樂不時過驥乎將奈何

歲除

彈指流光歲又除百年身世竟何如辛勤不了前生債
遺忘無多已讀書白髮累人心漸老黄金遠我願成虛
叅詩且盡清樽酒恐是長江冷笑余

擬古二首

巍巍見南山英英生白雲君子懷明德沒世恥無聞
亭亭階下竹有節淩雲霄君子懷明德何以厲清操

西村感舊二首

右八首見廣

華屋傾頹老屋新停車莫問舊芳鄰輪囷只有當年樹
似向東風識故人
記得垂髫壓額時曾驅黃犢過東菑風塵五十年中事
贏得蕭蕭髮已絲

上元觀燈

一幅觀燈圖 妍

寒蟾湧出碧雲東此夕笙歌萬國同水鏡銀花通夜白
金波火樹撲天紅車行香霧星辰裏人在瑤華世界中
我亦相攜羣幼去漫將蹀躞笑衰翁

將進酒二首

我則飲酒君則吹簫簫聲不高飲興不豪我則謌詩君則飲酒謌聲喋口酌以大斗
我則飲酒君則舞劍酒波泛瀲劍花飛爓君則飲酒我則謌詩歌聲緩遲酌且翻卮

自鑒

依依楊柳在彼河干蕭蕭松柏在彼澗磐楊柳春榮得水愈妍松柏晚節得石益堅使易其地各違所天君子鑒之率其自然

感吟

六十人稱壽年華瞬息過仕途今若此生計竟如何丹藥羞文藻遭逢笑坎軻秖餘詩酒事清興未消磨

擬古四章

鴻鴈噰噰中澤不飛之子於役于何不歸

谷風發發同雲不開霜雪載途之子不來

三星在戶於庭延佇之子於役不知其所

匪飲旨酒我心則醉之子不來何以卒歲

感月

半窗虛白入東堂素魄將沉夜欲央縱是圓靈渾未減

也應不似照西廊

自慰

欲附喬柯久未能分甘寂寞繫匏藤尚支廪餼供饘粥
僅足招尋結友朋霜髮任教金鏡滿氷心擬向玉壺凝
年華六十身猶健萱草蘭蓀有瑞徵

負薪行

凌晨出東門葛屨履繁霜蕭蕭來北風砭人肌骨涼乃
有丈夫子負薪古道旁年齒既華茂軀幹亦昂藏我爲
一致辭未答心已傷身是貴冑子家世繁莫詳祖父任

作醒世金言

方面身亦執戟郎在官每不謹遂爾觸王章不死苟殊恩遣戍俾近疆今者無茅屋昔者處華堂今者褐不完昔者錦衣裳今者食不充昔者饜膏粱夫何至此極良由行不臧負此一肩薪聊以謀糗糧或者幸有餘並以求酒漿不死苟殊恩守分以安常我得聞此語惻惻意徬徨既感造化仁亦以凛官方君子懷明刑宣尼舉大綱匪獨子孫憂令名不可忘

即事

落霞影淡夕陽低一片春烟野樹迷無賴東風能作厲

亂鴉吹過碧天西

寄金鑾坡

泮宮虛憶結同儔思殺淩溪杜若洲千里夢魂飛不到
五年歲月去如流塵中久未求青眼鏡裏空餘笑白頭
宦海及君猶待濟相期潘水一移舟

漫吟

汗漫徒經泛海槎歸來久是鬢毛華雄詞驚座聞談虎
妄語擎杯看畫蛇蹤跡祇餘成一笑交遊近欲訪三車
也知寂滅非吾事無奈勞生未有涯

雪

梅花何處尋積雪似鋪銀莫向橋東去春寒正逼人

清明郊行

細草才萌透軟沙東風邨落酒旗斜紛紛半夜清明雨散入春田潤土花

閒吟

長日惟宜覓黑甜年來習靜此心恬不須苦索貪佳句頭上霜華日日添

齋中

萋春長在豔香中繞檻遮窗次第紅吹取花開又吹落
人間無賴是東風

春行

半窗綠蔭草堂幽日影初長暖氣流吟倦只餘尋午夢
客來方擬約春遊淺深碧靄迷村樹近遠青山隱戍樓
沿水不妨行漸遠相將覓酒醉芳洲

夜坐小飲

等閒終日遂風塵靜坐深宵小憩神得有清懷酬皓月
且將白首醉青春電光石火須臾夢流水行雲去住身

欲向林泉謀小築何時初服返天真

飲友

訪我蕭齋日正晴恰逢春氣釀初成任教日月閒來往
莫向彭殤計死生花鳥祇宜尋樂事風塵何為老浮名
是誰抵掌人間世杯有芳醪不共傾

即事

苔錢嫩綠點階平雨浥纖塵午乍晴客去閑關深院靜
閒庭風細柳花輕

夢鐵峰鑾坡秀嵐

鳥啼花謝尚依稀醒後虛窗曙色微之子不來春已去
片言未及我旋歸書隨江上東風至心逐天涯落月飛
最是麟河垂釣者雲山百里又相違

雨

一夜細霏霏斜絲曉尚飛風清聲入梦氣冷潤侵幃避
濕鶯頻動尋泥燕欲歸落花偏不重片片拂苔衣

漫吟

鎮日風塵裏年華幾度更交遊空往迹天地托浮生淹
蹇功名薄磨礱意氣平吟詩何所為聊以寄閒情

白芍葯

綽約丰神水玉膚瓊花歸去此花孤漫將婪尾輕相誚
贏得天香勝鼠姑

雨後

霽雨纖塵淨當軒薄暮涼已回今日梦空憶少年狂風
月新知己驚花舊斷腸吟成誰與和黙黙倚書牀

暮吟

庭樹周遭緑陰低清陰拂地暮冥迷好風吹破池中影
露出天光在水西

題蘭

披風浥露鎖湘烟，一別靈均更幾年。我爲拈豪傳小照，寫來本色是天然。

老馬

壯日馳驅竟若何，背人歲月已蹉跎。識途空憶雲山遠，伏櫪全教志氣磨。芻豆廿年依戀久，風塵萬里服勞多。即今我亦衰頹甚，與子相期卧碧莎。

題蘭

東風吹大野，紅紫正芳菲。自喜藏空谷，非關識者稀。

即事

風來後欲更荷開處　後字更俟一字再思

偷閒開北牖高卧把陶詩香動風來後涼生雨過時會心惟獨笑靜趣復誰知何處羲皇世酣吟對酒巵

漫吟

三間瓦屋板橋西新雨才收漲碧溪漠漠遠天青靄合垂垂芳樹綠陰低閑關自喜中懷靜隱几閒觀萬物齊飲啄隨宜無世事不須枘鑿是天倪

與人論詩

少年曾亦學驤騰垂白何須強自矜花鳥寄情思澹泊

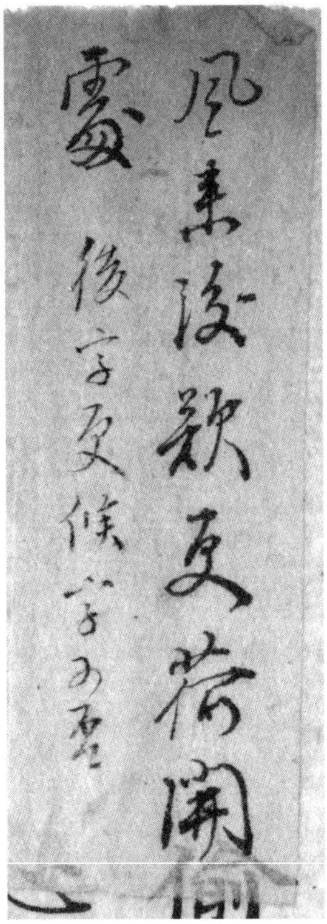
風來陵歎更荷開
處
後字更佳 小字再[illegible]

即事

偷閒開北牖高卧把陶詩香動風來後凉生雨過時會心惟獨笑静趣復誰知何處羲皇世酣吟對酒巵

漫吟

三間瓦屋板橋西新雨才收漲碧溪漠漠遠天青靄合垂垂芳樹緑陰低閑關自喜中懷静隱几閒觀萬物齊飲啄隨宜無世事不須枘鑿是天倪

與人論詩

少年曾亦學驤騰垂白何須强自矜花鳥寄情思澹泊

雲山寫意去圭稜雖無高曠如彭澤絶少憂愁似杜陵
欲事和平求養氣抵須光怪漫相徵

雨中即事

岸柳陰陰壓短檐泉生碧沼漲痕添閒花没草迷芳徑
細雨隨風入畫簾萬里江湖歸夢境一生心跡付詩奩
故人幾許成離索欲掃浮雲問海蟾

曉晴

秋色澄空洗夜晴曉風涼意撲人生砌花庭樹垂餘滴
點點珠光照眼明

秋感

殘暑炎威退郊原爽氣浮涼風翻細草疎雨釀新秋雲憶交遊散波憐歲月流不堪閒倚眺寂寞下高樓

鹿殘蘭

殘葉空山裏居然作鹿葱不甘香寂寞惟恐負東風

曉起

雞聲醒小梦靜境獨蕭然殘月低秋樹疎星帶曉天迢迢收遠漏漠漠對涼烟乃悟清明意常言未可傳

村中

四郊爽氣撲人清萬疊秋山翠靄輕垂柳低低風細細
迷離影裏月初明

歸渡渾河

野岸初晴濕綠泥蹣跚老馬滯歸蹄雲拖陣雨遥天暗
風擁頽波落日低柳線碧垂芳草渡蓼花紅點白沙隄
殘霞一片明秋影飛過平林西復西

對月

西流大火夜初長高捲疎簾卧短牀萬籟寂然風定後
碧天如水月如霜

咏蝶

漫將彩筆詡精微畫出輕盈是也非香國春雲迷曉梦
花天零露濕仙衣迎暉晒粉開頻合繞葉尋媒止復飛
不信成窩芳草歇王孫猶自未曾歸

題出關圖

故人已隔玉門關空憶孤城鎖亂山珍重離亭三叠曲
祇餘魂梦酒杯間

題水藻游蝦

平沙淺渚漲痕新細藻縈波翠影勻好去莫教羅世網

鮫宮常作水晶人

懷舊

寂寞虛齋玉漏遥半窓樹影夜蕭蕭愁中舊雨三千里
夢裡秋風廿四橋久别拚將情已盡相逢知是鬢全凋
無端霜信來征鴈我欲投書向九霄

吟柳中月

幾樹垂楊暮靄收翠光深鎖月沉浮風絲不定金波碎
一片圓靈萬點流

河上

片歎交細綰
字

澄波望渺茫倚杖立殘陽欲問伊人宅西風薄暮涼

夜作

獨坐厰虛堂靜趣誰同領殘月下西窗蕭蕭秋樹影

送元仙村員外

愧難追步及清塵曾憶同車許德鄰（仙村自謂嘗誦窮不失義達不離道二語並以見許）交以淡成容我拙心緣道契喜君貧別裁風雅生天籟不露圭稜遠俗人白首一官歸亦得金剛常住百年身

偶成

夢寉軒杜瀛詩鈔續卷一　二十七

清課歸來祇閉門尚堪歲俸繼饔飧百年日月成流水
萬里雲山鎖斷魂久分形骸同草木敢期精氣駐乾坤
春花秋月無人管與我相將數旦昏

晚步懷三弟

緑渉紆小徑倚杖立回塘野水迷秋渡寒烟淡夕陽翻
空鴉作陣出浦鴈成行萬里投書遠懷人海一方

夜

池上風吹落葉乾枯榆影壓石欄杆疎鐘不動人聲少
萬瓦霜青夜月寒

左九行是小字

溪上

黄葉落紛紛衰楊倚暮曛瀰漫對秋水目斷隔溪雲

孫笠山以友人句索對因成四絶句

山鳥亂鳴樹原句溪鱗時躍波萬物遂所托適性皆天和

溪雲低拂川山鳥亂鳴樹空谷不逢人林深迷野路

治遊携緑酒沉醉卧苔茵山鳥亂鳴樹野花爭笑春

大塊鼓春風萬卉滋朝露巖花濃作香山鳥亂鳴樹

秋夜

秋月色蕭蕭繞敝廬紅燈素壁夜窗虚飄風欲斷鐘聲小

落葉驚飛樹影疎往事百年歸鹿梦故人千里衹鴻書
也知久被勞生縛結習何時一破除

赴東山四首

平野霜青萬卉殘綈袍不奈曉風寒往時草緑花紅處
馬足聲中敗葉乾

山色蒼蒼草色黄人家禾黍已登場林梢薄靄籠茅屋
落葉秋膝淡夕陽

四山秋色一林霜落日低垂薄暮涼捲起蘆簾溪面濶
水天上下看霞光

[illegible]迸光景易於着
手而西難於着筆
[illegible]此詩從眼人自知

解橐山堂寄靜觀秋林踈朗碧天寬半輪檐際清溪月
入室金波似水寒

村居四首

嵐色橫空曉尚昏嶺雲破處見朝暾家家晨爨輕烟合
淡鎖峰腰翠一痕

打窓黄葉系詩情倚榻微吟句未成怪底鄰家鳴碌碡
聲聲正似囀林鶯

築場當午日光晴婦子嬉嬉笑語聲薦客一盂新黍飯
瓦盎更進鯽魚羮

輕紅木末夕陽沉紫翠嵐光暮影深倚杖柴關舒望眼
牛羊點點下高岑

過雙峰寺

遥指禪關上石梯雙峰嵐翠向人低風生遠谷荒烟冷
雲鎖空山落日迷斷埨忽聞疎鐸語寒林一任亂鴉啼
鞭絲催客歸途去黃葉多情送馬蹄

村中即目

四圍林壑一村孤靜對秋風作畫圖紅葉亂飛山織錦
寒潭不動月沉珠雲衣舒卷千峰暗石骨蒼黃萬草枯

契我曠懷思快飲鄰翁有酒不須沽

歸自村中

惆悵斜陽暮風沙野路紆林空秋色老天闊月輪孤遠火微明滅寒烟淡有無不愁人意嬾老馬識歸途

次和孫笠山九日有感之作笠山纂輯青囊拾鑰若干卷故元唱有六載身猶繫一腔血未枯之句

萬卉消磨盡黃花是賸觚登臨非故我詩酒尚今吾石煉期天補波填看海枯飡英餘末技小乘是仙途

夜醒口占

夢鶴軒楳澗詩鈔[illegible]卷一　三十

紙帳回殘梦深宵遠漏遲棲鴉驚欲起寒月上枯枝

山家

一縷炊烟上遠墟艸堂知是故人居稼登場圃心粗慰
身釋耡耰力暫舒醉客匏樽開社酒禦冬瓦甕貯秋蔬
何時卸却風塵累來向青山卜結廬

對雨

庭戶冷淒淒呼尊命小奚雨沾秋葉重雲壓爨烟低殘
菊寒香瘦疎林暮色迷故人千里隔醉筆覓封題

和笠山重陽獨飲之作用前韻

（眉批）山家況味藹　親

（眉批）度藻灑錘鍊　佸

重陽欣獨飲暫得謝操觚精力猶能爾乾坤不負吾名言誠有濟心血未妨枯傾倒休酣醉羣英待指途

招笠山義門小飲用前韻

無賴秋蕭索招携盡一觚交親惟舊友疎懶是眞吾陶酒杯常滿江花筆不枯諸君同我好相共勉清途

秋感疊前韻

萬事圓融好胡爲欲守觚偷閒閑琥珀倚醉看昆吾射虎雄心死離鸞泪眼枯鬚眉今若此不復問前途

西風

西風日夜吹老樹寒。無主落葉打疎窓蕭蕭飛急雨

曝日

捲簾移短榻曝背獨微吟負此晴暉好深懷愛日心

晚步

徑草飄零岸柳殘荻花秋老白沙灘晚烟散盡西風急
落日高城樹影寒。

曉行

野路霜枯百草乾萬峰隱現凍雲寬朝霞一片開天末
風色蕭蕭日影寒。

山中

空谷雲深石骨寒，草埋幽磵水潺潺。貉山紅葉無人管，輸與漁樵鎮日看。

歸自山中

出谷還登亂石巔，翠微深處下寒烟。平林葉盡荒村老，大野風吹落日圓。萬里壯遊曾匹馬，幾時瘦骨只雙肩。自慚矍鑠非能事，短策孤吟憶昔年。

夜坐即事

深宵斷續遠鐘撞，榻繞爐烟暗玉釭。幻影已教蕉梦醒

愁城欲借酒兵降聲催老屋風號樹寒透疎幃雪打窗
凍筆裁詩誰與和孤吟捫鼻別成腔

笠山齋中夜話

剪燭芳尊且共傾勞形不必溯生平常言索解皆名理
精義旁通有別情雪屋月明飛素豔霜鐘風勁作寒聲
與君抵掌忘深夜一任時流笑老生

義門遷居二首

幾回擇得最高枝恰值陽春十月時却爲此番成勝事
遂教逐戶索新詩

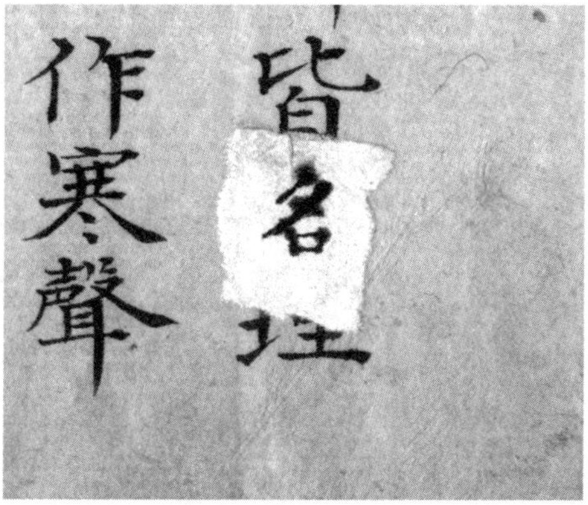
皆名
作寒聲

愁城欲借酒兵降聲催老屋風號樹寒透疎幃雪打窗
凍筆裁詩誰與和孤吟搯鼻別成腔

笠山齋中夜話

剪燭芳尊且共傾勞形不必溯生平常言索解[illegible]明理
精義旁通有別情雪屋月明飛素豔霜鐘風勁作寒聲
與君抵掌忘深夜一任時流笑老生

義門遷居二首

幾回擇得最高枝恰值陽春十月時却爲此番成勝事
遂教逐戶索新詩

青帘數武隅東墻時有風吹麴蘖香故近酒壚君不飲欲謀常醉衆詩狂

早醒

夜永醒偏早横肱角枕支寒風吹遠梦明月照殘詩野寺霜鐘急高城凍漏遲攬衣清不寐幽興復誰知

題畫蘭二首

九畹仙根異等倫靈風化雨葆精神國香結佩懷君子芳梦徵祥憶美人具有素心安寂寞自來空谷遠氛塵含毫不用穠華色磵水松烟是舊鄰

帶草連眞四五枝亦花亦字倩誰知寫來欲問何人法
造化生機是我師

懷友

烟繞都梁炭火紅微吟獨酌綺疏東迢迢千里懷人梦
付與霜天半夜風

歸自學廨

人散來歸晏寒幢下短檐守方知道貴責善愧師嚴未
覓青精飯惟吟白玉蟾此心誰與共獨對水晶簾

遊仙二首

則鯨魚跋浪滄
入沒則墨花乱舞

樓閣玲瓏隅絳霞層城深鎖是誰家天風過處琳瑯响
亂落堦前玉樹花
碧海青天去路遥十洲幾點湧雲濤御風忽到長林下
却笑蓬壺萬仞高

獨飲歌

白日既匿悲風怒號颯颯憑憑溯溯滔滔何以自怡乃
命濁醪發我浩歌競彼喧嘈歲聿云暮感我髮毛誰其
知之白首自搔憶自束髮志軼等曹寒暑勿計丹鉛作
勞益其意氣嶽雲海濤益其見聞卿雲玉璈沉潛十年

以汰以洵溥乎屠龍渺乎釣鼇期於摩空乃翔乃翺雲霄一蹭墮我逢蒿寂寂衡門井臼自操禍福不完心跡晦斂人生在天勿懟所遭君子任運勿以離騷風聲未息歌聲愈高飲酒作歌聊以自豪

偶成

漠漠愁如許迢迢歲又闌雲山隨夢遠風雪入詩寒賸有鬚眉古空餘歲月殘荻灰聊自暖無奈敝裘單

贈孫笠山

湖海飄零幾故人與君歲晚得交親澄懷雅比冰霜潔

一冊廿首

妙手能回宇宙春一片圓靈歸筆墨廿年鬚鬢老風塵
何時把袂雲深處白石清溪卜結鄰

祀竈

調羹惟妾婦致祭尚丁男風俗禋於臘離明德在南何
嘗司命醉祇有主人酣笑我黃羊瘦徒餘白酒甘

夢鶴軒楳澥詩鈔續編卷一

終

日有黃花酒何必滿街走

日進功進修進德進業進學進舉

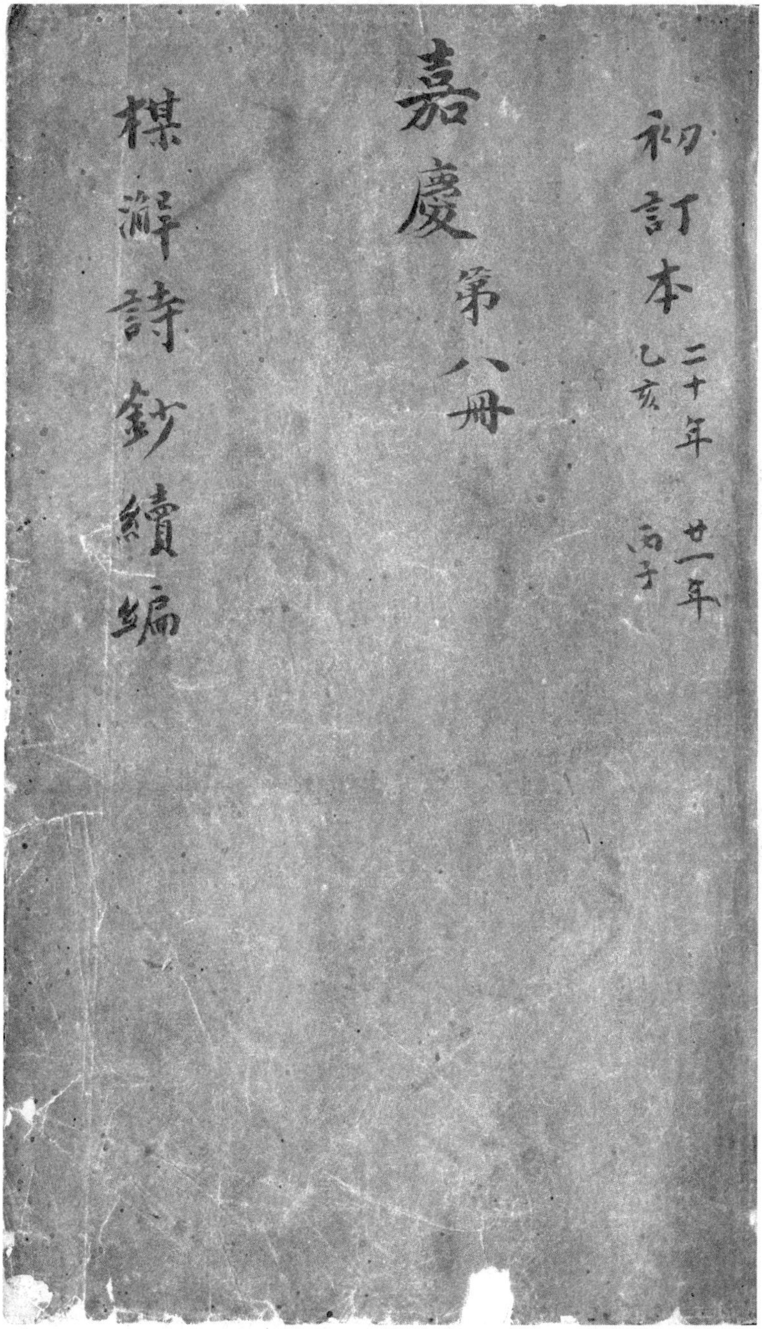

初訂本 二十年 乙亥 廿一年 丙子

嘉慶第八冊

楳澥詩鈔續編

夢鶴軒楳澥詩鈔續編目録 乙亥至丙子

第二卷

夢衡軒杜消詩鈔續編目錄

夢鶴軒楳澥詩鈔續編目録

學衡軒村漁詩鈔續編目錄

夢窗軒杖湘詩鈔紀紀目錄

夢鶴軒楳澥詩鈔續編目録

□館軒柏澗詩錄續編目錄　四

学诗者當銘坐右

夢鶴軒楳澥詩鈔續編卷二 乙亥至丙子

遼東瀋陽繆公恩立莊

三弟偉遣人歸瀋夜坐成句

振觸伻來憶昔情孤吟無寐坐深更梅花帳繞春寒重楊柳絲飄夜雨輕萬里凾書隨遠梦百年杯酒寄勞生江雲嶺樹知多少莫向南溟問去程

論詩四首

美人不必盡西施莫學顰眉捧臆時果是亭亭能玉立何須搔首弄丰姿

鐵甲琱戈立廟廊垂紳正笏歷戎行誰驚雄武誇嚴重
我道斯人或病狂
怨樂哀傷各性情發來恰好是和平忽然天籟靈關啓
奇警何妨物外生
里巷歌謡豈費詞裁成風雅古今師何須故作驚人筆
自詡千秋絕妙辭

晚坐有懷

林梢沒盡夕陽紅暖氣浮烟隔遠空暎柳忽看新夜月
催花仍識舊東風凍消短砌苔將活冰解平池水欲融

千里懷人書未達暮天搔首望冥鴻

曉出東郊

已是東風二月春草芽未綠燒痕新朝暾不暖紅光淡
料峭輕寒尚逼人

東郊即目

楊柳參差綠未齊東風暖壓爨烟低昨宵細雨新晴好
土潤平疇快試犂

雙峰寺憶舊四首

禪林倚雨對晴巒風入山窗四月寒好景至今忘不得

青々日傍

雲嵐萬派落驚湍
冲泥撥霧陟危巔回首東風三十年記得白雲鋪滿地
峰頭長嘯傲飛仙
山查桃杏野棠棃細雨霏微五色迷一霎東風空谷起
萬花飛舞下丹梯
登陟于今興不同龍鍾自笑竟衰翁山光水色依然在
只是當年似夢中

題漁婦

少小工操艇風波慣自持水光明似鏡山影淡於眉柔

左八黎改望

此詩不棄三嘆詩能性情豈靈談我

櫓分蒲劍低篷覆柳絲日斜收晒網支腕夕陽時

漫吟

六十年華背欲台勞生縛我費疑猜方書不著醫貧藥人世虛傳避債臺繞砌且栽花百本賞心聊進酒三杯黄金散盡來何日安見天生有用材

題贈孫笠山纂著醫書後

若欲濟人還濟世不爲良相即良醫壺中久貯乾坤秘肘後新翻造化奇頓使婆心懸日月長留時雨惠蒼黧卅年心力千秋事我幸相逢與驥隨

稚孫

和風華月滿高堂童幼歡嬉樂意狂却笑稚孫初學步
也隨兄姊捉迷藏

雨霽郊行

草色青黄尚未齊垂楊緑繞白沙堤暖雲初霽霏微雨
十里春風快馬蹏

種菜

爲農吾不足學圃亦生涯得雨挑新菜留畦待好花三
公陳仲溥五色邵平誇饒有清齋供葵心浥露華

有懷

喚友嚶嚶我斷腸裁書覓使爲誰忙綠波南浦人千里
明月高樓鴈一行言笑幾時成晤對雲山何處問行藏
夢餘紙帳空惆悵憶煞清光滿屋梁

送人赴戍

巇嶫羣峰入碧霄江洲芳草綠裙腰鳳凰邊外無人到
也自東風上柳條

郊憇

芳樹間關聽鳥聲雨晴綠淨此心清坐忘無我空天地

無用仍是仄声

紅名利於讀於可以
怒思通

自在隨緣適性情遊興只宜春最好詩情每向靜中生
野花愛客如相識贈得香風兩袖輕

憶昔

憶昔東風煦煦來芳園吹我百花開美人贈我紅玫瑰致詞酌我黃金罍即此致足樂何必臨高臺日月不我與無為失路哀我聞此語殊不怡掉頭不顧趨塵埃風塵落拓數十載茫茫一葦浮烟海波濤淜湃蛟龍飛鼓檝持帆心目駭飄然蓑笠謌來歸獨向蓬蒿覓真宰篳門圭竇足徜徉粗糲家風不改常美人向我笑君歸已

非少日月尚有餘猶堪恣吟眺君不見當日園中百種
花至今仍是好容華

出郊

駿馬輕車碾畫輪溪花岸草起芳塵白榆亂綴青錢小
買得東風十里春

過輝山二首

已照湄詩改如

香生幽徑草萋萋杰閣淩雲樹影低空谷無人春自静
東風開徧野棠棃
附郭名山路不賖空教蹤跡到天涯何時遺却人間事

來酌山泉餌石花

即事有懷

細雨作朝晴清光滿戶庭日蒸花欲吐風颺柳初醒久
別吟詩客常閒問字亭倚闌誰共語窓草向人青

郊望

一片春烟望眼迷平田漠漠艸萋萋落花滿地無人管
十里空山鳥亂啼

與內弟定甫話舊

石火流光卅載過勞生身世竟如何故人零落秋風客

左六處是讀書
左七痴情 左七情痴

閒求工惟格不甚工之
更見自然

往事繁華春梦婆我笑饔飧餘苜蓿君能忠信待風波
即今驛使松花近不悵黔南萬里多

過舊居二首

四十餘年閱歲華青門今日又誰家幾枝桃李墻頭出
可是當年手種花
驕馬長嘶踏軟塵隔墻忽見舊時春秪徊不忍輕言去
莫爲情痴笑故人

治圃

未遑經界正先爲相畝傾引水渠宜下分畦土欲平蒿

萊勤剪伐疏果喜敷榮我匪公儀子聊爲自適情

憶舊四首

芳林繞屋晚風多我有相思竟奈何誰爲遠東寄紅豆
空餘春梦鎖江波

幾行岸柳拂船低烟水瀰漫望眼迷記得東風雙畫槳
月明飛過五湖西

平江淼淼月明多五兩風清起素波一片鄉心眠未穩
不堪深夜聽吳歌

綠陰鎮日掩柴門花落閒庭有斷魂碩果幾人猶健在

白頭吟望對黄昏

漫興四首

高柳拂文窗影照琴書緑長晝寂無人熏風入篛屋
池水涵空碧東風細浪揺楊花不入水飛過小平橋
大化難推測芸生只自然是誰矜己力常道不由天
世謂有神仙瓊瑶爲供養因貪諸妄生遂作非非想

即事

清和景物艶陽天掩砌莓苔嫩碧鮮細雨乍收花欲笑
微風不起柳思眠冲和得養常中聖馳逐無心即上仙

為聽禽聲攜杖遠不知已過板橋前

夜坐二首

明月上東閣花影滿西廊朦朧不見花微聞花氣香

良夜不思寐寂坐見眞性萬慮淡秋水寸心涵月鏡

孫笠山慈西橋沈秀嵐尚鐵峰題贈之作共書一箑因即西橋韻率成

吾幼客江左所遇多英流吟望不相見臨風悲舊遊今者數君子奕奕殊等儔題贈聚骨扇願言常聚頭

晚步

羣囂風定息緩步過南塘徑草參差緑林花斷續香臨
溪看遠渡倚樹立殘陽静趣誰同領幽人各一方

首夜字疑錯

書懷

百年朝暮托人寰幾度寒暄往復還有酒可期今日醉
息機且落此身閒未尋樂趣雲山外别寄天懷風月間
久厭塵勞疎懶慣況餘華髮對衰顔

所謂知足者常

感吟

六旬猶侍母在古亦云稀焉得安期棗惟餘老萊衣無
方慚聖哲薄俸欠甘肥勉矣毋顛蹶休貽後世譏

夢鶴軒楳澥詩鈔續編卷二　八

弟公佺及諸孫入學口號示之
讀書原不為功名要使天人理欲明天爵修時人爵至
便無人爵也尊榮

懷鑾坡秀嵐鐵峰三首
英英白雲西山之西心欲從之淩川杳逮嗟我懷人思
不可斷既作之歌永懷獨旦
英英白雲東山之東心欲從之不可御風嗟我懷人樂
飢江水既作之歌永懷無已
英英白雲北山之北心欲從之身無羽翼嗟我懷人麟

溪阻深既作之歌永懷好音

自墓所歸

落日歸途黯淡紅　慈顔想像畫堂中登階不見臨窗坐淚湧簾波慟晚風

不寐

紙窗寂寞月輪明半梦微聞謦咳聲却起韋帷何處是空餘昏眼淚縱橫

墓次值雨二首

漫空暮靄碧紛紛雲氣深沉作水紋縱是長眠神自醒

左九墓是眷

那堪冷雨入秋墳

可憐魂梦隔雲天形影相依六十年辛未先驅螻蟻去
尚容血淚滴黃泉

暮色

暮色凄涼起步遲庭除悵悵欲何之如何一樣牕前月
不似從前侍立時

細草

幾回介壽舞宮衣此際空餘血淚揮細草滿堦隨意緑
寸心何日報春暉

紋牕

粉堞吹螺下夕陽秋烟慘淡月昏黄紋牕不復陪清語
凄斷悲風入幕凉

暮天

落葉蕭蕭欲暮天幾株疎柳鎖寒烟可憐屋角黄昏月
祇照孤兒白雪顛

夜雨

暮雲不動雨蕭條寂對昏燈湧淚潮素帝難尋疇昔梦
棘人空度可憐宵蟲聲凄冷啼秋草鶴駕低徊阻碧霄

作譙字

檐滴聽殘眠未得麗譙清漏正迢迢

宿墓次

白露横秋碧草摧凄凄四野亂蟲哀縱教血淚臨風灑
只有精魂入梦來松翠陰森低晚照紙錢飄泊起寒灰
傷心最是人歸後月黑鵂鶹哭夜臺

寄百熙卿員外名百春

京國當年溯壯遊時髦幾許結同儔出言我愧都人士
遺俗君真英杰流三載離懷縈舊雨一函爽氣寄新秋
何時得向金臺去共檢詩籌更酒籌

暉 改王孫

蚓笛

奉和

盛京將軍宗室晉晉齋重遊醫巫閭山元韻

嵐光湧起半天秋爽氣相招續舊遊峰倚元冥屏朔漠
根迴岱岳擁燕幽建牙復喜登雲磴煮茗曾經汲石湫
蚓笛漫教追子晉鳳笙高吹萬山頭

又代人奉和次韻

揖別醫閭近幾秋旌旗暫駐溯前遊烟霞不共鬢眉老
心性常懷磵壑幽峰擁神都天有柱瀑懸潢漢海爲湫
山靈契闊王孫久應喜重題石壁頭

無上人納徒

大道原無着承流在得人當年師授記此日弟傳薪一脉明燈續千秋法器新心心相印處祖武轉金輪

題白石嶺

紫翠嵐光鎖夕陽磷磷白石滿山岡即今不見黃初起叱咤何時復化羊

（初平去後無人牧）

初擬換初平二字

曉上先塋

昏重深字法一律擬易飛字安否

殘夜月離離冥濛四望迷煙昏平野闊天壓亂峰低霜重荒雞啞林深怪鳥啼含酸風木語灑淚獨淒淒

初擬換初平二字

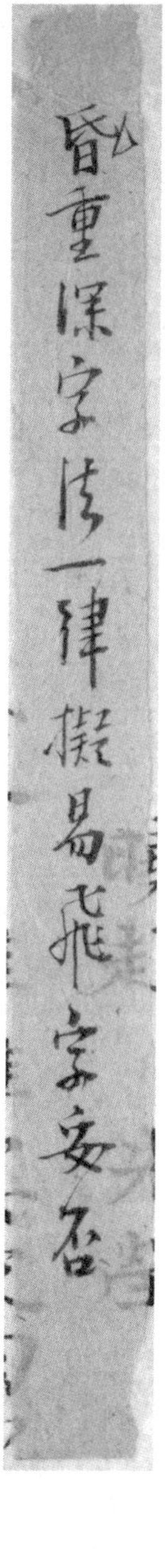
昏重深字復一律擬易飛字安否

初擬換初平二字

無上人納徒

大道原無着承流在得人當年師授記此日弟傳薪一脉明燈續千秋法器新心心相印處祖武轉金輪

題白石嶺

紫翠嵐光鎖夕陽磷磷白石滿山岡即今不見黄初起（初平去後無人牧）叱咤何時復化羊

曉赴　先塋

殘夜月離離冥蒙四望迷煙昏平野闊天壓亂峰低霜重荒雞啞林深怪鳥啼含酸風木語灑淚獨凄凄

歸自南村

留卜星被 附訪

野路經行慣雙輪信馬歸遥山吞夕照落葉打秋衣興減吟懷澁風寒酒力微長河看逝水惆悵小停騑

即事

霜落高空萬木殘月光清浸石闌干忽驚敗葉飄風起亂打秋窗入梦寒

烏夜啼

飛飛天上烏來集庭前樹吁嗟爾烏一小禽何以爲雛能反哺嗚呼烏啞啞終夜胡爲乎無乃反哺之情不可

歸自南村

野路經行慣雙輪信馬歸遥山呑夕照落葉打秋衣興減吟懐澁風寒酒力微長河看逝水惆悵小停騑

即事

霜落高空萬木殘月光清浸石闌干忽驚敗葉飄風起亂打秋窗入梦寒

烏夜啼

飛飛天上烏來集庭前樹吁嗟爾烏一小禽何以爲雛能反哺嗚呼烏啞啞終夜胡爲乎無乃反哺之情不可

再圖沒世終爲無母雛

東山道中

一片平疇四面山鞭絲帽影翠微間輕塵不起霜蹄健
又轉清溪第幾灣

登輝山頂

乾葉攙藤根穿雲度石門遠峰雙劍倚落日半規吞尚
有當年壘難招自古魂蒼烟橫地起悵望欲黃昏

登觀音閣

草枯木落暮烟收黃葉平埋古徑幽四面羣峰留夕照

一聲長嘯倚高樓參差樹影撐雲立隱現星光入澗流
忽聽風鈴相對語塵懷消盡與天遊

與十二弟德喜十四弟德和登山歸吟二絶句

怪石摩空近帝臺舉頭心目豁然開歸途却向雲中望
不信身從天上來

造極登峰憶昔年即今鬢髮久皤然也隨羣季扳雲磴
自笑童心尚未捐

山窗暮坐

暮雲散盡碧峰頭木落天空冷翠流獨倚禪關羣籟息

清鐘敲碎四山秋

山夜二首

木落霜氣清峰高石骨冷縹緲翠微巔殘陽留淡影

雲淨暮天空鐘歇深山靜誰生寂滅心我愛虛靈境

登中華寺

老樹橫斜石磴盤登危直上翠微端一潭活水澄心淨

千頃平疇放眼寬黄葉打窗僧掃逕白雲拂棟客凴欄

西風吹下殘陽影極目蒼烟暮色寒

張繼燦妹丈留飲

千峰漠漠鎖寒烟，雲影風聲欲雪天。珍重雞豚相厚意，
拚將沉醉倚尊眠。

村中

揚簸村村散暗塵，幾家櫛比足倉囷。誰知到處茅檐下，
枵腹終朝大有人。

邨中夜歸

遥空已是下殘暉，平野荒烟凍不飛。廿里馬蹄黄葉路，
一天寒月送人歸。

聞鐘

豔豔蘭膏素壁紅孤吟枯坐寂寥中霜天忽聽清鐘起
敲斷寒更半夜風

題蘭

空谷無須嫌淺淡國香原不在穠華是誰顏色趨時尚
只寫夭桃豔李花

烏夜啼三首

枯樹影蕭蕭慈烏當暮號其聲不肯息聞者以爲勞吁
嗟一啼兮啼聲高夕陽沒盡天泬寥欲呼母兮歸故巢
枯樹暗冥迷慈烏中夜啼其聲一何悲聞者以爲悽噫

嘻再啼兮啼聲微露華滿樹霜亂飛嗚呼毋兮胡不歸
枯樹影縱橫棲烏曉尚鳴其聲悲以哀聞者不勝情嗚
呼更啼兮啼聲促淒淒殘月寒風肅有人與爾同聲哭

漫感偶成

頭童齒落感年華丙舍西風日正斜將　毋竟彫堂北
草調孫賴對眼前花刪餘詩卷酬三雅據有縹緗富五
車此後心情無所繫只應乘化作生涯

郊行

平原碾細塵野路燒痕新委積徵豐歲陽和愛小春帘

招沽酒客門倚負暄人紫翠迎車起羣峰下夕曛

暮歸

西風老樹鳴吹入敝裘輕暮色連山起殘陽壓地平一天寒翠落四野凍雲橫燈火時明滅遥知近鳳城

十一月十五日二首

幾回介壽獻霞觴黼黻冠纓繞畫堂今日素幃空寂寂酸心燭影與爐香

廿年喜懼係心情此日空餘淚獨傾爲問元穹司命者春暉可許報來生

纂詩

卌載餘殘藁奚囊未忍抛再三酬亥豕重複試推敲歲短驚催矢官閒笑繫匏性情聊自寫風雅認前茅

書懷二首

誰信韶華過六旬今知孤負百年身憶謀甘旨惟餘淚慚費吟哦未脫塵涉世虛存成物志矢心不作薄情人考祥宦海無風浪終老青鐔聽夙因

任使寒暄秋復春鮮民不死亦閒人　老親幸畢今生事病骨饒存此際身詩酒寄情消意氣乾坤無補倦風

塵蕭齋鎮日惟孤坐月到風來是德鄰

鑾坡來訪率成二首

我正愁離索翩然君忽來梦魂飢渴慰燈火笑言開問畲忘倫次遭逢感樂哀爲懷諸舊雨不得共徘徊

當日欣萍聚誰期後會難詩才隨髮短酒戒爲君寬莫謂今生夢應聯夙世歡雪窓風瑟瑟抵掌不知寒

感懷

温涼底事暗循環倫換年光失壯顔過眼雲烟銷幻境懷人魂梦阻空山心情久向塵中老林壑何時物外閒

勞弱　懷　看

婚嫁未完人世累衹餘清咏破愁關

送别鑾坡進士

突如行旆駐柴荆往事雲流感慨生千里東風勞弱馬六年[illegible]雨[illegible]春鶯文章别闢新蹊徑言笑仍看舊性情此後何時重悟語西南惆悵月孤明

鑾坡作字見贈吟此答謝

鑾坡作字殊不俗剛健婀娜互相續墨花飄洒散雲烟素牋錯落生珠玉吾聞昔賢作字不橅古何必沾沾擇所處或以痴肥誚墨猪或爲狠厲稱筆虎何如不琱不

勞弱　懷　看

婚嫁未完人世累祇餘清咏破愁關

送别鑾坡進士

突如行旆駐柴荆往事雲流感慨生千里東風勞弱馬六年懷雨悉春鶯文章别闢新蹊徑言笑仍看舊性情此後何時重悟語西南惆悵月孤明

鑾坡作字見贈吟此答謝

鑾坡作字殊不俗剛健婀娜互相續墨花飄洒散雲烟素牋錯落生珠玉吾聞昔賢作字不撫古何必沾沾擇所處或以痴肥誚墨猪或為狠厲稱筆虎何如不琱不

琢不奇僻一任天真自飛舞我經卅載學塗鴉自愧丰神遜作家今睹君書乃大悟不自樹立安能嘉

曹瞞

分香賣履託柔腸橫槊臨江意慨慷詐力竟終移漢鼎不堪泯沒是辭章

謝公

一戰驚心風鶴聲圍棋枰上退驕兵不知屐齒緣何折愛煞風流善矯情

馮道

六首健筆卓識
而詞綢蘊藉

村清議繫心情忘辱持衡濟衆生老子痴頑真絕倒
大書四世紀恩榮
武曌
吹簫控鶴愛神仙讀檄憐才亦自賢不似玉環貪作母
清平一曲怨青蓮
王半山
二十年前鵑血紅天教南士壓文雄青苗竟使蒼生困
贏得人稱拗相公
錢武肅王

六首健筆卓識
而詞調藴藉

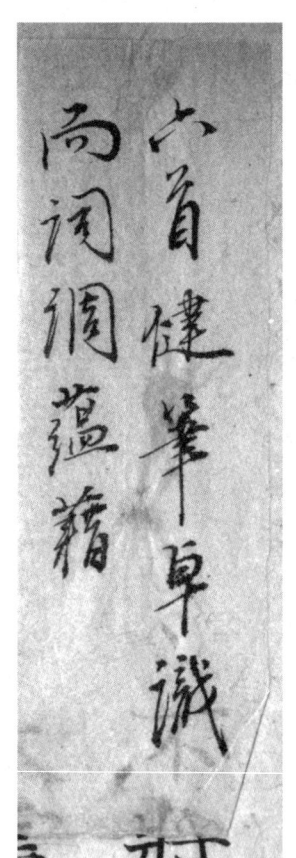

○○不將清議繫心情忘辱持衡濟衆生老子痴頑眞絕倒
大書四世紀恩榮

武曌

○○吹簫控鶴愛神仙讀檄憐才亦自賢不似玉環會作母
清平一曲怨青蓮

王半山

○○二十年前鵑血紅天教南士壓文雄青苗竟使蒼生困
羸得人稱拗相公

錢武肅王

西湖水色緑如油羅剎江聲日夜流陌上花開潮上弩
英雄兒女兩千秋

始雷雨雪二月十六日未刻

曾經五月始聞雷今歲潛陽特早催應是白龍先起蟄
換將玉骨洒空來

嚴君篇

家人有嚴君言動爲衆表非以惡聲加非以鞭策曉寬
猛所必施寬多猛欲小其身茍不正應知從者少

弟子篇

弟子事孝弟孔門擧大綱弟子出入間孝弟寧有方服
勞與奉養弟子分之常幾諫與無違勿昧理所當弟子
慎勉旃出入謹致詳

偶興六首

合歡原有樹離恨本無天何必三生石方聯隔世緣
未能如太上安得遂忘情惟願忘憂草人間處處生
豔豔紅如意茸茸綠吉祥是誰欣富貴只愛百花王
籬菊能延壽山桃解駐顔迷陽緣底事也自在人間
松梅氷雪裏桃柳豔陽中何必分輕重生材本不同

水仙憑水種風蕙借風生有性皆天理難齊是物情

月夜池上

月在青天上天沉碧水中水心驚碎影天半落輕風涼
氣靜深夜金波流太空徘徊生默契此境與誰同

詩書篇

孔孟不復有詩書爲虛器程朱不再生傳註將廢墜天
下讀詩書幾人析理義用之爲捷徑孜孜謀禄位

耕稼篇

辛苦事耕耘暑雨驅黄犢歲豐穀價賤歲歉無餘粟官

租且不供私家安取足多收十斛麥不能謀乘屋多畜二母雞不暇恣口腹

浮雲篇

悠悠天上雲飄飄竟何適蒼狗及白衣風吹迷幻跡不能作霖雨難為萬物澤如何不出岫閒閒護泉石

山林篇

山林與泉石天付賢者居雲衢與天路顯者所馳驅雲嵐入窗牖樂意寄琴書杖履入溪壑樂意寄禽魚或為貴人鄙或為智士迂天所降才殊不害守其愚

即目

春氣潛來上柳條小池新漲凍初消輕雲忽作霏微雪
却遇迴風吹過橋

小病

小病侵人遠酒杯閒庭携杖獨徘徊晚風遠樹啼烏亂
落日高城畫角哀歲月堂堂隨水去情懷悒悒為誰開
鶯花春宴空成梦賸有離魂繞券臺

招飲晉壽峰少空即席三首遐亭妹丈之從兄

幾回燕市問屠沽傾倒蘭陵舊酒徒謂洪稚存一別雲泥成

契闊僅餘意氣尚今吾
廿年又識晋遐亭酒國詩城目雨青見説元方尤磊落
祇難星使下雲輧
不信因緣終遇合是真和暢亦圭稜憶從歸我蓬門後
快飲鴻談得未曾

早行東郊

曉雲猶自掩高空驛柳迷離翠靄籠百里山光圖畫裡
四郊青草有無中已收潤物霏霏雨尚作吹人剪剪風
隔嶺欲升滄海日鞭絲遥指曙霞紅

青草有無四字訛
更妻景詠歌

即目

春氣潛來上柳條小池新漲凍初消輕雲忽作霏微雪
却遇迴風吹過橋

小病

小病侵人遠酒杯閒庭携杖獨徘徊晚風遠樹啼烏亂
落日高城畫角哀歲月堂堂隨水去情懷悒悒為誰開
鶯花春宴空成夢賸有離魂繞券臺

招飲晋壽峰少空即席三首遐亭妹丈之從兄

幾同燕市問屠沽傾倒蘭陵舊酒徒謂洪稚存一別雲泥成

契闊僅餘意氣尚今吾

廿年又識普遐亭酒國詩城目兩青見說元方尤磊落

祇難星使下雲輧

不信因緣終遇合是眞和暢亦圭稜憶從歸我逢門後

快飲鴻談得未曾

早行東郊

曉雲猶自掩高空驛柳迷離翠靄籠百里山光圖畫裡

四郊青草有無中已收潤物霏霏雨尚作吹人剪剪風

隔嶺欲升滄海日鞭絲遥指曙霞紅

即事感懷二首

風息淩晨細雨來芳園小逕掩蒼苔北堂已是萱花落
桃李紛紛枉自開

寂寂虛堂黯淡春塼階緑淨起芳塵東風别有傷懷事
不爲飛花故愴神

過仙人洞見桃花

誰識仙源春去來山桃流豔鎖丹臺如何不向東風嫁
四月才從洞口開

漫吟

東風吹梦曉冥迷春樹籠窗緑影低最是殢人情緒處
棠梨花落鵓鴣啼

不寐感興

又看景物鬬鮮新霜露流光感棘人花鳥已成今日梦
園林空憶去年春半烟雲冷三更月没啇心傷隔世身
忽聽清鐘風斷續迷離天影夜將晨

憶别二首

送子折垂楊去去登長路今來不見君珍重郵亭樹
惆悵三杯酒迢遥一紙書我心正無賴君意復何如

即事

芳林過雨緑光新徑草蒙茸絶點塵喜透斜陽留暮靄
幸離俗累養清神飛花有意知迎我歸鳥多情解伴人
吟倦茶餘無所事四窗虛翠一閒身

風雨

橫空湧起墨雲堆閃爍金蛇走殷雷怪底梁間雙燕子
一天風雨不歸來

結廬

結廬深樹裏人被緑陰籠鬢髮霜華短烟霞供養同不

毻三伏熱常納四胸風莫笑才容膝維摩十笏中

蠅二首

逐逐無遺臭薨薨致惡聲不知緣底事偏是亂雞鳴
彈屏驅固緩揮劍氣何粗縱使防閑密誰能不致汚

珍珠花二首

未教白雪壓枝新才出鮫宮逈絕塵我爲齊奴懷往事
傷心千古墜樓人
枝頭萬顆訝圓勻點點繁星照眼新素女未經天際灑
庭前來學漢臯人

斗室

斗室才方丈茅茨土築墻人閒長晝靜樹密午陰凉蝶栖花間葉蛙喧柳外塘吟餘成獨笑高枕讀書牀

寫蘭漫題

泉明愛籬菊濂溪愛池蓮湘江紉佩人所愛在芳蘭我欽三君子愛者不敢偏惟能作蘭草菊蓮素不嫻揮毫寄素心固在三子間

茅齋

百年身世已銷磨聊築茅齋結辟蘿素壁僅堪蝸作篆

深林一任鳥傳歌詩歸澹泊生眞趣梦入安恬得太和
驀地南風來急雨洗人神思不嫌多

和興隆寺壁間女子詩

昊天不惠問誰何飄泊佳人氣不磨薄命飛蓬輕共轉
斷腸芳草亂成窠自來才媛傳聲遠偏是名閨晦跡多
稽首法王搗淚去還流應祝反黃

附原作

秦城一出恨如何祇爲年荒受折磨踏破繡鞋飛
彩鳳吹殘雲鬢作蜂窠沿門乞食施恩少到處求

稽首法王攜淚去還流應祝反黃

深林一任鳥傳歌詩歸澹泊生真趣梦入安恬得太和
驀地南風來急雨洗人神思不嫌多
和興隆寺壁間女子詩
昊天不惠問誰何飄泊佳人氣不磨薄命飛蓬輕共轉
斷腸芳草亂成窠自來才媛傳聲遠偏是名閨晦跡多
風雨閒關傷鎖尾分流應悔學江沱
附原作
秦城一出恨如何衹為年荒受折磨踏破繡鞋飛
彩鳳吹殘雲鬢作蜂窠沿門乞食施恩少到處求

人抱愧多欲賦于歸歸未得夕陽回首淚滂沱

對雨

殘陽初霽四窗開靉靆雲光雨又催愁溼雛鶯尋葉避
驚風乳燕入簾來潤生筆硯籌詩草清沁心脾愛酒杯
爲喜身閒神亦爽冥濛影裏句新裁

野望二首

千畝來年緑間黃坡公餅餌入詩香不知汗滴犂邊土
曾否先教婦子嘗
瀲灩溪流十里長水光盡處接山光幾家臨水依山住

一片炊烟靄夕陽

齋中二首

小梦初回日正長倦吟獨自倚匡牀晚來木末輕風起
徑草畦花細細香

雨餘芳樹綠森森清秘軒庭愜素心捲起西窗安小榻
夕陽影裏翠烟深

曉起二首

一夜風吹澍雨收曉天爽氣近新秋園林陰翳虛窓靜
清曠應居第幾籌

曉烟一縷繞南樓斷續隨風止復流高柳絲垂籠不得
輕輕飛過樹西頭

懷三弟獅坪二首

目斷南雲閩海天魚書去後已經年孤帆片影知何處
心繞河橋驛柳邊

麗譙鼓澀漏聲遲紙帳繩床鎖寂寥萬里懷人眠不得
四牕風雨夜蕭蕭

即事二首

當窗綠陰深繞砌蒼苔老長晝靜無人微風生徑草

野鳥與人習幽花對我香雲光空閃爍心地獨清涼

曉坐

何處晨鐘夢不成捲簾恰喜得新晴樹梢月白天光淡
水面風微曉氣清小有園林傳畫意不須巖壑寄詩情
倚窗無語羣囂寂一片天機靜裏生

暮吟

憂字須更防字

[illegible]影依微入戶斜飯餘獨自倚窗紗元駒結壘憂霖雨
丹鳥懸鐙戀落花暮色四圍迷翠靄墨雲一片蝕朱霞
靜觀物理眞消息總是天機未有涯

憂字須更防字

野鳥與人習幽花對我香雲光空閃爍心地獨清涼

曉坐

何處晨鐘夢不成捲簾恰喜得新晴樹梢月白天光淡
水面風微曉氣清小有園林傳畫意不須巖壑寄詩情
倚窗無語羣囂寂一片天機靜裏生

暮吟

返影依微入戶斜飯餘獨自倚窗紗元駒結壘憂霖雨
丹鳥懸鐙戀落花暮色四圍迷翠靄墨雲一片蝕朱霞
靜觀物理真消息總是天機未有涯

緑雲窩漫興

繁枝檐際合陰翳最怡情雨過沉沉碧風來簌簌清氣
涵藤几淨涼入荻簾輕繞砌花光豔幽香滿座生

齋中即事二首

清陰滿地靜娟娟竹榻涼輕倚醉眠梦醒簾波垂不動
一天細雨碧于烟

雲破天西喜暮晴炊烟一縷拂檐輕被襟快意高吟處
北牖風來繞座清

茆堂

晚對茅堂靜斜陽没畫櫺風生窗外柳月到水邊亭睡
蝶迷雙梦流螢度小星空檐澄夜氣為我養虛靈

夜坐懷鐵峰

羣籟息諠囂虛堂坐寂寥露凉花氣重風靜漏聲遥腸
共離愁結心隨別梦飄不知龍首客誰與話清宵

對月

雲淨天空暮雨收綠光滿地翠烟浮誰家明月吹長篴
有客懷人正倚樓

偶書

日雖閒尚樂境
足不搖食於折
五斗手

閒官惟合寄蒿萊樹繞茅堂綠不閒樂境只於安分得
好詩亦自若吟來縹緗壓架心千古紅紫當窗酒數杯
為趁殘陽攜短杖被襟巡徑獨徘徊

萬泉河散步有憶二首

渺徑無風不起塵烟波縹緲碧濤濤白蓮空憶浮雙槳
二十年前夢裡身

碧瓦參差翠靄飄樓臺倒影遠迢迢依稀記得松陵道
垂柳低遮白板橋

露坐

暮涼宜露坐雲淨碧霄空樹影玲瓏月鐘聲縹緲風曠懷惟我獨高咏與誰同池水青天靜涵虛朗照中

晚晴二首

鎮日廉纖雨似烟西窗乍喜見遥天輕紅一片殘陽裡高柳飄絲噪晚蟬

暮靄冥迷樹影深溼螢一點度花陰藤床獨坐虛堂靜何處涼風送遠砧

獨坐

獨坐厰虛堂檐楹納暮光露臺秋氣靜竹榻晚風涼附

鶴書千里懷人天一方心情空索寞吟望沒殘陽

新月

雲氣碧空收纖纖見月鈎四窗幮影薄一鑑水光浮玉匣難終掩蛾眉不識愁却思前日暮燈火倚西樓

[illegible]

納爽時宜夏移舟入碧荷日沉收溽暑風細起微波翠蓋飄紋羽紅衣剪越羅靜緣塵翳絶潔爲水雲過清影迎人遠幽芬襲座多被襟吟賞處遥度采蓮歌

出東郊

古今體中似不合抄入試帖

鶴書千里懷人天一方心情空索寞吟望沒殘陽

新月

雲氣碧空收纖纖見月鈎四窗慵影薄一鑑水光浮玉
匣難終掩蛾眉不識愁却思前日暮登

古今體中似不合抄入試帖

荷淨納涼時撿得波字

納爽時宜夏移舟入碧荷日沉收溽暑風細起微波翠
蓋飄紋羽紅衣剪越羅靜緣塵翳絕潔爲水雲過清影
迎人遠幽芬襲座多被襟吟賞處遥度采蓮歌

出東郊

曉色宜人爽氣浮斷雲疎雨作新秋嵐飛列岫連空翠
風湧長河捲地流沙鳥閒眠芳草岸水村静掩蓼花洲
欲憑小醉酬清賞忽見青帘出樹頭

過麥子峪

列嶂環虛谷邨孤窓樹藏水聲喧石瀨峰影淡秋光遠
塢青烟静垂楊緑蔭涼何時忘世事來築讀書堂

至山莊

雲影冥迷欲暮天柴門人倚夕陽烟涼風古木情蕭索
丙舍秋蟲感去年

山莊夜作

山堂依淥水蓬蓽紙牕開倦眼搖鐙影愁心付酒杯深
涼露重四野亂蛩哀短梦歸何處迷離繞夣臺

結意複小病作

石佛寺古松

吾聞黃山之松稱怪絕今古無人傳筆舌又聞盤山之
松天下奇何人爲寫龍蛇姿嗚呼二山吾老矣安得今
生勞杖履未遂山中一賞心轉笑人間皆貴耳丙子初
秋返南村墨雲垂天壓車軏飄風驟雨破空來驅向琳
宮叩佛子駭然怪物來攫拏鬐鬣之而亂飛起軒豁大

詩語即於本詩〇

□之恰當

結意複小病作

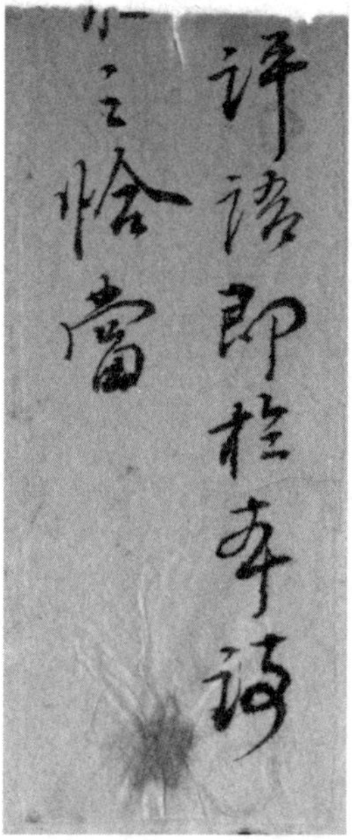
評語即指本詩
恰當

評語即在本詩

之恰當

山莊夜作

山堂依淥水蓬蓽紙牕開倦眼揺鐙影愁心付酒杯深宵凉露重四野亂蛩哀短梦歸何處迷離繞劵臺

石佛寺古松

○吾聞黄山之松稱怪絶今古無人傳筆舌又聞盤山之松天下奇何人爲寫龍蛇姿嗚呼二山吾老矣安得今生勞杖履耒遂山中一賞心轉笑人間皆貴耳丙子初秋返南村墨雲垂天壓車軏飄風驟雨破空來驅向琳宮叩佛子駭然怪物來攫拏鬐鬣之而亂飛起軒豁大

呌心目驚驚定翻教心獨喜殿東一株鋪綠天空中倒下垂鬚髯若爲羣松作領袖凛凛俯視何昂然殿後一樹卧碧谷綠雲蓬蓬飛不開雲隙時時露鱗甲酣眠獨抱驪珠胎殿前兩株亭亭立交納纏綿流翠汁其一挺拔忽膨脝紐作螺旋蹙巨節老枝欲伸不肯伸一尺二尺盤虬結其一才能二丈高禿針短葉如猥毛枝枝下垂欲拂地驀地掉尾撑雲霄西南一株尤可訝巨幹折身投地罅不知入地幾何尋翻身出土開雙杈枝柯屈曲復彎環高下横斜互低亞毋乃攜引衆龍子來共雌

龍神變化一聲霹靂天地驚銀河洄湃翻空瀉五龍爭起矣烟霧晦暝寒殿愁深夜見首見尾不可測翻濤激浪相噴射紺宇憑陵半搖動金仙惝怳來騰駕二三昆季魂魄飛盱目喬舌不能下噫噓嘻黃盤之松附石生遂爾磊落為奇形此松生長在平地胡為弔詭成形異乃識屠沽負販中亦有乾坤間氣鍾未能延為座上客毋謂市井之內無英雄君不見奇物托根近郊甸二十五年今乃見

歸自南村值雨

超脱

丰百泥塗馬未停潢汙行潦盡淵渟油油禾黍秋成近
渺渺村墟夕照暝雨陣天垂雲葉黑河聲風湧浪花青
一鞭遥指高城暮喜過長亭又短亭

暮晴河上有感

雨歇高樓暮色横岸廻遠浦緑波清碧天影淡秋烟薄
畫角聲乾落日明風月扁舟他日梦雲山杯酒故人情
流光逝水迢迢去野老端居百感生

山村二首

露氣侵衣曉色涼羣峰蒼翠斂烟光何人高卧南窗下

四面垂楊一草堂

濤濤野水起微波疎柳風生動薜蘿一片閒雲過山去
入㡘秋色遠峰多

村中

山溪活水護柴門又繞西村過北村一片涼波生碧靄
半林秋樹掩黃昏牧人驅犢吹蘆笛野叟呼朋解瓠樽
向夕歸來清不寐亂蛩蘺落醒詩魂

山村夜作

高卧山窗下幽懷契澗阿露華澄夜氣天影淡秋河野

犬深宵靜寒蟲四壁多一樽謀小醉梦入暖雲窩

遠望

斷雲拖雨過還山出沐羣峰擁翠鬟秋水伊人何處是
柴門深掩蓼花灣

夢二首

春酒啓華筵依然似去年醒來何處是清淚滴涓涓
霜露又高秋日月流波速魂梦復何如空自悲風木

河上

霜信來催樹影疎漲痕新落老菰蒲漁人不管秋多少

祇辨生涯酒一壺

齋中二首

人定草堂閒獨坐虛窗裡月影白如霜夜氣清於水

涼風來遠天明月生虛壁秋樹靜無聲蕭蕭清露滴

閨詞二首

怕見秋容户懶開慵梳寶髻掩粧臺侍兒不識心中事

迢迢高樹繞虛檐翠影紛披鎖玉蟾小閣夜深清露重

排徊不下水晶簾

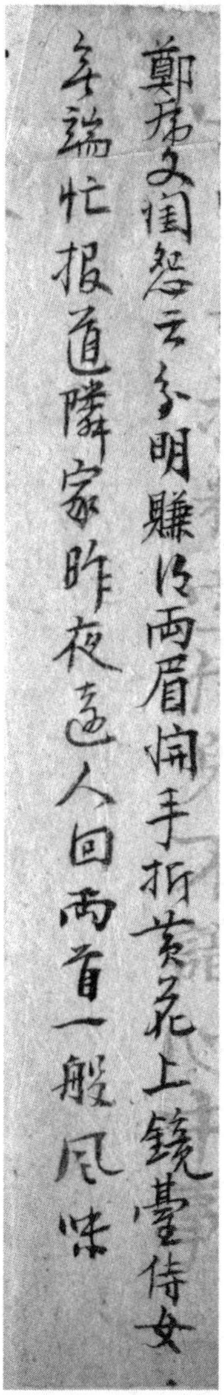

鄭君文閨怨云分明賺得兩眉開手折黃花上鏡臺侍女
無端忙報道隣家昨夜遠人回兩首一般風味

祇辨生涯酒一壺

齋中二首

人定草堂閒獨坐虛窗裡月影白如霜夜氣清於水
涼風來遠天明月生虛壁秋樹靜無聲蕭蕭清露滴

閨詞二首

怕見秋容戶懶開慵梳寶髻掩粧臺[illegible]
偏說前宵有雁來

鄭子尹閨怨云分明賺得兩眉開手折黃花上鏡臺侍女年端忙報道隣家昨夜遠人回兩首一般風味

迢迢高樹繞虛檐翠影紛披鎖玉蟾小閣夜深清露重
排徊不下水晶簾

即目

漠漠濃雲壓戍樓飛來急雨作涼秋無聊最是窗前柳
亂洒烟絲繞暮愁

對菊孫竪山限韻立亭弟同作

也開紫姹與紅嫣清瘦丰標似寂禪晚節同君甘澹泊
孤芳許我結因緣相看不入繁華梦共醉惟宜冷淡天
傲骨只應高士伴等閒未取俗人憐

示人二首

花樣翻來幾度新也曾人海逐車塵一從不作槐花梦

已是西風四十春

百年身世兩悠悠電轉星馳歲月流明日自然明日在

何人預作隔年愁

夜酌有懷並憶獅坪弟

倚牀高咏濁醪傾亦復離鴻念遠征萬里風塵秋九月

一牕霜露夜三更詩篇未必留天地草木終須見性情

且罄清樽歸醉夢不煩人世感勞生

夜吟

霜重風高萬木殘月明清浸石闌干空階落葉無人管

一夜秋聲梦裏寒、

臨高臺

振袂上高臺凉風四野哀遊子與棘人同境不同懷遊子思故鄉棘人望墓梅故鄉雖云遥萬里有時回墓門雖云近親爭何日來

郊行

溼雲不動壓山低墟里炊烟割樹齊信是小陽春氣暖霏微霧雨緑冥迷

獨坐

寥空孤月冷靜夜緼袍單風定鐘聲小秋歸菊影殘年
華霜鬢短人事寸心寒未有忘憂法擎杯強自寬

寄普遐亭妹丈二首

盐車累我歎從前遂使虺隤不著鞭試問騰驤千里騎
緣何伏櫪自年年

贏得神針近遠傳為他人作嫁衣穿誰知五色胸中綫
只博朱門刺繡錢

咏鏡為遐亭作

背上真龍繞四神開奩海月浴波新涵虛七出菱花影

只向粧臺照别人

有感

鍊得金丹滿月圓焚修辛苦幾何年可憐自己風塵裡
却付凡流證列仙

夜作

荻灰撥盡思無端晷短更長歲又闌倚枕微吟渾不寐
四窗風雪一燈寒

寄沈秀嵐

沈郎消瘦近如何幾度雲衢竟坎軻縱使項斯逢落寞

豈真李蒋久嚴阿文章在昔常磨蝎造化終須養太和
掋事胸中生芥蔕故人翹首怨思多

晚眺二首

冷烟不動壓平林十里寒原朔氣侵最愛暮天斜照好
偏教容易下高岑
已是殘陽下暮烟却看素月出遥天誰知一片金波影
又被雲遮露不全

咏蝶

年年金粉逐香雲栩栩逍遥逈出羣帝子多情傳畫本

東風作意剪仙裙從來梦裡原無我豈可花前不見君
却笑遊蜂貪釀蜜爲人作計未知勤

詩草底拙詩既有録本其零星草底共集一函留爲小斂盛枕之用

終日何曾成七襄徒餘心血寄篇章蓋棺實枕無他物
只此區區墨數行

田間有感

特買粗耰學種田卜秋望歲自年年誰知十載勞筋力
待得西成不滿肩

讀南華

擊浪圖南願已虛飛塵揚海竟何如若教待取西江水
呼抹空勞涸轍魚

寄金鑾坡

幾度天西望月輪梁頭清影白於銀一囊珠玉將高義
千里冰霜啗棘人我念雲霄遲羽翼君憐苜蓿老風塵
最懷諸子勞清夢離合惟餘委夙因

憶舊

一片輕帆萬里舟綠楊城郭過揚州依稀記得當年夢
瓜步江空月滿樓

夢鶴軒楳澥詩鈔續編卷二

終

二冊 十四首

夢鶴軒楳澥詩鈔續編卷二 三十七

夢寉軒梣湖詩鈔續編卷二　三十

文2844.854
49
23

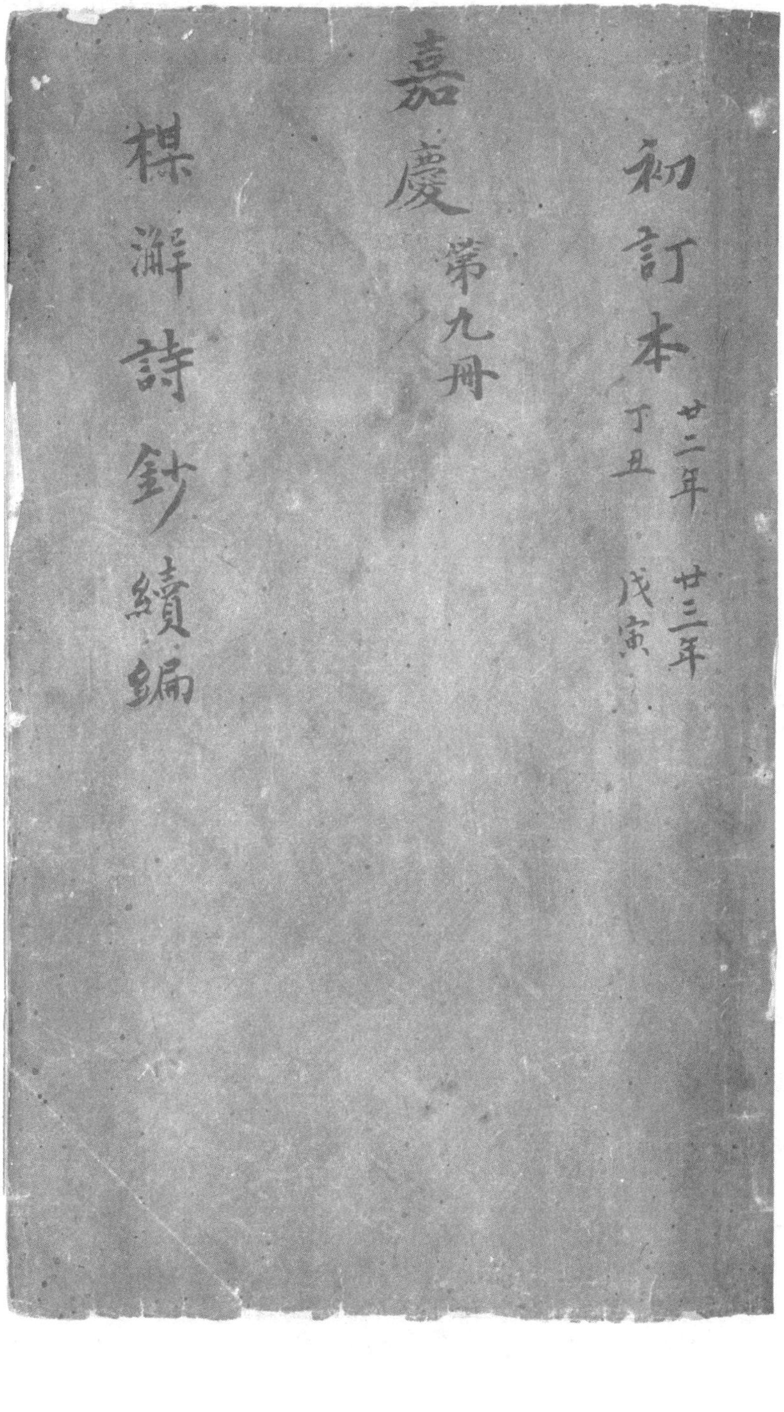
初訂本 廿二年丁丑 廿三年戊寅
嘉慶 第九冊
楳澥詩鈔續編

内鈌雯溪批籤

丙戌雯溪机議

夢鶴軒楳澥詩鈔續編目録 丁丑至戊寅

第三卷

夢鶴軒楳澥詩鈔續編目録 丁丑至戊寅

第三卷

[illegible]雀軒村湖詩鈔續編目錄

□霍軒桂湖詩鈔續續目錄

雲水吟二首　老樹

河上小步　對秀嵐懷金尚諸君

春禽　河上

漫興　對雨

閑關　朝鮮韓成履桐館聞余

名於故人李學山因以詩投

懷李學山金清山　贈趙芝園從事（名秀三號經畹）

洪從事致敬（名在喆號厚齋）以李學山致意來訪

金雲水朝鮮鴻臚僉正也（名弼與號士良）問其號口占爲

夢鶴軒梅澥詩鈔續絶句鈔　五

夢鶴軒楳澥詩鈔續編卷三 丁丑至戊寅

遼東瀋陽繆公恩立莊

漫興

莫將人事問蒼天造化無關盡偶然豈有文章能壽世
空餘魂梦憶華年右軍誓墓心同切揚子驅貧意自賢
喜是東風舊相識又隨襟袖共周旋

偶感

六十餘年感盛衰遄波一去不重回名園花柳酬春雨
華屋坵山鎖暗苔人世自來皆梦境神仙何處有瑤臺

左八[illegible]为誰是誰居

也知往復尋常事只是霜華兩鬢催

風箏

近似宮商異管絃翁翁空際正囂然欣看鼓翼凌虛起
却笑當心任綫牽能向眼前遮白日不知頭上有青天
紛紛細雨清明後鳥啄泥沾畢夙緣

對月

風細閒庭漏水沉初春夜氣尚寒森青天萬里孤明月
照澈氷壺一片心

夜作

雲破飛來白玉盤不眠獨倚碧欄杆徘徊何處舒長嘯
檐外霜風刮面寒

讀山海經

海溢山頹履跡陳操觚章亥及庚辰一從寶鼎沉烟水
天下神奸不及人

獨眺

何處登臨一舉頭東風斜日倚髙樓暮雲影鎖羣峰暗
野港氷隨斷水流未貯山中千日酒難澆人世百年愁
放聲長嘯無人問驚起沙汀已宿鷗

食蓮二首

春凍才融土挑來蓮白鮮何人貪逐臭忘却輓詞篇

葉綴垂垂露絲穿顆顆珠未經迎曉日先已供山廚

感吟

當年壯志竟何如垂白今知誤讀書小醉只應沉睡好

閒官久是熱中疏聲華過眼雲烟滅山水宜人意氣舒

無奈勞生難解脱不容蓬蓽遂安居

有懷

煦煦東風夜氣清春和初轉峭寒輕故人千里誰相問

伴我孤吟只月明

即事

底事天機不可尋異苔偏遣集同岑早知梓澤坵墟日
應悔當年締造心

閱棋

彈棋已失舊楸枰誰見中心最不平世局即今無定論
莫將黑白辨分明

喜鐵峰來訪

四年不見鐵峰來忽得欣然啓舊醅此際笑言惟子在

往時欝結爲誰開檐前緑憶南城樹座上人虛北海杯
我欲凌雲舒遠嘯何時携手一登臺

聽蛙

雨歇芳林洗徑杳幽軒睡起四牕開池塘青草蛙聲亂
好句何曾入夢來

郊行

平疇禾黍緑油油雨足千村麥欲秋流水聲中殘日落
亂雲影裏斷虹收光依日月心空切身伴烟霞願未酬
野店青帘何處是拚將一醉卧林坵

左三 徒爲稂莠資
改徒資稂莠肥

南山有薄田

南山有薄田磽确不可治禾黍殊不殖稂莠正繁滋豈
無雨與露徒爲稂莠資空期禾黍成天與人願違

漫吟二首

樹影垂垂過絶壁四窗含潤曉晴新庭除不用呼童掃
滿地苔錢繞綠茵

垂楊拂地午陰輕晝靜渾無聒耳聲別有娛人天籟好
凌晨鳥語暮蟲鳴

偶興

水滿桑田海又枯難將消息問麻姑請君試看人間世
華屋坵山事有無

自遣

誰信康莊是坎軻勞生縛我竟如何才隨老去無佳句
命與心違有浩歌花可忘憂應患少書能下酒不嫌多
漫將黑白縈懷抱且守庸愚養太和

偶感二首

迢迢南澗濱欝欝生荼蓼蓼花紅且豔荼花白而皓往
來行道人競稱顏色好誰知其中味苦辛不可道

庭前生異草翠色如春韭延蔓滿階除却掃難容帚主
人不能治紛紛竟結糺愼勿輕相觸枝枝能刺手

閒園

半畝閒園種藥田爲培膏土灌清泉誰知誤把豨薟草
認作昌陽二十年

山中有客來

山中有客來手携三秀草贈我兩三枝爲言能却老感
君嘉惠心珍重植庭表菲菲香氣清不唯顔色好人生
天地間造化有常道何能盜靈氣五行欲顛倒君子任

氣運姱脩以爲寶居處毋自戕可以期壽考

古怨詞

落花復落花飄飄竟何許獨立對空庭惆悵無人語

山中漫興

白雲在空山閒閒自舒卷風急影飛速風弱影飛緩山頭有磐石斑斕立苔蘚世間無巨𡚁萬古何人轉君子操冰鑑所師應不遠

東村二首

三日東村住溪山悦素心青烟凝翠巘遠水帶平林雲

古三 醆

影常來往波流自古今暮霞殘照裏歸鳥下高岑

携杖柴門外徘徊緑樹陰烟光秋色淡山影夕陽深野
徑迷豐草疎星出遠林曠懷誰與共幽磵蓄孤吟

村暮二首

迢迢遠塢下牛羊有客閒吟卧艸堂雲淨碧天秋樹緑
亂鴉聲裡日昏黄

長空卵色淨涓涓野樹無聲鎖碧烟獨向南溪閒倚杖
晚風斷續聽鳴蟬

村夜

萬籟無聲北斗沉天風不動樹陰森夜深沆瀣清于水
誰擬仙盤說鑄金

川上秋感

蕭條心境感清秋洲上蘆花對白頭三十年來成底事
枉將辛苦付東流

村中

重巒殘照裏一片碧烟浮漠漠涼空淨迢迢遠樹秋牛
羊歸牧笛燈火上村樓山叟攜藤杖柴門看月鈎

題蘭

子歎夏空砌二字
夜作 如此改荒草二字 則迷字不叶

纖纖細雨隔簾涼小醉閒窗寫國香未有吉徵來夢寐
空餘雅意寄瀟湘永懷卉服期爲佩何日山亭擬泛觴
衆草向榮欣有托鳴琴誰爲賞孤芳

漫興

不憚栽培灌溉功自矜衡鑒有雙瞳誰知拱把皆樗櫟
却笑當年認椅桐

夜作

雲樹昏昏掩暮陰蘭膏墜盞漏初深一天細雨迷荒草
半夜涼風送遠碪沒齒未能忘毀譽此身久不計升沉

蕭騷短鬢挹燈影賴有清尊洗素心

即景二首

風生爽氣清露洗高空淨捲起水晶簾半窗秋樹影
何處遠鐘鳴耳聞心轉定夜氣靜中生恍然識眞性

秋夜

蕭蕭落葉打窗紗大火西垂斗柄斜風淚寥空寒度鴈
月沉疎柳夜啼鴉半生陳迹無非梦百歲浮生未有涯
魯酒酌來成薄醉白頭吟望對鐙花

雙峰寺

欲更迴字

入谷青陰合林深葉拂頭烟澄山氣静石阸磵聲幽古
殿下殘照涼風吹素秋曠懷誰與共獨嘯倚僧樓

散步

山啣日影圓雲淨泬寥天明月入秋水遠鐘敲暮烟縱
能知静業柰未謝塵緣且自尋清妙閒吟解縛纒

題畫二首

我欲誅茅闢一菴晨昏莊老共幽龕茶餘酒歇携藤杖
磵北行吟到磵南
上方殿閣倚危岑巖樹高低綠影森清磬一聲雲外落

夢鶴軒楳澥詩鈔續編卷三

此時何處著塵心

對月二首

草頭繁露欲凝霜明月無聲碧樹涼安得淩虛三萬里
廣寒宮裏問霓裳

金波瀲灩玉輪高把酒狂吟意自豪我欲擎杯問明月
何人金帳醉羊羔

夜坐

閒二字欲更庭字

水鏡流天影未斜閒軒靜夜寂無譁半窗黃葉敲牕帘
四壁紅燈照菊花薄醉微吟懷縞紵秋霜春露感年華

物長字是仄声

空齋誰道無長（奇）物架有縹緗富五車

感懷

百年彈指感流光往事縈懷意自傷天下幾人能解脱塵中何處得清凉閒園長楚阿那綠小徑繁花自在香安得忘情如草木不教煩惱斷廻腸

答尚鐵峰二首

萬斛愁心竟奈何短檠雙影綠雲窩珊瑚已入千絲網寶鏡仍投大海波（鐵峰初試古學名第一嗣以制藝置平等）金盡牀頭顏色改尊空座上別離多臣今老矣君猶壯莫為蹉跎畏轗

夢鶴軒楳澥詩鈔續編卷三　木

軻

命不逢辰莫問天空將慷慨憶當年繫匏秖足侏儒飽
食字難期脉望仙作雨作雲終變滅種瓜種豆各因緣
衰翁已歷人間世休笑拘虛類老禪

題畫蘭

寂寂空山裏幽蘭碧幾行縱教無灌溉冒不減芬香我
自揮湘管誰將紉佩囊清操應獨守何事詡孤芳

夜作

悄悄余心夜不眠蘭膏藤榻獨蕭然事違定理終歸數

多七例附繕

清靈之至

業或前因莫問天欲遣情懷惟麯糵能除煩惱即神仙
月明萬籟都岑寂灰木吾將學老禪

觀書有感

寒擁紅爐獨閉門縹緗滿架對晨昏能空海外啣明燭
日不人間照覆盆竟有豺狼能反齧曾無鳥雀解酬恩
支牀掩卷餘三嘆傾倒澆書酒一尊

即事

掃雪親融水圍爐自煮茶夜來蘆被暖清梦到梅花

憶舊五十首

夢鶴軒梅澥詩鈔紀紀卷三　十

有酒盈尊醉不眠短檠孤影剪長牋即今細細尋前夢
已隔風塵四十年

珠編貝光華陸離人艳取不盡且廣見聞

金閶綜髻駐星軺學作吳歈舌已調夜半姑蘇臺畔立
一天明月聽吹簫始至蘇州府寓侍其巷侍其複姓也是歲戊子年十三

冷署東偏倚郡城林花山鳥最怡情塗鴉竊學吟哦事
每苦粘聯誤四聲己丑居鎮江府經歷司署

銀山獨自倚高臺長嘯空天倦眼開風利潮平新雨後
亂帆如葉過江來鎮江金山在江中銀山在南岸

湖山芳草碧蕺蕺明月苔階响暗蛩一樹樓桑圍二丈

右三是綜髻

五間廣廈緑陰濃庚寅至溧水縣余榻於花廳二堂之西南隅有大桑根距堂檐五六丈而枝榦横斜覆蔭高堂併東西廂室滿之

一片澄波瀨水深沙黄人道有遺金當年乞食吹簫日
誰識英雄萬古心投金瀨子胥遺跡也

曲徑危橋度水涯殘陽問宿野人家長洲斷港西風急
誤把蘆花認雪花歸自溧水山行路頗幽曠

鰣魚上網熟櫻桃風入蓬窗拂紵袍我亦檥舟問池水
瓣香杯酒拜詩豪辛卯四月自鎮江至陽湖縣泊檥舟亭亭上有洗硯池東坡先生之遺跡也池水作墨色

籬夾薔薇絳雪消池南池北雨瀟瀟凌雲軒外無人到
半是修篁半柳條陽湖縣署東南有文昌閣額曰凌雲其後軒爲書室池亭竹木殊勝
七里橋邊一葉舟西風吹草正新秋夜臺空有詩人墓
杯酒誰澆萬古愁自陽湖縣至金壇縣路由七里橋城外有唐戴叔倫墓縣令失名題坊曰
詩伯夜臺其墓舊無知者水壞得石其文曰龜卜吉著
卜凶三千年備水沖田堂遺志張巡檢移我骸骨上高
峰見邑志

春晴洗硯題詩處靈雨披簑種竹時同伴即今仍在否
料應無復有人知五月十三日爲竹醉日移竹於書室之前

太伯城邊綠草蕪一帆明月過姑蘇當年斷髮文身處

右の注 點小是城外

贏得山名道姓虞自金壇由常州無錫過蘇州至常熟

嘉名誰爲錫琴川七派清波走石泉流水高山今不遠

即

我來處處聽鳴絃常熟言子之故里也有水七汊貫城而流故名琴川

桂花風裏又金閶碧浪清秋薄暮涼明月一天天似水

隔烟漁笛起滄浪還至蘇州府

夜氣澄秋愛碧渟湖山倒浸數峰青橫斜樹影玲瓏月

亂颭金風水一庭始賃蘇州李家園爲寓山池掩映亭樹參差是夜解裝明月滿天涼風拂樹喜而忘寢

怪石森森邃復深佛天獅子立成林即看萬竅玲瓏意

便是先生七孔心獅子林集太湖石不知盈幾萬髙者尋丈計磊疊爲林洞穴穿通皆容行步而其上或建亭室合抱古松樸木憑附凌虛乃其托根則在洞穴之上而其土不過盈尺其東半洞穴中亦多通流水云是倪雲林先生手筆也

鎩羽秋深又入吳烏龍橋外一舟孤排山巨浪能遮月

身駕長風過五湖赴鄉闈歸　先君子護太湖等府同知望夜之暮買小舟鼓帆出烏龍橋口西風刮地秋浪掀天夜二鼓至洞庭山麓

湖天十月水雲寒雙槳橫塘柳葉乾光福烟嵐迎我翠

好山只惜夕陽殘自太湖歸蘇州

小園又復駐輶車舊館居然似我家石上蒼苔窗外月

幾囘春信問梅花復寓李家園

吳江春水一篙清季父停橈共問名四月梁舟謌燕爾

萬條華燭照人明時四季父竹軒公自粵東赴都歸過姑蘇偕　先君　先妣同納采於吳江縣宰班生菴先生是歲四月原配費馬氏于歸

長風不起海波恬萬竈烟青出矮檐小市魚蝦供海錯

官廚最富水晶鹽四月署金山縣事縣治去海二里許地屬江蘇而爲浙之鹽場鹽灶相比本城許食不得多販越境海中螺蛤魚蟹不能盡悉其名曾見蟹二十餘種

春深江上暮潮生短艇魚舟待浪平灘上沙鷗眠不起

船窗水月射人明偕內人自金山赴吳江縣

夢鶴軒梅澥詩鈔續編卷三　十三

鏡中七十二芙蓉一片仙雲縹緲峰曾與青廬人共載
綠荷風裏泊垂虹泛太湖至吳江縣

雨過松隱〔陰〕碧流深長夏漁郎萬木森黄浦江聲風怒起
水豚吹浪海雲陰自金山赴嘉定縣任松隱鎮名境殊幽邃

風吹殘梦過吳淞曉色冥迷看玉峰水影拖藍山滴翠
天將秀色付吳儂過崑山縣其山水最秀

白鶴南翔去不回遺蹤無復在蒼苔自來未解神仙事
怪有殭羊敢浪猜嘉定南翔鎮縣志云南翔橋圮撅地有雙白鶴南翔而去故名

幾葉芭蕉剪卧茵香殘月桂菊花新名園珍重傳佳種

右三條字改過字
右四詩陰字改陰

首許金閨病美人 六月至嘉定署歷夏徂秋嘉定菊花冠于南省其佳者十月始放可至季冬其開最緩意若美人抱恙不為精神發越之象故評為病美人

木綿吉貝尚堪鄰若擬羣芳更不倫幾許鄉農真絕倒
香花簫鼓賽花神 嘉定最饒吉貝其棱布甲天下亦衣被天下合境藝之以俗名綿花也遂建花神祠於城隍廟花園内設像十有三計閏也單月象男嬰月象女以正月為柳梦梅六月為西施九月為陶令十二月為令婆令婆者楊業之夫人也閏月為楊再興其無稽最為可哂其賽會之盛惟少亞於城隍之神

秋老西堂白日陰海風吹破湧氷輪客情不忍扁舟去
白鶴寒江百尺深 自嘉定赴蘇州

夢鶴軒楳澥詩鈔續編卷三 十四

寒山遠寺夜鐘清天水涵虛上下明漁火江楓眠不得
姑蘇城外月三更至蘇州府

深院無人掩翠苔湖山應喜我重來雪殘三徑陽春暖
先遣梅花索笑開復寓李家園

陸家舊第古雍熙梵貝書聲共一籬開士更無文暢在
滿窗明月獨吟詩賃雍熙寺為書室其地爲陸遜宅也寺中無關忠武位僧云設則寺中不安

少年意氣詡驤騰每說無生薄老僧故我於今空自笑
當時枉借佛前燈

燕臺空說築黃金，傷盡天涯失路心。我正江東慚父老，喜從吳苑接椿陰。自都中歸，先君署婁縣事，余至蘇之日，值新撫軍涖任，先君適以公務至蘇。

秀南橋外客舟停，燈火漁村戶未扃。殘月輕舟初到岸，白龍潭上水雲亭。至松江府婁縣水雲亭驛舍也，在白龍潭岸。

官梅送我欲黃昏，雲水孤舟客斷魂。夢裡吳謌聽不得，雪天曉月又蘇門。自婁縣還蘇。

催花御史下瑤臺，萬卉齊從雪裏開。更借春冰留一月，含葩祇候

夢鶴軒楳澥詩鈔續編卷三　十五

翠華來戊戌先君承辦迎鑾花卉花爲人役巧奪天功大抵以氷炭燥溼爲操縱

風帆水驛趁行營氈幕繩床太瘦生氉毿歸來秋又晚菊花香冷闔閭城己亥隨梁文定公瑶峯先生行營赴都歸已秋暮

巢燕多情覓故居春秋來往五年餘一從揮手淮南去花鳥東風可憶余將去李家園赴江浦縣

畫舫山塘過虎坵九龍嵐翠望中收若氷洞裏鳴琴筑第二泉聲日夜流自蘇州過無錫若氷洞者九龍山惠泉發源處也洞深廣如一間屋泉自洞中石隙出其氣清泠逼人其聲琤琮盈耳

疎窓垂楊繞緑絲，黄蒲墩近放生池。春波極目平江闊，幾許風檣陣馬馳。過常州府，黄蒲墩在河心，放生池在東岸，此水即古平江也。池中金鯽大者長四五尺。

河水灣環兩岸高，浮圖拏日出雲霄。忽看百尺霞光起，一帶仙樓建赤標。過丹陽縣，其河分長江之水，虞其洩也，遂灣環之。環則易汙，汙則歲挑以通漕運，故兩岸積土如山，不見村落，舟行殊悶。惟寶塔灣浮圖一雉高矗，復有丹樓排空横列，形家為水鎮也。俗名三義廟，董思伯不為題額者即此處也。

京門天塹大江横，萬疊山圍鐵甕城。怪底石簰流不去，洪波晝夜走雷聲。鎮江府為鐵甕城，石簰山在江中，亂石参差布江面，闊長約百數十丈，俗

呼郭公墓謂景純也江水湍激無風雷吼

鐵鎖沉波繫畫船紅輪照破一江烟帆飛樹倒青山走

快意雄風一扣舷舟懸泊江中翌日霧消風利破浪而西惟見兩岸山峯電掣林木皆橫千里江陵一日還其象當亦如此

鳳凰山翠湧荒衙屋外屋中共幾家最愛青春二三月

東風細雨滿城花江浦縣城其北面偏東鎖鳳凰山而立縣衙倚山城中不過千餘家市闤寥寥屋多茅茨而城中城外花木蔚茂

江城十里到江邊市積魚蝦不值錢曾上東樓看明月

一樽浦酒醉涼烟城之東門即落平地羣山東北拱之秋月滿天山林爭翠余常携酒登樓

吟嘯浦子口産名酒清洌甘芳其尊其色皆似高郵之木瓜其味近嘉定之醬金香

定山青到大江邊浦子城高壓水天金粉六朝何處是龍盤虎踞尚依然、浦子口斜對金陵鐘山石頭近在眉睫定山者達摩渡江入定於此其宴坐石有手足跡各一

虞姬墓接項王墳暮暮朝朝見楚雲我亦能歌如杜默耻教雙淚落紛紛姬墓在城西四十里王墓在城西北七十里相距約三十餘里

西華山上石崔巍傳是韓侯舊將臺不信竟遭兒女賣未央鐘歇梦初回城西北西華山南面山半坳中有磊石高臺傳是韓信舊跡山下重岡複嶺逶迤十餘里盤桓城北名九里崗俗所謂九里山也

不信蕭蕭已白頭江湖蹤跡幾經秋今生已向蓬門老
賸有閒吟憶壯遊

賀歲

霜露三年嘆鮮民何心魚鹿賀新春不堪玉鏡窺雙鬢
聊複椒盤獻五辛辟穀有方艱濟衆點金之術且居貧
高吟痛飲從吾好落落心情嬾告人

題蘭

寄跡懸崖上孤根得氣先不將羣卉伍獨自飽雲烟

答鑾坡因春柳見懷之作二首

孤根仍倚碧階頭一縷烟絲一縷愁寄語凌溪溪上客
於今不似舊風流

千里分柯寄遠情窗前對我尚盈盈誰知別後東風厲
病葉低枝太瘦生

雲水吟二首

浮雲不見歸流水不能返惟有山中石此心常不轉

浮雲能作雨流水可滋田惟石無事功只解卧雲烟

老樹

攫拏低亞老參差為憶干霄鬱鬱時鴉夢月明藏密葉

鵲巢春暖駐高枝心將化鐵冰霜古皮欲生鱗雨露滋
莫羡園中桃李樹嫣柔得意幾多時

出一幅畫景圖

河上小步

草木欣欣已向榮蕭蕭夜雨曉初晴風微細處澄波綠
日麗遙開列岫明候鴈遠隨雲葉去暖烟斜帶樹腰橫
沿溪莫嘆春流急且咏新詩自適情

對秀嵐懷金尚諸君

知交三數子翰墨有前緣可奈頻離別無殊久棄捐心
牽春樹影目斷暮雲天相對惟君在祇徊憶昔年

春禽

一片春光碧樹頭禽聲上下聽啾啁縱饒天地陽和氣
梟鳥從來不化鳩

河上

潘水澄波上遠烟沙堤繫馬綠楊邊恰宜小醉漁村酒
黄鯝魚肥出網鮮

漫興

檉柳花開撲簌紅熾人火繖正當空南榮陰繞垂垂綠
北牖涼生細細風往事欲抛詩句外故人常入梦魂中

紙屏竹枕湘簾静幽興將誰與我同

對雨

澍雨平池起碧瀾緑楊絲搭石闌干閒軒盡日無人到六月寒

欵叐壓字

字太重柳絲輕物也何以言壓予以為不如搭妥否則當作拂字亦較勝壓字然否　芷庭

民 屬

憚暑作逋客閉關三徑深捲簾收水氣移榻趁槐陰日月自朝暮圖書足古今未容終免俗聊此寄遐心

朝鮮韓成履桐館知余名於故人李學山因投以詩

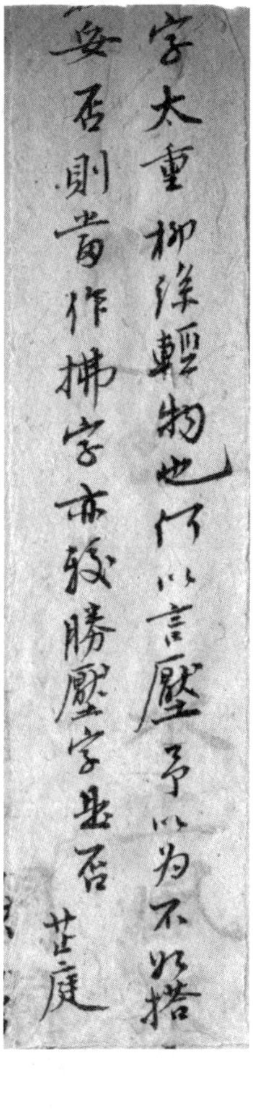
字太重柳絲輕物也何以言壓乎以為不好搭
妥否則當作拂字亦較勝壓字並否
芷庭

紙屏竹枕湘簾靜幽興將誰與我同

對雨

澍雨平池起碧瀾緑楊絲搭石闌干閒軒盡日無人到
水上風來六月寒

閑關

憚暑作逋客閉關三徑深捲簾收水氣移榻趁槐陰日
月自朝暮圖書足古今未容終免俗聊此寄遐心

朝鮮韓成履桐館知余名於故人李學山因投以
詩

靈鍾白岳育精英為喜萍逢一識荊舊雨離愁過十載
新知結契幸三生門墻久愧無桃李縞紵惟期見性情
阿好自緣君過聽下車首屈訪銜名

懷李學山金清山

一江鴨綠隔雲天舊雨縈懷十四年翹首金剛山月上
何時翰墨續前緣

贈趙芝園從事名秀三號經畹

鬚髯間雪玉顏紅曼倩多諧意不同出口波瀾聞浩瀚
搖毫圭角見磨礱每遭磨蝎遺山外芝園以弱冠登賢書至今久滯幕寮

欲攬英雄入彀中曾與立亭弟云邀致英雄當以筆墨笑我祖孫兄及弟
被君收拾納詩筒

洪從事致敬名在喆號厚齋以李學山致意見訪
崇仁猶自憶衰翁佳句聞君臭味同價待連城人比玉
筆搖五岳氣如虹終軍年歲高軒出李橋文章上國通
好俟他時持使節更來相訪華門中

右張從事詩俟字乞
右詩改俟字

朝鮮金雲水鴻臚僉正也名弼與字士良聞其號口占為
贈
萬泉河上艷秋光一片蘆花鎖夕陽我問先生住何處

笑言身在水雲鄉

贈副使趙石厓名萬永字允卿書狀官兼司憲府事掌令

喜得同參閱物華異呰不悵隔天涯雲東瀛海三千里
日下樓臺十萬家
天子金根飛翠葆使臣銀漢集星槎我慚伴館無佳句
郢曲休勞着意誇

題蘭

山中闃無人惇惇媚幽獨清風爲誰來吹香出空谷

感吟

書蠹無端過六旬臣之壯也未如人曾無棹月船天句
漫遣微名動國鄰

疊韻答趙允卿

筆端浩浩吐精華學海文瀾未有涯掌故君真推博雅
摛詞我已愧方家十年久憶凌雲客謂金李二君子萬里新看
貫月槎木李爲勞瓊玖報錦囊什襲異時誇

調趙芝園其句有云三叉路口時行飯無數兒童看角巾

折風大帽蔚藍衫如戟鬚眉鐵骨寒我笑兒童無巨眼
紛紛來作壁人看

既與諸公訂交並憶金李二君

風雨瀟瀟夜不眠新知結契舊堪憐百年又結三生梦
贏得他時倍黯然

簡趙允卿趙芝園二首

鳳凰山外柳邊開有客新乘白馬來象齒南金通國信
落霞秋水嘆天才一聲長笛清泠調半部遺經柱石材
矯矯淩寒今兩趙我生多幸共徘徊

幸是同文若合符不愁相對語言殊逼人逸少文犀管
醉我周郎縹碧壺食德花飡呈軟玉接談蓮舌吐明珠

自慚元著無名理浪啓邠公百寶廚

爲趙石厓題畫二首

玉屏環合碧崔嵬樓閣玲瓏梵宇開暮色蒼茫羣籟息
清鐘何處破烟來

松楸寒翠鎖嵐光萬笏摩天擁劍鋩我欲偕君空谷裏
臨流同築讀書堂

招允卿芝園致敬及立亭弟小集綠雲窩共酌

愧煞陳家兄弟賢客星來集綠雲天酒腸獨我期會棨
詩筆諸君逼浪仙一聚萍蹤歡此夕再留鴻爪待何年

未容剪燭通宵話惆悵萄香繞敝筵

朝鮮賔館即事

白駒維我客河上小盤桓野樹遠烟碧暮天秋水寒酥醽吞大斗筆墨起驚湍詩債休將去追呼萬里難

石厓以其國朗善君集刻海東名筆相贈且欣且感成四絶句

留得乾坤萬古春殘編斷碣拾龍鱗莫教駕鶴緱山去常與斯文作主人

高義河間伯仲間法書流入鳳皇闕淮南何事飛昇去

蘋桂空餘大小山前作不知君之已薨逝也故此愈增感嘆
象罔元珠不可求誰期飛過綠江秋溯將鐵畫銀鉤筆
直是洄瀾海逆流
水館停驂遠俗氛嘉賓白馬異空羣解裝投我金錢帖
誰諏駝來貝葉文
戊寅之秋余忝充朝鮮貢使館伴得交石厓經畹
諸君荷以朗善君摹刻海東名筆爲贈飛烟結霧
秋蚓春蛇皆朗善君捜之於殘缺之中壽之於貞
珉之上者也嗚呼賢哉王子發潛德之幽光遠矣

冠冕唐皇中秀
蘋積挺

先生布芳蹤於上國余也光迷於目莫禁神飛感動於心竟忘形穢意貪驥附妄敢貂聯笑蚊力而排山愧螢光之照夜用呈荒謬就正高明九月九日䟦

引朝鮮使臣迎

蹕恭紀六截句

茆店雞鳴夜欲闌迷離曉色露華寒一條軟道平如掌萬騎無聲列錦鞍

紅輪湧出海三山靄靄和光徧九寰孔翠鵷黄三十隊

五雲多處繞
龍顔
龍旂豹尾列班行虎侶鵷儔共對揚何幸小臣叨
盛典也隨泥首覲
雲光
緑袍烏帽古衣冠典禮由來殿百官唱道朝鮮迎
蹕使
真人按轡
笑容看

振策雲從果下蹄肅行山立布垣西一聲
召下傳呼入魚貫皂趨步武齊
如砥園營淨土黄日華當午沐
恩光近臣霽色傳
天語
特賜金壺白玉漿
河干即事兼索書法
長河望渺茫古岸共徜徉野水瀯秋色斷烟横夕陽繩
樞慚拙搆巖電説觀光園謂芝一紙留名跡晨昏對竹牀

次韓鍰韻

漠漠秋烟罨水光樓臺影裏下殘陽幾多鵷鷺同舟濟
莫遣離愁繞故鄉

次李性質韻二首 名文養 鴻臚僉正

莫道蕭蕭白髮多華年原不似洄波與君且盡金貂酒
萬古愁來奈醉何

浮萍聚日已無多柳岸同吟倘逝波白馬鞭絲歸去後
水濱重到問誰何

與李性質索詩

恬静能乃得之
時或不能道隻字

寸縑投贈意如何欲睹天孫織錦梭今日負將詩債去
他年子母計應多

寄李學山

蕭蕭落葉打窗多嗟我懷人竟奈何清梦十年縈夜雨
黃姑千里隔秋河却慚説項來羣彥轉溯班荆慨逝波
一紙西風天外去殘冬梅信可相過

贈林子儀 字子儀工鉄筆

拔山腕力晚方知袖石懷君無盡期信是昆刀工刻玉
可能慧劍斬相思

寄金清山

賓館依然對萬泉緑江偏阻故人緣韶華已逐流波去雲樹空餘遠夢牽尺素冰霜曾作使（乙丑之冬余將赴都清山留書屬為附寄）斷鴻寒暑幾經年幸存一紙雲龍篆常繞文光翰墨筵

題畫十二絶

高閣臨春

瑚闌杰閣鎖春紅百合香生緑樹中吟罷但聞禽對語滿簾花影四窗風

松泉寄興

古澗琤琮奇松夭矯我思其人寄情幽眇

扁舟訪友

東風煦煦草堂開緑樹横窗逕點苔臨罷黄庭無箇事

片帆春水故人來

指頭生活

枯墨洒淋漓天趣横蒼老千秋玉板中留得鴻泥爪

耕餘返渡

蕭蕭古木蒼漠漠空山靜暮靄荷鋤歸野水流人影

深林古刹

天連青霧重風拂翠屏開何處深林裏清鐘縹緲來

赤壁遺蹤

縹緲雲烟石壁揷天懷我長公片月長川

倚杖觀流

斷埼挂殘日長林生遠風嵐光落溪水人在翠微中

長松寒月

老氣横秋高懷戀月想見其人氷心鐵骨

琳宮訪社

聞道禪宗説苦空琉璃徧築梵王宮不妨我過溪橋去
拈取無生問遠公

松林飛瀑

懸瀑飛空長松大山看我與君促膝其間

霜橋曉發

木落草枯天高氣清涼烟斷橋殘月尚明

答石厓拒詩債

詩祖久欠意如何我惜流光一擲梭爲笑韓王收海物
不如囊橐貯詩多

又答

頻頻拒債奈君何莫學鄰家擊齒梭翰墨有神緣不薄
此情從古未嫌多

招金雲水韓桐館韓鍰小飲桐館即席賦別口占

次韻答之

去矣光陰速惟應共惜分孔尊常愧滿荀坐得留熏落
葉飛秋樹離懷感暮雲如教申遠意尺素莫忘勤

次韵答韓鍰

以文能會友不語有心通幾日成離别相思只梦中

意字錯未 意字余以為當作竟字 未安 茁庭

館中遲石厓不至三首

石厓底事意忘情有客深宵太恨生剪盡燭花何處是半窗水月照人清

主人留客亦多情客醉歸來暈頰生一粒金丹呑入腹照人依舊兩眸清

有情原自遜無情歡喜休教別恨生胸貯雌雄丹二粒揮毫灑灑與秋清

答石厓

醉鄉不為先生設我勸先生盡此杯自是石厓能壁立

夢鶴軒楳澥詩抄續編卷三　二十九

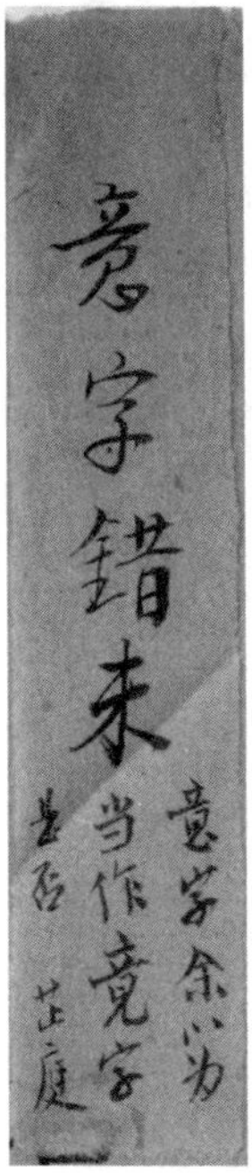
意字錯未
意字余以为当作竟字
是否　芷庭

館中遲石厓不至三首

石厓底事意忘情有客深宵太恨生剪盡燭花何處是
半窗水月照人清
主人留客亦多情客醉歸來暈頰生一粒金丹吞入腹
照人依舊兩眸清
有情原自遜無情歡喜休教别恨生胸貯雌雄丹二粒
揮毫灑灑與秋清

荅石厓

醉卿不爲先生設我勸先生盡此杯自是石厓能壁立

諸君寧惜玉山頹

次韻別金雲水

律跡星馳未許尋新知喜得盡儒林從吾所好惟斑管
與子相忘是素心白岳雲來嘉客去蓬壺水淺別情深
片言珍重君須記莫遣魚書有陸沉

次韻別桐館

歲月堂堂去前塵不可尋別離人欲老風雨夜初深無
阻惟清夢常期在素心西馳來驛使金玉待嘉音

又和琴操一章

關山遥遥征夫孔勞念子來思朱陽載驕今子往矣繁霜已飄噫噓嘻日月不我淹兮憂來怋怋何以寫我心兮寄此清操

送别洪致敬

秉節東瀛客惟君最妙年方家真落落公子正翩翩健句驚雷起清光寶月圓再來如見訪應復着先鞭

送别趙允卿

河干賓館對山開輪馬鞭絲幾度來筆底墨花芸閣草胸中雲錦繡衣材驪歌疊唱情無盡寒樹千重首重回

再到琳宮誰共語塼花殿影莫裴裏

送別趙芝園

邂逅河橋得我君和光春靄氣如雲半生久笑遼東豕
一顧真空冀北羣霧雨幾經藏豹變斗牛終是出龍文
古妝未必宜夫壻好畫蛾眉看舞裙

與允卿芝園話别

却為無緣恨有緣一尊酒盡即雲天隔宵便醒三生夢
沒齒同懷半偈傳昆季漫勞稱壁合鶬鸞真是愛珠聯
照君照我青天月莫說清光兩地圓

送別邊完齋鎬洪文汝李子敬劉學善公禹瑞德圭號松菴諸君四首

長隄烟樹碧迢迢東望神嵩驛路遙我有相思將不去
綠江新漲阻秋潮

一江波浪綠如油掩映朝霞紫蓼洲欲遣西風吹別夢
化爲秋水送行舟

相逢已負少年春悵惘驪駒踏冷塵千里風霜須強飾
與君同是白頭人謂完齋

釃酒寒林落葉風驪謌一唱憾無窮文旌去去人何處

梁月清光碧海東

臨岐送石厓芝園致敬子儀二首

盡此杯中酒重來未有期東風春不遠珍重寄相思

西風吹白雲失我同岑侶清泪盈兩眶握手不能語

既送石厓經畹諸君歸過萬泉河上感成四首

西風黄葉送君行人到青山第幾程一片離情牽不斷
亂峰高下可憐生

平原落日馬初停知是長亭是短亭我策一鞭歸路熟
只餘秋艸向人青

萬泉河水晚波清一杖閒携飰後行柳逕更無人跡到
夕陽惟有亂鴉鳴
憶煞燈紅酒緑時那堪重讀案頭詩虛窗素壁搖孤影
落葉無聲夜漏遲

為婚者題蘭二首

一從九畹育仙芽玉樹庭前擬共誇昨夜靈風飛化雨
向人開作並頭花
綵線神針紉佩囊靈芝結契久同芳金燈入夜懸華燭
寶幛祥徵梦裡香

懷石厓經畹諸君二首

再到河干有斷魂況逢殘日欲黄昏西風黄葉心千里
明月秋燈酒一尊高柳何時重繫馬孤僧無事早關門
長堤野水依然是莫問鴻泥舊爪痕
四旬款識喜知音賓館居然翰墨林冷雨懷人秋欲老
殘燈敲句夜初深百年日月三生梦千古文章一寸心
若問何時重聚首當年佳話已難尋

郊行

爲愛郊原正小春暖烟遠岫湧朱輪疎林風細吹紅葉

野逕霜濃壓翠塵山意清澄摩詰畫秋成熙皥葛天民

崇墉比櫛看多稼我欲歸田擬結鄰

雙峰寺

不到山中已隔年足音空谷訪枯禪天風乍起驚金鐸

夜雨新收响石泉高閣四窗寒翠濕遠峰千樹亂紅嫣

孤吟記得諸昆季曾倚松根句共聯

憶朝鮮諸友二首

輕塵浥雨放晴暉喜送

鑾輿便日歸虎拜皇華

右六橋走稿言

夢鶴軒楳澥詩鈔絲綸卷三　三十三

鈞樂細鳳啣
寶墨
御香飛半林黃葉隨征馬九月繁霜上客衣爲憶郊闉
揮手處幾人相對共依依
暮色蒼涼鎖碧灡不堪賓館更盤桓烟迷古殿鈴聲澁
露墜高榆月影寒南浦送君秋水闊西風吹梦曉鐘殘
祇餘筆墨留虛壁幾度吟哦幾度看
送于軒内再從兄于軒名貴保以丙子來任比部郎中大學士謚福公之第九子也

漫因分手說無緣垂老誰期共几筵別有精神鍾間氣
同將身世感華巔瓜時已及三年代梅信方融十月天
坦腹幾何今卅載那堪回首憶從前

夜坐

書香鐙影共盤桓賴有匏尊酒未乾吟罷懷人誰與語
一天風雪夜深寒

寄沈秀嵐

風霜毷氉冷征袍悵惘頻年咏大刀縱未評衡逢薛卞
早將聲價重英髦面黧驛路憑誰問舌在文壇且自豪

我對雲窩看短剌梦魂千里溯江濤

夜雨 十月初六日

陽月回陽氣初冬春暫歸同雲連屋暗冷雨入窗飛風逆鐘聲遠更深酒力微懷人尋短梦燈影動書幃

閒行

落日高城萬木枯暮烟平野望糢糊天低遠塢鴉羣亂雲淨長空月影孤古徑獨行憑犬吠濁醪薄醉倩藜扶優游且復尋天趣莫向囊中問有無

擬古

[illegible]字數又發字又
又格字

當作訊

風吹枯木兮何蕭蕭白草短兮霜亂飄歲將晏兮佳期遥山中故人兮不可招心耿耿兮路迢迢步明月兮天泬寥

寄金鑾坡

問詢（訊）窗前柳於今幾許長西風秋浩浩明月露瀼瀼青眼已難見柔情殊未將當年珍重意此日豈相忘

寄尚鐵峰

尚子近何如報君無尺書衰翁空索寞故友半蕭疎歲月隨流水風霜老敝廬吟哦成短幅珍重附雙魚

即事

茅屋塼堦雪半殘竹爐已燼荻灰寒先生聲自如金石別有胸中不火丹

發少陵之幽光亦老健

讀杜詩作

五十方知讀杜詩我今六十未能知渾淪只見英雄氣琱鏤偏工瑣碎辭百歲憂愁哀病叟兩朝史事寄吟髭騷經漢晉歸爐冶鑄出精光更陸離

小春即事 二十五日

十月陽春後兼旬暖未歸時來風煦煦每遇雨霏霏天

地情難測陰陽理不違忽然同栗烈半日雪横飛

獨夜

獨夜清無寐相思萬里長故人殊不見遠梦意難忘顔色時相接空餘明月光蕭條寒樹影寂寞下高堂

寒月吟四首

冷月復冷月照人頭上雪惟知冷照人乃不思圓缺

皎皎趁寒姿横飛不自知圓缺勿復道遐思入地時

萬有各從類氷霜爲所契安得萬紅爐鑠此凝寒氣

光華不自斂應招孛氣生妖蟇呑素魄原忌太分明

有感戲作

書禮從來性可移爲憐已負少年時池塘春梦無佳句風雨重陽有欠詩未得八龍稱合德祇堪四海結同枝解嘲賓戲都成笑潦倒愁吟拂酒卮

蕭齋

蕭齋愁晝短枯坐感冬殘樹禿風聲急窗穿日影寒成詩呵凍寫展卷就爐看且暮人空老冰霜歲又闌

寄趙芝園

迢迢復迢迢僕夫千里勞去去赴東瀛悵悵出南郊君

行我亦歸别淚溼征袍嫣馬苦跼蹐秋草自蕭蕭憶昔傾蓋間白髮共蕭騷氣味復相投金蘭成契交風雨共藤床燈火對僚寮胷中萬卷書光芒飛碧霄人生不滿百何以晚相遇相將夫幾時何以别崇朝來時正杳杳去日已滔滔意者未盡緣握手或不遠願言勗明德奮飛搏扶搖願言愛景光保護雙鬢毛寒燈吟短箋離緒何忉忉投筆再三嘆霜空明月高

寄趙允卿

緑江之源銀漢高白岳之雲連青霄名山大川著靈異

往往間氣鍾俊髦趙氏兄卿侍御史風流東國眞人豪
三十文章抵卿相四十秉節來
天朝風度端凝氣不嬌神采奕奕殊等曹我憶乙丑識
東士清山學山洪與高就中金李推巨手軒軒如建丹
霞標睽隔一十四寒暑夢魂耿耿心爲勞及今又得石
厓子令人心醉如醇醪討論與我走筆舌傾吐浩浩如
懸濤意氣相許金石交詩壇文陣同翔翱幾回軺道共
迎送果下之馬曾競鑣四十餘日幾旦暮倏爾驪駒相
促歌河皋噫嘘嘻故人既已不相見新知又復成離騷

人生所恨是離别况乃隔絶封疆遥西風秋草望不極
霜天落葉何蕭蕭爾時欲别不能别清淚盈眶無復聊
惟欲年年尺素附雙鯉願不失期如海潮

寄洪厚齋

送子出南郊去去登長道驛柳縈碧烟黄塵霾白草對
此淒欲絶九折廻腸繞握手無一言去住傷懷抱憶昔
駐秋館萬泉流浩渺遠山生夕凉高樹下幽鳥相與對
佛廬吟哦共昏曉我壁與君囊雜沓存詩稿羨君年正
富嗟吾頭已皓君來未有期我愁人欲老何以慰相思

精神期自葆期頤非敢求耄耋世非少待君秉節來歡
言更傾倒雲路殊不遠着鞭須及早

畫蘭

衆草寧堪伍空山品獨尊石稜披劍葉苔蕊護冰根素
萼芳心古孤標浩氣存畫來誰紉佩投筆復何論

雨雪十二月初四夜

陽氣氤氳鎖碧霄隆冬一夜雨蕭蕭起來擬看池中水
萬樹琪花雪没橋

題蘭

風雪蕭蕭四座寒抽毫呵凍憶幽蘭寫成一種氷霜氣
挂向書牀獨自看

夢舊遊

彈指風塵竟白頭燕齊吳楚幾春秋於今梦裡懷陳迹
爲笑當年賦倦遊

望趙芝園諸君書不至

碧漢青天鎖寂寥離懷耿耿梦迢迢誰知鴨緑寒江水
千里雙鱗阻凍潮

出東郊作

朝暾澹不紅寒色黯冥濛矮屋飛殘雪平原鼓朔風冰
霜驚歲晚比櫛喜年豐爲愛懸帘處村卭有醉翁

夢鶴軒楳澥詩鈔續編卷三

終

三冊 五十九

初訂本 廿四年己卯 廿五年庚辰

嘉慶第十册

楳澥詩鈔續編

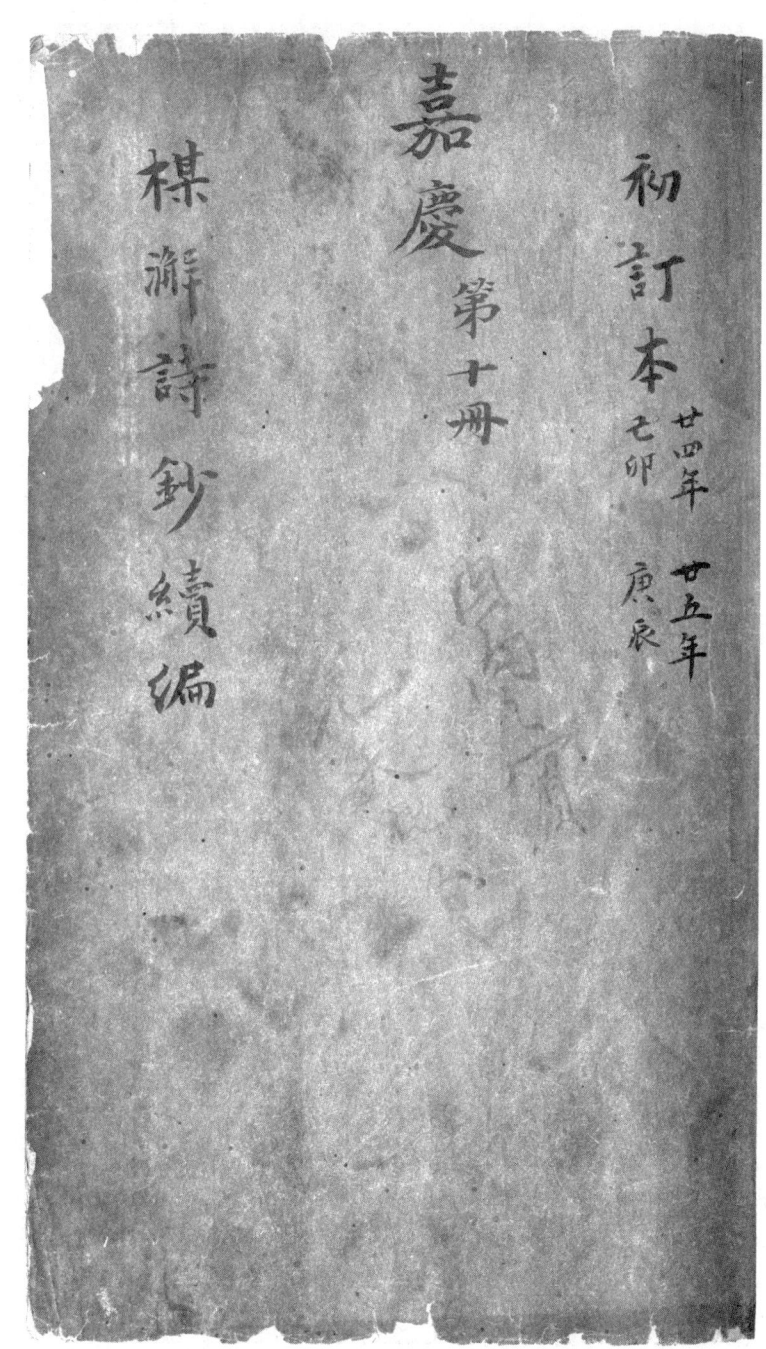

内缺雯溪批籤

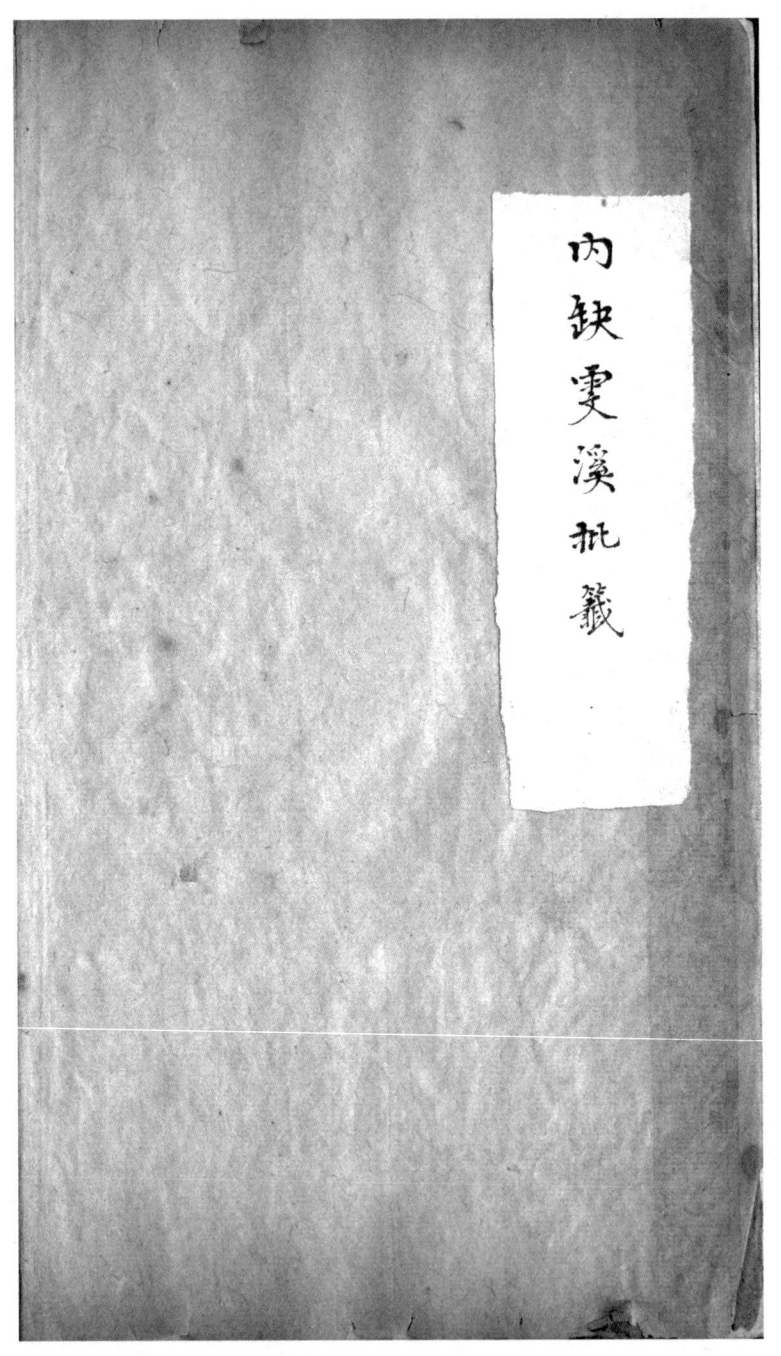

夢鶴軒楳澥詩鈔續編目録 己卯至庚辰

第四卷

學宦軒杉湖詩鈔續編目錄　一

夢鶴軒楳澥詩鈔總目錄　三

夢窗軒樸滿詩鈔續編目錄

夢鶴軒楳澥詩鈔續編目录　三

學寶軒稿濱詩錄續編目錄　五

朝陽寺早望　南村雜感十三首
卯中即目　獨酌
暮吟　有懷
題蘭　懷孫笠山
題蘭二首　懷金鑾坡
飲酒漫成　曉晴
書懷　河上懷鑾坡
晚眺　夜坐
懷朝鮮趙經畹二首　題蘭六言四首

飲酒　嫁女

送朝鮮使臣邊完齋　寄孫笠山

寒夜感吟　次和昇宗伯賓旭先生

招飲故交友弟即席之作

題畫三首　浮雲

恭迎

仁宗皇帝上

尊謚詔詩二首有註

夢鶴軒楳澥詩鈔續編卷四 己卯至庚辰

遼東瀋陽繆公恩立莊

漫吟

爆張聲裡正晴天，剝啄時聞說賀年。老子即今酬應少，一壺春酒獨陶然。

新歲感懷四首

丙子循環又幾年，義經數卦已周全。道門有謂年至六十四歲卦數已周則修元不及未能御氣東瀛去，不信蓬萊有列仙。

海外三壺盡渺茫，塵懷已閲幾滄桑。高堂華屋知多少

松柏青青上北邙

舊日芳蹤徧海涯吳雲楚樹已空花青春白髮今如許
莫向東風問歲華

散盡黃金見世情百年枉自笑勞生即今賸有詩囊稿
慚愧難稱沒世名

值雪獨酌

獵獵東風作峭寒春雲拂樹黑迷漫雪花飛絮穿湘箔
冰箸敲釵墮石闌醉有禦冬三白酒飡餘獻歲五辛盤
圖書滿壁皆良友掃榻焚香斟酌看

高樹有文禽

高樹有文禽五色明羽儀叶律中和聲終朝空自啼聞
彼北溟鵬雙翼等雲垂運海竟何如圖南徒爾爲又聞
甕中蟲坐井笑天雖自謂朝暮間壽與天地齊大者既
無當小者亦遺譏何如青林中飛宿任天機腐鼠非所
求竹實世所稀清泉白石間可以樂吾飢

送立亭弟會試二首

曉色迷離料峭寒東風送子赴長安劣兄匏繫無他望
人鏡芙蓉拭眼看

聞道文章自有神不妨毋老更清貧憑君一幅泥金紙
飛下璚林萬里春

元夜

火樹銀花夜不寒萬家燈火雪初殘何人簫鼓酣春酒
明月高樓我獨看

懷朝鮮諸友二首

一片晴霞曉日紅故人消息阻春風夜來千里相思梦
空繞黃山綠水東
東海來星使西風走傳車三田

恩罔極八教德無加王版貽彤管銀杯吸紫霞暮雲春樹裡翹首憶天涯朝鮮以日本關白之亂方在凋敝復悉索以助明天兵直壓三田渡駐兵三日以示威信國王納降○箕子治朝鮮設八條之教即三綱五常也其國楮紙白光堅厚眞如玉版內地不能作可以甲天下筆管染五色紅者頗鮮艷○趙石厓有銀杯容半升許其杭酒深紫色石厓諸君之飲也皆一舉即盡余亦戲習之

夜坐漫吟

明月高天碧漢遙東風吹漏夜迢迢憑將千里相思梦欲逐三年失信潮避俗惟餘心落落耽吟不計髮蕭蕭綠雲窩裡無人到樹影燈花對寂寥

老去

老去渾無賴今生竟奈何健忘詩畏複易醉酒嫌多往
迹餘春夢幽懷託浩歌少年成底事枉自憶蹉跎

聞遂

遠笛淒清何處來小庭攜杖自裴回墻陰殘雪枝頭月
回首江城憶落梅

夜坐二首

明月過東墻清輝上草堂迷離春樹影掩映讀書牀
庭際峭寒輕檐外烟痕重靜夜寂無聲風入簾波動

漏危 右改 韵且翻危

右身有仙骨世
間知少故

漫成

百年彈指竟如何世事無須計坎軻過去愁心皆電影
當前樂意是春和書能得解常嫌少酒至微醺不欲多
惟有故人勞遠梦雙鱗何處問洄波

晚步

策杖琳宮外幽尋性所耽烟光昏夜氣星影亂春潭舊
友愁千里孤僧冷一龕微吟誰共語獨立板橋南

有懷

草堂虚四壁慷捲短窗開良夜月如許故人殊未來

夢鶴軒楳澥詩鈔續編卷四

學衛軒杉澗詩鈔續編卷四　　四

牘佳品

夢醒

夢醒餘清淚更闌冷月斜平生顏色在一夕笑言賒夜
氣驚霜露東風感歲華淒淒春樹影倚枕聽啼鴉

乙李學士潞致趙允卿書李君翰林侍讀學士字西園充書狀官掌令

驛路春氷走傳車勞君驥尾附雙魚片言結契形骸外
杯酒傾懷翰墨餘明月寸心千里夢東風二月一函書
故人珍重如相問為道精神尚灑如

子夜四時歌八首

春歌

先生之筆而繪入情
卻不同俗豔

芳園多惠風花香日夜濃佳時不再來青春底負儂
華月滿高閣流光上素衣猧子吠花影疑歡輕啓扉

夏歌

明月出林表濃陰上曲闌分明歡未來每欲揭簾看
薰風動羅幃來吹白玉肌梦歡絲履輕乘儂未及知

秋歌

秋河墮西廊輕颸生薄涼掩扇獨徘徊明月照空牀
綠酒金尊滿青燈玉漏遲天邊遠鴈來誰爲寄相思

冬歌

日落西南隅晝短夜苦長孤梦到何處錦衾空自香
雪花何漫漫閑門迎所歡酡顔發豔歌素幃今不寒

無題

芳林雨歇百花香深院春餘靜夜涼虛閣無人調錦瑟
輕風何事啓羅裳爐烟暖入鴛鴦枕壁月光生玳瑁梁
掩袖褭褭誰共語何人錯認憶王昌

色可餐可西梅
祇以想是其人

獨立

明月照殘雪金波流玉階寒輕人久立數蹇願多乖小
醉忘塵累高吟遣曠懷是誰能解脫世事正無涯

左八九自字重

上原稿自字重
八欲字改將
九自字改欲

即事

春山處處暖雲生連日輕陰不放晴曉梦忽聞聲淅瀝紛紛細雨近清明

夜坐有憶

海上飛來壁月圓露臺人坐玉壺天迷離樹影將春酒共醉南園憶昔年

老境

老態潛來莫自由豈惟白髮滿人頭骨因將雨先知痛淚不迎風每欲流爲揀殘詩傷往事聊憑小醉釋閒愁

青春策杖芳郊去無伴相携便獨遊

即事漫吟

細柳晴開甲絲絲緑未齊日蒸禽語亂風壓鴈羣低中酒三時懶評詩五色迷無人知此意獨自步花畦

夜坐四首

倚户孤吟仰太清白榆歷歷夜冥冥頭顱漫笑馮唐老也自天中應列星

夜氣才融暖尚輕月鈎初墮衆星明行常飛隕渾閒事輔弼聯輝映玉衡

九二 光華

不許妖星吐角芒由來弧矢射天狼七星南下銀河淺
聞有金魚地底黄
宵深沆瀣撲人清對對三台頂上平南極光華連北極
碧空還接紫微明

清明二首

未試耕牛客作閒村翁倚杖看青山千門萬井陽春暖
盡在雍熙瑞靄間
柳過寒食冐新烟霜露驚人又幾年縱是傷心流血淚
可能滴得到重泉

晚步

漠漠輕雲欲雨天幾行野樹鎖春烟携笻行飦南塘北
高柳長河憶舊年

値雨漫吟

紙窗虛白曉光分靜對閒庭遠俗氛弱柳乍飄風細細
暖雲不動雨紛紛析疑得解書頻展樂意徵吟酒半醺
祇是韶華成獨賞幾回惆悵憶同羣

東郊暮歸

熟遂歸向夕驕馬不須鞭落日低春樹横雲帶晚天燈

光明復滅水影斷仍連闤闠方喧集千門繞夜烟

閒吟

青春白首緑雲窩漫遣閒情寄浩歌薰度曉風猶料峭庭餘午霽正清和尋花移圃常嫌少得句投囊不厭多倚杖獨來池上立澄澄新漲起微波

倪雲林畫

瘦石枯林别有春清蒼無處着氛塵世人誰解先生意只畫雲山不畫人

萬泉河上感懷

岸廻高柳繞長河有客携筇慨逝波秋草多情隨馬去
東風無鴈奈書何萍因水聚原難久詩是心聲自不磨
可得前緣如舊約白駒重縶綠雲窩

北郊二首

東風無語任消過　擬對丙

烟樹重遮望眼迷東風無力暖雲低宵來細雨滋芳草
綠罽平鋪襯馬蹄

春衣漸暖日輪升生息相吹野馬騰十里平原開坦蕩
欝葱佳氣望
昭陵

贈丁南村

半生落拓走風塵萬里歸來認舊身為笑氷絃彈古曲
不將靡漫對時人
大羅天上列仙身瘴海銷磨二十春華煥即今何處是
雙龍終古卧延津

春日至雙峰寺同孫笠山達承軒作

晴嵐深鎖夕陽烟劍影雙峰碧倚天一碉波光飛木末
四山花氣入尊前僧收幻跡醒長梦月滿高樓印寂禪
短杖相携扳翠巘諸君共有夙生緣

挽定上人雙峰寺主僧也名定貴字蘭亭俗姓周其父黨母黨待之而舉火者數十家

杖履過從三十年只君方外結因緣力田無事言文字
好義能知慕聖賢元鶴幾時歸石表白茅此後徹經筵
再來空谷惟靈塔常對鈴聲憶惘然

漫成二首

一片晴烟鎖夕陽柳綿飛影過西廊東風無賴春歸疾
吹去殘紅何處香
青峰靄靄緑雲生碧落煌煌赤日明我笑東風難作主
拙鳩呼雨鵲呼晴

閒吟

百年彈指鬢成絲，老我蓬茅閱歲時。高樹連雲書繞榻，落花滿地水平池。塵中幻夢何人醒，靜裡天機只自知。一瓣爐香茶一盞，東風細細日遲遲。

慈西橋沈秀嵐閻澍堂集綠雲窩澍堂贈詩和韻

奉答

綠雲繞屋短扉開，有客招携入座來。六合別看輿地志，異苔同貢海邦才（席間閱地球圖朝鮮使臣詩）。春風拂榻翻書卷，花蓋飛香墮酒杯。元著正宜頻剪燭，麗譙何事苦相催。

次韻答沈秀嵐廉送赴都

征車小駐訪衰翁，豈信精神與昔同。此日一尊聯舊雨，
即今萬里駕長風。才緣愛極翻成妒，筆到神來不覺工。
欲學蒼蠅依驥尾，白頭莫漫詡遼東。

漫興

風雨橫空斷送春，亂紅滿地點芳茵。庭軒寂寂無人跡，
徑草茸茸掩翠塵。
暖氣烘人日漸長，陰陰遲日轉迴廊。門無剝啄閒窓靜，
榻繞荼蘼午夢香。

淡如菊句於[illegible]中過之

有懷

庭階綠淨長莓苔，樹影婆娑入坐來。幽徑亂翻紅芍藥，清尊小醉紫玫瑰。故人有夢飛難去，老我多愁掃不開。無賴吟餘書罷後，披襟携杖獨徘徊。

題蘭二首

一片清疎氣，千秋冷淡心。於茲託幽興，聊以滌煩襟。

寄跡喜空山，撝豪宜故紙。應有素心人，低徊常契此。

獨坐

深樹濃陰靜，虛窓綠影勻。風來花氣遠，雨過水痕新。小

人字重工欵文
之字

醉尋餘梦孤吟憶故人幾多人世事惆悵隔前塵

次答金富錫名色布敦戊辰副舉人索書以詩來謝次韻答之

漫將衰朽接文星慚愧塗鴉荷眼青奇字至今愁未識
何時一叩子雲亭

題蘭

蕭然而芳娟然而秀閱古於今誰與同臭

遣懷

曳杖獨逍遥扶疎望羣樹晴光動林薄斜影滿川路佳
時良可玩愁心惟日暮豈獨朱顏變鬚髮亦非故俯首

溯陳迹惝怳復何處白日不肯留遄波豈能住嗟哉去日多即兹猶可娱舉頭發浩歌幽懷勿膠固

題蘭

空谷鍾靈秀氷根得氣深勁風梳瘦葉甘露吐芳心蘭心含露清甘無比臭味傳騷雅聲華重古今寫神渾未得漫爾寄清襟

雨後

靈雨晴方好閒庭晝正長苔紋塼砌潔花氣石屏香雲入澄波淨風生碧樹涼故人何處是獨自對殘陽

山中二首

策杖不覺遥行行入虚谷巖壑寂無聲芳艸迎人緑

幽懷正無際松間逢故人歡言一尊酒不知誰主賓

即事

高樹蔽赤日緑雲生草廬廬中何所有硯筆圖與書長

晝靜無事坐卧皆足娱有客翩然來相對忘稱呼時或

茶七盌時或酒一壺吟嘯互酬答神怡體亦舒夕陽下

蓬門携童客已徂倚杖納清風飄飄吹素裾

值雨

炎暑將安避心方憚藴隆密雲蒸伏雨高樹鼓薰風池
水瀾翻綠桱花蕊墮紅短檐飛瀑落濺漫入窓中

獨坐

漠漠流雲拂草檐平池涌碧漲痕添懷人獨坐情無賴
細雨隨風入短簾

雨晴

樹影垂垂綠濃陰壓短墻花深留客處香繞讀書堂池
漲天光闊風生雨氣涼晚窗晴正好倚榻看斜陽

霪雨

籟自鳴

四日霪霖未放晴尚看鸐鶵壓高城亂飛檐瀑侵窗濕滿注庭墀沒砌平卻畏三農秋有歉喜經六月麥先成遥空忽見青虹起回首斜陽透戶明

暮霽

幾日愁霖雨重陰向夕開斷霞殘照落高樹遠風來樂意攤詩卷閒情寄酒杯擬攜筇杖去一問釣魚臺

雨晴散步萬泉河上感懷

繞郭青山霽色明秋嵐四野撲人清入林風响襟裾爽雨過沙平杖履輕漠漠涼烟澄水氣深深古殿息鈴聲

○〻爽人襟袖

風响兩下句不对欲改
条袖敞

故人千里音書絶樹影波光百感生

夜坐

銀河飛素練几簞薄凉初丹鳥照花影莎雞鳴繰車樹低秋露重幮捲夜窗虚坐久生残月清輝滿碧除

萬泉河遠眺兼懷朝鮮諸友

萬泉河上倚雲關一杖臨流意自閒遠樹依微見村落凉烟縹緲隔溪山身如蒲柳西風裡心在蒹葭白露間憶煞昨年詩酒伴斷魂常繞緑江灣

蟲聲

殘月上東墻影入西牕皎風定樹聲收秋蟲啼露草

浦上

積雨作新晴淼淼生烟水隔浦溯伊人祇在蒹葭裡

舟中

兩岸蓼花紅扁舟挂短篷涼烟收遠塢秋氣肅高空雲
帶催詩雨林生落葉風忘機鷗不起羣戲碧流中

河干晚步

林麓平橋野水通瀰漫新漲欲浮空蕭森天影含秋氣
斷續蟬聲咽晚風疊草遠連堤柳綠落霞低映渚蓮紅

被襟不用蒲葵扇暮靄涼生杖履中

萬泉賓館懷朝鮮諸友二首

野水生紋瀲灩光蘋花風細起微涼舊時賓館無人到
秋草空庭自夕陽

高閣淩虛杖策登相携惟有去年僧墨花硯雨今何處
禪榻依然對佛燈

秋夜即事感吟

虛庭羣動息昏樹影蕭森客怨傳清笛閨情托遠碪露
華侵鬢冷秋氣感人深此意憑誰語中宵寄短吟

水邊

爲愛林皋水氣涼臨風短杖倚回塘汀花岸草秋無賴一片烟波淡夕陽

長孫景文賦秋夕聞新鴈吟此示之

涼夕秋空靜西風鴈始賓影從雲外度聲入耳邊新健翮凌銀漢輕翰絕塞塵遠書曾未達愁絕梦中人

晚眺有懷

百雉高城落日銜長堤疎柳葉初芟醉餘野店清尊酒秋入先生白苧衫塞鴈啼殘連夜梦烟波愁絕故人帆

舊時風物依然在賸有詩篇貯錦函

即目口占

玉宇淨無塵虛堂清似水繞砌對寒蛩人在秋聲裡

倚樓

連天芳艸可憐秋煙繞疎林水自流極目涼空聞遠鴈
斷腸人倚夕陽樓

晚步河上懷舊二首

雲水蒼涼落日紅不堪回首又西風徘徊陳迹歸烏有
漫溥禪門慣說空

沙堤秋柳晚烟輕山自蒼蒼水自明舊館風流都泡影
半樓残照不勝情

贈方明一題種痘眞傳後

黔首論交三十年遠東江左夙生緣冐中丹鼎能觀竅
肘後青囊欲奪天博濟嬰兒從我好久淫妙術得君傳
非關道聽阿私語漫浣縹緗證秘詮

漫吟二首

當庭生老樹拔地聳危柯匠石休相顧從來錯節多
深夜短窗開秋入衣裳冷滿地是霜華莫認明蟾影

朝鮮諸友相訂今秋西來愆期未至寫懷二首

相期八月祝鼇來天末西風鴈已回鎮日東瀛看紫氣雲窩三徑待君開

綠江秋漲隔遙天風雨懷人夜不眠策杖河干尋舊迹只餘流水帶涼烟

中秋有懷

空庭地白暮鴉鳴桂酒甘瓜對月明綠樹葳蕤涼露重銀河縹緲素雲輕故人共照心千里短夢孤飛夜五更

金鏡即今空自滿玉壺何日復同傾

晚步

岸草萋迷柳半黃懷人千里結迴腸白蘋紅蓼秋多少
野水無聲送夕陽

河上寫懷

烟水淨浮空芭橋小徑通行雲將作雨落葉不因風心
遠關山外秋生杖履中尺書誰與寄極目看飛鴻

即事

靜夜不成寐涼秋將奈何雲橫孤鴈遠砌繞亂蛩多高

調別有蹊徑

北江東之句未必
此俊雅

樹盡清露虛檐落素河詩成誰共和敲句自吟哦

晚眺

村鎖長林影欲迷遥天山斷落霞低風吹平野羣鴉亂
雲淨高空一鴈啼遠水連空烟漠漠斜陽滿地艸萋萋
柴門徑僻無人到策杖孤吟過柳西

懷朝鮮諸友未至

金波翹首碧瀛東知是西傾意亦同素帛未將鴻鴈信
白蘋欲起鯉魚風奚囊日集新愁滿水寺雲寒舊館空
未必三生緣竟薄祇餘相對梦魂中

得經畹石厓厚齋雲水諸君書

故人千里尺書來對使篝燈再拜開珠玉從空隨筆落
情懷到紙與腸迴梁頭蟾魄三更暗江上仙舟九月回
此夕郵筒餘雒誦昨年苦憶共傳杯

晚步

日入晚烟碧霞澄秋水清依依堤上柳無限故人情

答孫笠山並柬尚鐵峰

爲憶龍山頂清尊醉故人九秋飛遠夢十載溯前塵幻
影原無着情交別有眞久知甘守拙花樣厭翻新

寄孫笠山二首

茫茫身世係縈憂賴有知交慰白頭不道故人成久别
百年強半更依劉笠山就幕鉄嶺

黄花瘦影掩寒釭小飲難教百感降深夜懷人眠未得
半林落葉打秋窓

寄趙允卿

倚風盡日悵鴻歸忽見郵筒走四騑别緒不堪傳楮墨
至情深感運樞機石田秋雨新收藥葠繭氷絲遠授衣
飡飾爲君增努力好需旌旆更西飛

□川道性情讀等

顧繼昌是繼顧

寄趙經畹

正憶南郊別黯然霜空飛到五雲牋頻將雒誦秋窓下□共揮豪水館前顧縱他生同硯席（經畹顧祝生爲同學）來誰堪此夕隔雲天即今時得東風便莫絕梅枝驛使傳

寄洪厚齋

供帳迎驕日停驂解橐辰氣猶餘溽暑風欲起秋蘋我未投名刺君先訪德鄰叩門空自返交臂得相親瘦擬梅爲骨清將水作神璧難稱叔寶果滿擲安仁虹氣堪橫斗蘭言欲吐春自饒情磊落不獨句清新漢隐秋懷

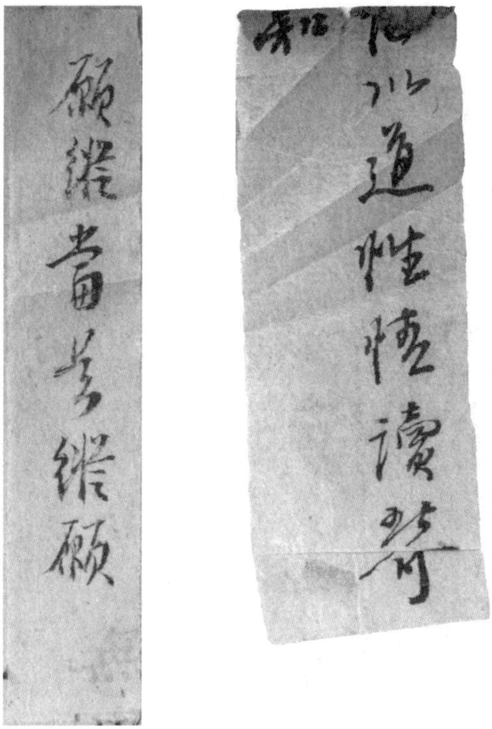

道性情讀詩

寄趙經畹

正憶南郊別黯然霜空飛到五雲牋頻將雒誦秋窗下無異揮豪水館前願縱他生同硯席（經畹顧祝來生為同學）誰堪此夕隔雲天即今時得東風便莫絕梅枝驛使傳

寄洪厚齋

供帳迎驪日停驂解橐辰氣猶餘溽暑風欲起秋蘋我未投名刺君先訪德鄰叩門空自返交臂得相親瘦擬梅為骨清將水作神璧難稱叔寶果薄擲安仁虹氣堪橫斗蘭言欲吐春自饒情磊落不獨句清新漢隐秋懷

賀韻複

右寄是宗是壽
查原稿

古東梁夜問津璃投常恨少李報不嫌貧水部欣逢項、文愧比陳才慵甘守拙書富未憂貧自笑非材櫟君憐介壽椿納交雖庶士難別只三人賈子年稱少宗生志不倫異時看遠大此際識松筠不可留行旆惟餘望去輪涼風生舊館孤梦溯前塵今夕惟懷月何時更飲醇寄言崇德業珍重爲書紳

寄尚鐵峰

麟河寒漲得雙鱗情緒縈紆筆墨新塵世幾回三載別盍簪空負百年身黃花香冷廻殘酒落葉秋山憶遠人

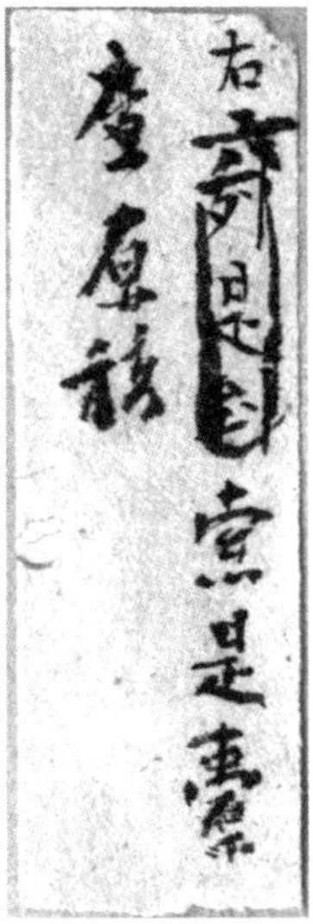

古東梁夜問津璃投常恨少李報不嫌貧水部欣逢項星文愧比陳才慵甘守拙書富未憂貧自笑非材櫟君惰介壽椿納交雖庶士難别只三人賈子年稱少宗生志不倫異時看遠大此際識松筠不可留行旆惟餘望去輪凉風生舊館孤梦溯前塵今夕惟懷月何時更飲醇寄言崇德業珍重爲書紳

寄尚鐵峰

麟河寒漲得雙鱗情緒縈紆筆墨新塵世幾回三載别盍簪空負百年身黄花香冷迴殘酒落葉秋山憶遠人

妒煞蘇門山謂笠長嘯者朝朝龍首接芳鄰

夜作

橫空風勁漏聲遥庭樹雲寒鎖寂寥影瘦黃花秋色老
半窗燈火雨蕭蕭

寄金鑾坡二首

藏雲亭外憶停驂不信寒暄已隔三欲寄愁心與新月
斷腸秋色滿江南

濡水春波有去鱗西風落木絕音塵想因係念頭顱雪
不遣離愁寄遠人

首風骨直逼唐人但起句入字莫作行字不然既作行々字何如 芷庭

過雙峯寺

空谷裏嵐翠滿征鞍葉盡山容瘦苔枯石骨寒危橋深磵黑斷塔夕陽殘老衲歸何處謂定上人蒼松我獨看

暮行山中

人行雪嶺巔暮色已蒼然野曠飄風疾山低落日圓平原明燒火深谷起寒烟爲喜疎燈影清光到馬前

送朝鮮使臣金學士官翰林學士御史充掌令書狀官名敎淵號東籬

小駐星軺日迫西相逢賓館喜留題幾行玉板遺鴻爪千里氷花送馬蹄雅意慇勤申縞紵故人惆悵阻雲泥

首風骨直逼唐人但起句入字莫
作行字不必改作行〻字何如
芷庭

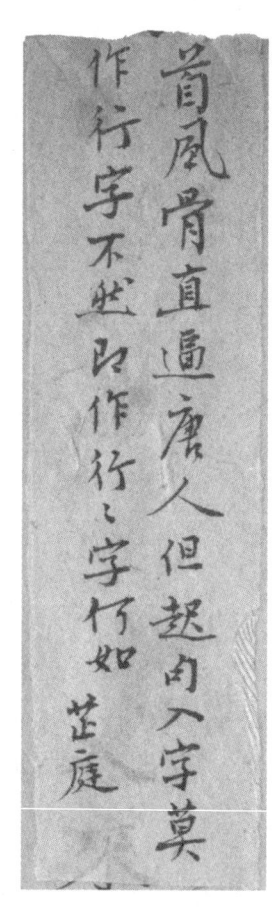

首風骨直

過雙峰寺

入來空谷裏，嵐翠滿征鞍。葉盡山容瘦，苔枯石骨寒。危橋深磵黑，斷塔夕陽殘。老衲歸何處謂定上人，蒼松我獨看。

暮行山中

人行雪嶺巔，暮色已蒼然。野曠飄風疾，山依落日圓。平原明燒火，深谷起寒烟。為喜疎燈影，清光到馬前。

送朝鮮使臣金學士官翰林學士御史充掌令書狀官名敬淵號東籬

小駐星軺日迫西，相逢賓館喜留題。幾行玉板遺鴻爪，千里氷花送馬蹄。雅意殷勤申縞紵，故人惆悵阻雲泥。

紫蘅軒棣簡詩鈔續編卷四

三生緣薄匆匆去從此東瀛望眼迷

達正使李公二首李公為學山之從兄

山立垂紳謹對揚皇華嘉拜荷
龍光歸軺白塔青郎路多少新題入錦囊

十五年來別恨長萬泉秋館幾迴腸憑君寄語東瀛去
為我殷勤問李方

寄金雲水

冬盡函書遠未聞雪花如掌白紛紛萬泉河上殘陽裡
惆悵琳宮舊水雲

左五岑是岑

寄李性質所居名白学村故號学北

緑江寒漲隔天涯学北青門憶子家何遜不來東閣閑
春風愁絶老梅花其和余詩云應憶揚州再到何

贈方從事

同岑蕭艾接芳蘭酒殘燈花結古歡刻骨鏤肌驚筆墨
不圖傾蓋得方干

冬夜有懷

歲逼氷霜結深宵獨掩扉心隨寒漏永夢逐凍雲飛老
去詩才減愁多酒力微故人都久別悵惘尺書稀

二首讀之一尼靜之氣真是渾全無淺

寒夜獨酌

撥盡爐灰對短檠，漏沉不寐坐深更。尊傾雪釀回春暖，窗繞冰花徹夜明。好句得來由意適，妙香聞處入心清。空庭闃寂羣囂息，一片天機靜裏生。

冬夜漫吟

掀髯一笑醉顏開，往事天人枉費猜。風急寥空鳴老樹，雪埋深谷壓疎梅。任教寒氣侵窗紙，別有陽和在酒杯。若學枯禪安樂法，都無聞見是如來。

值雪偶成

凍樹冥迷鳥不譁紛紛飛絮滿袁家竹爐苦茗烹雲液
磁斗寒泉注石花愁思填胸成海濶故人無梦到天涯
當窓自覽頭顱雪莫向氷霜計歲華

十一月十五日

高燒銀燭繞青烟悵惘當時列綺筵今日淚痕空染袖
不堪重憶五年前

畜鴈

嘆爾隨鵝鶩淩霄志久違幾時離舊侶何日遂高飛江
海不適意稻粱安用肥小池氷沍結短岸晒晴暉

送人赴遼陽

殘雪斜陽鎖堞樓不堪郭外數荒坵無情最是東梁水
寒浪西南日夜流

寒夜

閒庭凍樹昏風雪滿乾坤寒逼冬三九陽回酒一尊辦
香思古德短燭課諸孫惟有懷人意淒其欲斷魂

寄尚鐵峰

寒漏纖題寄鐵峰研冰呵凍作書慵雲山阻我三年夢
風雪敲人半夜鐘未有詩篇將遠意無端人事逼殘冬

忽然憶到榴花發共折荷筒快此胸

題海棠白頭翁

素頂江南鳥朱顔蜀國香莫因頭上雪便爾負春光

十一日作唐貞元五年詔以正月十一日爲中和節

已是春風十日過貞元天子詔中和六街簫鼓翻新曲

竟爲元宵習踏謌

積雪庭除擁月輪圍爐把酒養和神衰翁擬欲尋燈去

料峭風多冷逼人

閒庭漫成

閒庭雪月射晴空影映瑤階上綺櫳一片氷心涵夜氣
滿頭白髮對東風雲霄久是情懷淡馳逐難爲笑語工
有酒盈尊聊遣歲無聞無見得無窮

元夜二首

華月當空獨閉門風吹和氣滿乾坤韶光不問人頭白
簫鼓燈花又上元
百戲魚龍陸海春星橋火樹軟紅塵即今空憶當年事
安得扶輪侍　老親

春日漫成

石火光中繫此身東風吹律又回春一椽老屋青門舊
萬戶神符玉燭新暖日不消頭上雪清宵常憶夢中人
無端世事都彈指多少鶯花往跡陳

閒吟

獨坐無所事靜言興永思愛才因好客樂酒爲貪詩久
識生爲寄何妨髮已絲情懷休落莫記取少年時

題蘭

凍筆不任墨寫蘭殊未工縱教冰雪裡千古素心同

夜坐有懷

風吹疎漏峭寒生幮掩青燈素壁明雲葉垂空連地黑
雨絲穿樹到窗輕能忘機事心常泰得遂天懷氣自清
忽發高吟心萬里爲難回首故人情

寒食

幾日春城壓暖雲北風忽作雪紛紛瑚盤猶自供寒食
漫製麦糕試齒齦

晚晴

風破同雲作晚晴樹頭新緑夕陽生拜
陵五鼓東郊路應喜沙柔夜月明

鹿殘蘭

鹿過幽徯嚙紫芽靈根終是護青砂不甘孤負春消息
亂吐瑶天碧玉花

郊原閒步

細雨東風一夜吹郊原楊柳緑垂垂青山不改舊顔色
白首又更新歲時囊有餘錢能得酒手携短杖獨尋詩
韶光荏苒休孤負回首當年恨已遲

行飰二首

散飰溪橋南北林邊忽見新花帘下沽來春酒不期看

到日斜

蹇步溯洄野水酡顏吟嘯東風老我自饒春興時人漫
笑衰翁

送別李性質

黃葉青霜九月催驪謌水館悵徘徊緣深白傳三生石
愁絶何郎一樹梅夜雨莫尋他日夢東風且盡故人杯
凌晨又復匆匆去鴨緑春江幾溯洄

贈別書狀官權彛齋即用其贈人元韻名敦仁翰林御史充掌令

紉字疑是平声當再酌

拜嘉四壯荷
隆恩歸去蘭臺品獨尊鄉思莫勞塵土夢星軺已近鳳
凰門君能翰墨橫秋氣我愧荒唐老漆園多少故人瀛
海外祇餘悵惘欲忘言

題蘭

氷根蒼蘚點斕斑一任清風往復還不是幽人求紉結佩
誰教容易出空山

溪上

攜杖尋詩獨自哦投將古錦不嫌多春溪一片明霞影

夢鶴軒楳澥詩抄卷四

目斷斜陽慨逝波

偶成

漠漠初昏氣垂垂欲暮天迷離望明月隔斷綠楊烟

憶揚州二首

雨後值新秋泝江夜泊舟幾多塵土夢誰與問東流

新漲大堤頭垂楊幾樹秋無人問羈旅獨自倚高樓

歸自學廨

退食諸生説散衙殘陽滿地送歸車最憐草閣南窓下

孤負東風幾樹花

對雨

一天細雨碧霏霏滿眼桃花盡着緋却爲先生心習靜
無端山鳥撲人飛

憶山中

我欲結茆屋避俗深山中卅載志未遂向往心無窮每
每過巖谷下馬携短童坐卧青盤石習習來好風芳草
襲袖香落花點衣紅琴瑟聽流泉屏帳看遠峰忽見日
夕曛幽賞方未終

即事漫感

漠漠流雲掩碧紗深沉巷柝寂無譁半簾雨鎖三更梦
一夜風開十里花詩酒尚饒當日興雲山久阻故人家
青春景物依然好祇是頭顱感歲華

相思吟二首

壯士長歌拂劍時不知人世有相思紅塵白馬揚鞭去
從此深閨懶畫眉

柳色青青陌上愁凝粧少婦倚高樓村姑也惜春歸去
祇把山花插滿頭

漫成

階晷遲遲日正長紅香緑影繞茅堂從來不作南柯想
槐夏陰清午梦涼

種蘆二首

移種蒹葭水一泓扁舟渚上昔年情西風吹醒江南梦
腸斷蕭蕭夜雨聲

沐雨梳風葉葉新幾竿寒碧淨無塵臨池策杖殘陽裡
秋水淪漣意故人

題蘭二首

心不求似筆亦隨之勿長勿忘是謂天機

渺渺素心期與誰共空山無人宵深露重

漫吟

槐夏陰濃綠作天北窗風到快泠然先生盡日誰來往
酒聖詩狂與畫禪

達承菴招飲萬泉水寺因憶朝鮮舊友

選地琳宮盛肆筵雲闋秋水碧生烟樹含餘雨收殘暑
雲吐明霞霽暮天浮白戰酣喧遠座揮毫興逸剖長箋
墨花硯雨人何處雲散風流一惘然
南邨作

人如玉

○又及中元展墓門爲驅驕馬過南村遥山明靚生秋意野渡瀰漫漲水痕霜露更增三載恨松楸空繞五更魂紙錢灰散椒漿冷澆向西風淚眼昏

題蘭

運筆無心别有生氣不拘不脱自具真意

新秋漫興

軒庭清寂愛新秋簾幕風微爽氣流淡淡碧羅雲影薄澄澄玉鏡水光浮一牀筆墨誰欣賞四壁圖書自較讐清福自來隨處有容人消受未容求

題松樹上白頭翁

有木葉常青有鳥頭常白貞此歲寒心相期共晨夕

海山仙人圖

幾見桑田碧海枯相逢一笑指蓬壺人間莫管雙丸跳
自向滄波浴寶珠

題茶梅水仙

三冬獨艷寶珠茶卻月淩波好並誇欲遣滿窗成異彩
寫來氷雪映朱霞

即事感懷

離懷最是畏秋聲感慨無端觸緒生萬疊雲山腸九折
四窗風雨夜三更亂搔雪鬢昏燈動碎打詩魂落葉鳴
結習也知徒自縛未能太上學忘情

邨中

天地來秋氣涼炎近遠同朝親南牖日午愛北窗風野
水微茫碧山花淺淡紅垂楊圍矮屋人卧緑雲中

山行值雨

湧地奇峯起橫空靉靆迷雨來虛谷暗雲壓亂山低冷
氣侵衣袂青泥滯馬蹄酒家何處是杖策叩招提

朝陽寺早望

高據羣峰頂琳宮氣象雄虛檐吞曉日杰閣鼓天風雨洗金沙淨霞蒸寶殿紅浮雲忙底事一笑問支公

南郊雜感十三首

十里西風艷野花高低禾黍間桑麻一鞭驕馬殘陽裡山斷遙天看落霞

曳杖秋塍獨自行西風四野動蟲聲繩牀布帳尋陳迹十七年來百感生

經衣曾記踏深岑水複山重費討尋薄暮歸來眠不得

剪燈猶自究盤針
石村迤北得牛眠矍鑠林翁八十年歸騎萬峰蒼翠裡
鞭絲指破夕陽烟
土圭木表獨經營幾日登憑典築成爲有防閑收澳漫
好將靈氣擁佳城
蝸廬結向碧山頭星火西流暑未收四野秋蟲啼露草
枕傍相伴棘人愁
山容水態尚依然暑雨頻經阿母憐今日音容何處是
竟成五載隅重泉

一官初就側諸郎天祿無緣未及嘗千里間關輿旅櫬
遊魂風雪度閭陽
風柔雨細晷初長移種龍孫三尺強正苦未能盈把握
及今喜得計尋常
彈指分鈿十二年他生未卜鏡重圓於今賸有殘針線
揀點空箱幾泫然
正是青春好歲華姑亡惟待爾承家如何竟背重慈去
七事仍教問阿爺
坎壈經來亦太頻牢愁幾許損清神也知亦復秋風客

且向雲山適此身

秋光一片射人清雲淨高空夕照明瓦缶沽來邨店酒
醉眸吟望月輪升

邨中即目

倚杖坐跏趺山腰綠蜀鋪妝兒燔豆子野女拾松菇暮
色生青靄秋光上白榆半林殘照裏獨自數啼烏

獨酌

陸詩至自然和

揀罷南華獨引觴搽簾靜坐讀書牀浮雲收雨暮天淨
明月上樓高樹涼蝶夢自酣蛩自語鴉翻成陣鴈成行

漫閒倦眼看塵世欲識仙鄉是醉鄉

暮吟

落葉輕盈墮碧空暮烟收盡夕陽紅虛窗吟罷静無事
高閣月明來好風

有懷

高空木葉摧三徑獨徘徊露重秋蟲澁風淒遠鴈哀故
人隨日去尊酒爲誰開小醉渾無賴離愁觸緒來

題蘭

氷根只合老空山寫向溪籐遣晝閒幾葉春風生筆底

紉字宜换

皆易結字何似

另改

國香隨手到人間

懷孫笠山

風急天高遠鴈悲故人何事未曾歸先生可識秋多少

落葉横空作雨飛

題蘭二首

爲愛幽蘭好揮豪寄興長自來甘淡泊曾不詡芬芳佩

得行常紉門原未可當托根溱與洧何似在瀟湘

谷口心相契臨模幾歲華靈原終閬苑種久重仙霞莫

謂全非字何嘗不是花吟餘無所事揮洒亦生涯

真令人不堪

懷金鑾坡

清淺銀河一道斜虛庭滿地點霜花青鐙有梦人千里
寒夜無聲月萬家言笑何時成快事鱗鴻終歲隔天涯
當年剪燭南堂醉幾度西風易物華

飲酒漫成

瘦馬歸來解緼袍當年意氣薄雲霄鬢眉半向愁中白
湖海都成梦裏遥黄葉亂飛風浩浩蒼苔欲老雨蕭蕭
閉關杯酒誰相問醉倚秋英破寂寥

曉晴

蕭蕭半夜滴階聲梦醒東窗快曉晴新漲平池風不起
寒光一片射人清

書懷

一官匏繫側儒林老去丹鉛尚討尋蹤迹只餘千里梦
詩書空負百年心明蟾當戶夜將半落葉打窗秋欲深
人世韶光留不得白頭紅燭自長吟

河上懷鑾坡

野水瀰漫浸斷霞西風吹雪上蘆花伊人只在西南住
望盡涼烟落日斜

晚眺

醉步秋塍短杖扶涼烟漠漠鎖荒蕪平林落葉鴉羣亂
明月高天鴈影孤衰朽惟餘尋逸樂疎慵只合老菰蘆
惟期穜秫多於稻辦取生涯酒百壺

夜坐

池光白似霜月色清於水繁露滴明珠坐我鮫宮裏

懷朝鮮趙經畹二首

賓館何人更唱酬依然溪水自西流槎經貫月歸瀛海
劍尚留光在斗牛鴻鴈無書愁萬里緑江有梦夜三更

不知長笛梅花落何處涼風獨倚樓

相看同是白髭鬚時命居然共一途老去六旬空抱璞數奇一第竟遺珠情深素壁心聲在梦醒琱梁月影孤何日東風聯舊雨更携琴鶴訪愚夫

題蘭六言詩四首

九畹舊滋元圃孤芳偶寄空山未得靈均携去等閒流落人間

處谷幽人紉佩乘時王國觀光不是元都異品如何玉樹同芳

夢觀軒樵海詩鈔續卷四　三十六

瑤圃靈根毓秀霜豪妙腕生春自飽空山雨露不沾人世塵氛未得香聞十步空餘心注三湘入室衹期同臭揮豪或祓不祥

曉起

風飛木葉打窓紗檐外啞啞散曉鴉一片晴光無蔽碍湘簾高捲看朝霞

歸自邨中

蕭蕭木葉下西風秋稼登場到處同刀尺寒衣催嬾婦

雞豚社酒醉衰翁人歸野渡荒烟冷鳥下平蕪落日紅
安得林泉從我好賣山謀隱笑囊空

懷虎坵四首

山塘

高樓深在緑楊東樓上花枝樓下紅香霧嵐光渾莫辨
遊人不信是山中

生公講堂

此身可是到瑶臺仙子翩翩逐隊來獨自生公壇上立
漫將慧眼向天開

五人墓

陰陰樹影水雲昏七尺豐碑表墓門紅紫繽紛香不斷
萬花供養五人魂

真娘墓

裙腰草色滿山塘塚上花開繞客香自是古今情種在
傾將杯酒奠真娘

村中四首

中景悅形容逼
…於筆墨其莫加

曉色初分雪已晴林東日影透窗明捲簾倚榻看山色
萬疊峰巒玉鑿成

四天雲淨日輪紅行潦涓涓雪半融自是陽春春氣暖
不闗操縱在東風
萬峰寒色逼人清衆壑烟銷月正明吟罷茶餘羣籟息
糠燈影裏聽雞聲
四更碌碡轉咿啞銀漢西傾玉鏡斜辨色相看不相識
鬚眉霜露結氷花

夜月懷舊二首

好是陽春夜不寒虛庭明月滿欄杆窗前老樹橫踈影
誤認梅花仔細看

不信年華近七旬東風孤負幾回春於今不作江南夢
吟到梅花爲愴神

晚眺

極目望無垠蕭森散冷氛人歸都作侶鳥下不成羣殘
日依寒樹空山鎖凍雲勁風吹急雪拂袖白紛紛

雪晴二首

同雲一夜雪蕭蕭積素空庭凍不消捲起湘簾舒望眼
樓臺高下築瓊瑶
斷續丹霞曉色晴紅輪湧地射天明寒輝冷艷渾無際

一片晶瑩徹骨清

雪晴野望二首

平野銀沙闊羣峰玉笋高無人共欣賞獨自立寒皐
冷色飛空起青光撲面清人皆愁料峭我愛淨聰明

庭樹吟

庭前有茂樹百尺森繁枝其下土膏潤其上雨露滋有
鵲來自東有鴉來自西或者巢以字或者宿以栖昨年
遭颶風飄颻多萎垂幸未本寔撥竟使枝葉稀舊時鴉
與鵲翺翔殊不歸喜無喧噪聲亦無汚穢遺不敝明月

光時引好風吹倚根讀我書清靜養天機

寒郊暮行

寒烟壓地水雲昏岸隅疎燈出遠村林外清鐘何處起
江楓漁火憶蘇門

夜飲

西風刮地雪紛紛夜柝寒深寂不聞酌罷吟餘成獨笑
天機活潑在微醺

觀積雪成咏

六花曉霽散晴烟霞擁朱輪出地圓土銼驅寒傾白墮

茅檐倚醉著黃綿詩情自有閒中適畫意新從象外傳
積雪成山休令掃峰巒爲喜是天然

寒夜

雲影横空暗更深獨閉門寒鐘敲梦碎積雪逼燈昏吟
句餘捫鼻懷人欲斷魂竹爐増活火分暖借清尊

書懷二首

鹿鹿何爲者踈慵等衆人鶯花非故我湖海憶前塵梦
醒三生幻愁餘百歲身何時遺世事坵壑養天真
馬齒徒加長何曾令譽聞星霜違遠梦身世感浮雲未

夢鶴軒楳澥詩鈔續編卷四　四十

得心無累空餘志不羣笑看明鏡裏鬚髮白紛紛

至雙峰寺二首

歸途天近暮信馬到僧家日入巖阿暖峰廻鳥道斜有
糜全勝餅得酒起須茶鐘歇風林靜雲關寂不譁

非有空門好惟憐靜趣嘉佛燈明一點釋理徹三車瓦
鼎焚松子氷泉煮石花神清心亦遠幽賞得無涯

樹挂

霧露凌晨散素霞寒林羣樹結氷花一聲鶴唳虛堂靜
人在孤山處士家

[illegible]五六在次後
爲移

寒夜

風高天氣肅夜寂漏聲殘梦醒不成寐半窓孤月寒

送袁介堂歸錦州

名兆福楚人也以筆墨遊天下且善岐黄晩而僑寓凌溪往來於山海之外庚辰春余始晤於瀋城之中市與論翰墨言皆中款而深以能言而不能行爲憾蓋高過於尋常千萬者也既而投縞獻紵遂訂交焉今以其將返凌川以詩爲贈

堂可信於倚以傳當

年之幸遇之

野鶴孤雲是舊儕步塵笑我與君偕蓋傾皓首懸壺市

心醉清言畫舫齋三楚精神歸筆墨二凌烟水寄情懷

冰霜揮手紅螺去從此相思未有涯

飲酒

徵醺生百感策杖獨盤桓日月人空老氷霜歲又殘天心原不改人事不須看莫遣勞生縛清尊酒未乾

嫁女

相依每爲此心殫慚愧氷清強自安垂白未完兒女債衰年更畏雪霜寒承家便自三朝始失母從知百度難老父卽今猶健飰不須相對淚汍瀾

送朝鮮使臣邊完齋鎬

風雪行旌此暫稽倫閒尚訪我幽棲一身矍鑠驅王事萬里氷霜策馬蹄白首又能聯舊雨青春重到索新題

右二得是縛

衡寒明日雙輪去梦繞駒驪古岸西

寄孫笠山

心力殫精二十秋間關萬里負書遊君能繼志承恩遇
我慮無人識馬周賸有燕詞懷舊雨漫將濁酒下新愁
西南一片清光遠翹首天涯看月鈎

寒夜感吟

薄酒傾樽難醉夜深寒鳥亂鳴千里故人遠梦半窗冷
月孤檠

次韻奉和賓旭宗伯招飲故交友弟即席之作

東北依然得舊朋，相看同是髮鬙鬙。三生情種傳甘澤，一代詩宗仰竟陵。道故久勞天外夢，分光時憶佛前鐙。宗伯曾下帷於城北之白衣寺諸君莫抱雲泥感，車笠今知信有憑。

題畫三首

胸中溪壑生新意，筆底峰巒憶舊遊。安得賣山甘遂隱，蝸廬五畝臥林邱。

風鳴秋樹老，煙鎖晚山蒼。幽徑無人到，孤亭自夕陽。

峭壁凌虛起，長溪自古流。筆端橫浩氣，寫出四時秋。

浮雲

浮雲何處生無着逐風行更變形難定輕微雪不成散
時看世事薄處見人情我笑山川氣胡爲滓太清

恭迎

仁宗皇帝上

尊謚詔旨恩於辛酉以助教行取引

見於

乾清宮檐下丙寅補官復引

見於前處歲戊寅

法駕東巡恩充朝鮮貢使館伴帶領迎

蹕及
大政殿
賜宴恭見
皇帝御短袿宮輿
聖躬升座
愉說莊和
賜朝鮮國王
御製詩恩引使臣跪受於
丹陛之左久久樂終始回

鑾輅乃今祇覲　龍亭舁
詔臣衆伏迎莫覲
天顏惟聞
尊謚睇今思昔不禁悲感涕零禮畢既退恭紀二詩
對越
乾清觀
德威
翠華東幸更瞻依即今
雲日空翹首賸有鮫珠墮蟒衣

五雲
金殿玳筵開仙樂飄風
御輦來
尊謚祇聞宣
寶誥徵臣何處寫餘哀

夢鶴軒棋澥詩鈔續編卷四

終

夢鶴軒楳澥詩鈔續編字總數

癸酉至庚辰詩共四卷

第一卷　共四十頁

詩一百九十一首　詩目字五百七十八字　目註字十五字　詩字八千一百二十字　詩註字一百六十九字　詩題字六百二十五字　折縫字五百六十五字　共一萬零零七十二字

第二卷　共四十二頁

詩二百一十三首　詩目字六百九十字　目註

字十八字　詩字八千二百二十三字　詩註字九十三字　詩題字六百八十字　折縫字五百六十六字　共一萬零二百七十字

第三卷　共四十四頁

詩二百二十八首　詩目字四百四十九字　目註字五十一字　詩字八千三百六十八字　詩註字一千六百字　詩題字六百九十四字　折縫字六百二十二字　共一萬一千七百八十四字

第四卷　共五十頁

詩二百五十六首　詩目字八百四十四字　目註字二十九字　詩字九千三百七十五字　詩註字四百零三字　詩題字九百四十字　折縫字六百一十八字　共一萬二千二百零八字

以上詩四卷共一百七十六頁　計詩八百八十八首　詩目並註字〥〢〤千　詩並註字〣〡〢萬　題字〥〤千　折縫字〡〢〡千　總共四萬四千三百三十五字

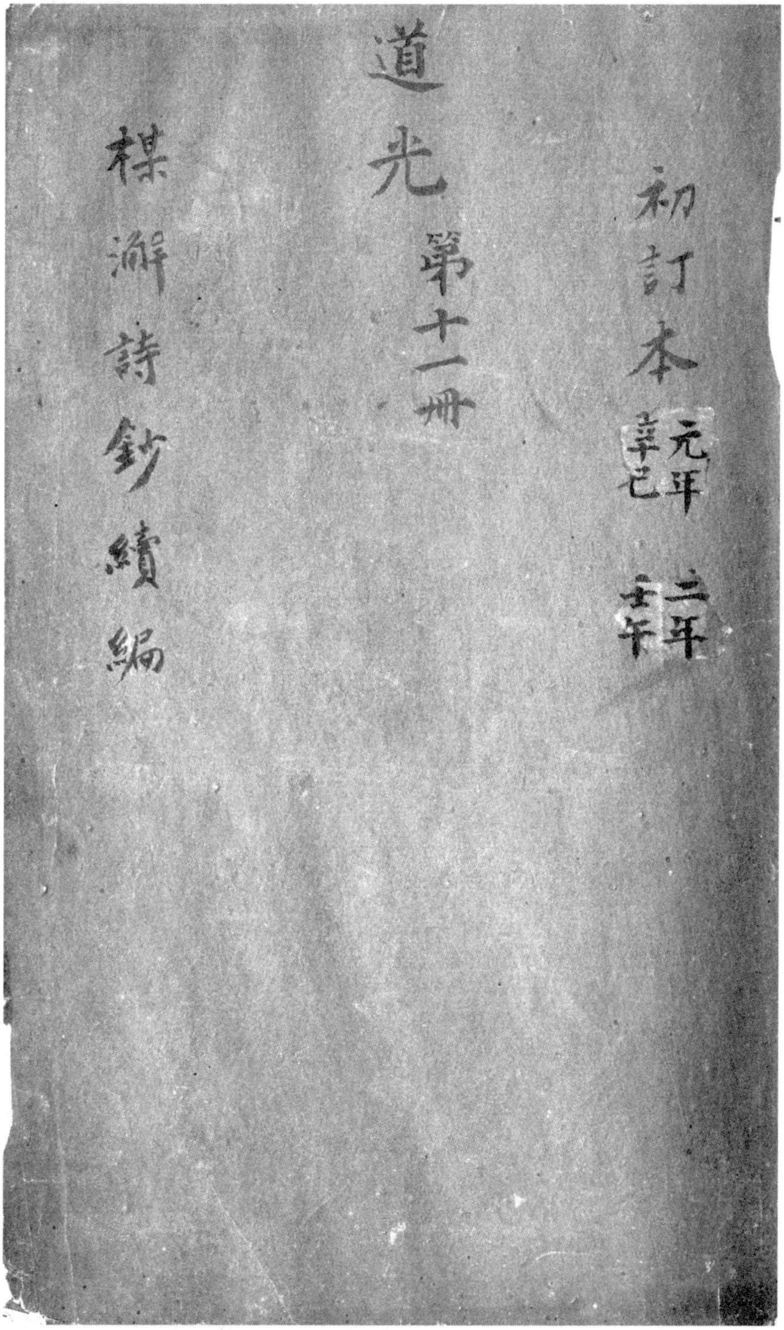

初訂本 元年辛巳 二年壬午

道光第十一册

楪澥詩鈔續編

夢鶴軒楳澥詩鈔續編目録 辛巳至壬午

夢鶴軒楳澥詩鈔續編目録　一

夢衡軒枕漁詩鈔續編目錄

夢鶴軒梅澥詩鈔續編目錄

夢鶴軒梅澥詩鈔續編目錄

夢窗軒杉滄詩鈔續編目錄　四

夢觀軒林瀾詩鈔續編目錄　五

學徹軒杜湄詩鈔續編目錄 六

夢鶴軒梅澥詩鈔續編目錄　上

夢鶴軒楳澥詩鈔續編卷五 辛巳至壬午

遼東瀋水繆公恩立莊

元旦二日立春

明日東風春又來增年失歲兩相催衰翁尋樂無他事
祇有詩篇共酒杯

漫興感懷

綠酒銀杯玉燭紅梅花帳暖畫堂東迢迢春漏懷人夢
却被吹殘半夜風

獨坐漫吟

臘雪銷融盡階除積水渟一鈎沉夜月幾點數春星露
坐風來細微吟漏乍停人間深院静此意自惺惺

書付諸孫

庭下東風氣漸和諸孫繞膝共婆娑爲憐知讓分甘少
特喜爭誇識字多老態日增今若此詩才歲減竟如何
傳家賴有藏書在付與兒曹自揣摩

柳

忽覺春光到柳條東風牕外拂階飄雨含黃甲晴初破
烟鎖柔枝冷不消驛路幾經停駿馬清溪空憶繫蘭橈

青絲羨子仍依舊笑我霜華鬢久凋

池邊

雪消水積活氷沓園樹依微綠影開欲向池邊問楊柳
東風何處送春來

上元

巷柝無聲獨閉門暖烟浮動月黄昏紅燈綠酒懷陳跡
白首青春感上元玉鏡流暉深院静銀花繞樹比隣喧
自編竹馬分明燭醉看閒庭戲小孫

琢硯

臨淄收硯璞有美舊含中匪石心能轉他山玉可攻自
來難肉好原為少磨礱意匠期淳古何堪委俗工

送立亭十二弟二首

衝寒今日去從此隔春雲北海看鵬奮東風斷鴈羣幸
叨　宗祖德方際
聖明君黃甲須縈念　鴻圖正右文
御墨標題目
彤庭看錦新如談當世務常憶舊時身澹泊毋違俗紛
華莫近塵片言持暫去樂取愛名人

武子

曉行

料峭風吹客子襟青霜滿地冷相侵水含夜氣氷仍合
星淡天光月欲沉雪嶺千重迴曠野村烟一縷出疎林
緋衣弱馬方無頼喜見紅輪上遠岑

以文房四事贈行立亭弟

吾宗老名學遺此古松烟屬子操衡日常懷企昔賢 武子

殿元公墨
公諱曰芑

一品南宮石峯巒造化成坐間清供在相對好呼兄 英山

硯山

夢鶴軒楪解詩鈔續編卷五 三

玉版東瀛紙前聞重海苔莫因千里隔鴈斷數行來朝鮮

海藻箋

端方從我礪文彩自天生留得丹泥字平生重令名印章

石

寄金鑾坡

詒穀堂前柳線輕手攀遠贈錦川城一天風雨三更梦
千里雲山六載情空自青春懷舊侶未容白髮息勞生
應知明歲鶯遷谷好向東遼問友聲

雪

氷花幾度沒瑚闌庭砌呼童却掃難不信陽和無覓處東風底事逼人寒

送　五叔母從立亭弟之官京都

氷雪連天走棧車故山回首望醫閭二千里外縈離夢十五年來憶共居白髮於今叨禄養青燈不負課兒書應憐猶子頽唐甚衹托心情翰墨餘

乾隆癸丑　先君子命公儀弟自京送　叔母歸瀋令退迎奉與　先慈同處其時立亭方九歲與圖巽等共硯席嘉慶丙寅立亭之伯兄德基去官返里其明年奉　叔母别居自癸亥立亭補弟子員海即食餼拔明經癸酉登賢書庚辰及進士第欽命觀政於天官司銓務茲於道光元年辛巳奉迎

叔母赴都憶俯仰垂近三十年
又成遠别感不能禁爲詩以誌

獨立感懷

向夕被襟立閒庭獨悄然月波流暖氣樹影重春烟舊
友鶯空喚鄉書雁不傳徘徊餘悵惘吟望泬寥天

送别友人二首

凍塵不起雪初消野店青旗遠見招此日東風杯酒别
只餘吹我夢迢迢

風到郵亭入柳條柔情縷縷向人飄一鞭數段長嘶去
望斷斜陽柳外橋

題桃源圖

萬樹桃花夾岸春劉郎何處問迷津仙源只在東籬下
五柳先生故戲人

野步

獨向平橋立東風吹綠綈半潭春水活四野暖雲低雨
意天光溼山容樹影迷誰來具斗酒相共聽黃鸝

月

一片虛靈氣流波滿太空胸開金鏡裏人在玉壺中夜
色浮殘雪烟光散晚風微吟還獨立清興與誰同

夢鶴軒梅澥詩鈔續編卷五　五

雪

春陽扇和來天中春雲不動垂碧空陽烏三日匿赤影
惟聞萬籟鳴雄風忽然幻作五花飛舞亂奔注不比林
中三月絮片大如掌圓如球銀濤滾滾乾坤素平池不
見水邊橋低枝欲折庭前樹凍雀歸巢伏不出棲烏忍
饑飛難去噫吁嘻大塊閉塞殊無端竟作千門萬井寒
誰知短屋茅檐下閉關高卧有袁安

即事二首

榆錢初作蕋柳甲未全開何事東風疾吹雲帶雪來

不信乾坤氣溫涼無定程憑慼成獨笑大抵似人情

雨霰如雹即事

正愛庭軒午日晴飛廉又作吼天聲墨雲一縷飄空疾白雨跳珠没砌平

萬泉河散步

萬泉河上解春氷一杖閒攜步野塍雪後東風仍作厲峭寒拂面尚難勝

虚齋

虚齋忘世事坐久没斜曛暮色澄殘雪春星鎖斷雲病

餘宜寂靜老去厭囂紛遠寺疎鐘起風微縹緲聞

赴

福陵道中作

野水氷消浸綠泥行行新柳白沙堤三春景物皆圖畫
萬疊雲峰入品題
寶殿松巔明夕照石橋村外繞清溪東風廿里
珠坵路煦煦吹衣送馬蹏

郊關

郊關攜短杖野色遠塵氛嵐重山迷影氷消水變紋疾

風吹斷鴈細雨溼荒墳幾樹濠梁柳青黄漸欲分

書齋

課罷歸來過午天緑烟淺酌獨翛然東風似識先生醉
吹得花香到枕邊

晚步

扶藤行飯立苔磯風力清輕酒力微靄靄流雲迷晚照
霏霏細雨溼春衣多情芳草迎人緑無賴楊花撲鬢飛
老去不知人世事隨緣聊復樂天機

郊行

夢鶴軒楳澥詩鈔續編卷五　七

子城

一鞭欵段子城東心寫乾坤造化工蝶粉潤沾紅杏雨
鶯簧細轉綠楊風溪迴斷岸横橋遠樹繞孤村小徑通
大野羣峰開翠巘置人身在畫圖中

學廨二首

城樹參差砌草香綠雲靄靄壓齋堂縱無絃誦聲娛耳
贏得簾櫳雨氣凉

雨歇風吹楊柳枝日長轉影綠遲遲横經課罷無餘事
獨向南熏自詠詩

題蘭

莫遣隃糜涴點塵期求形似失精神情深欲寄佳人梦
腕活能回閬苑春不合時宜緣本色得行我法是天真
寫成一幅瀟湘影長對行吟澤畔人

螻蟻

日向階前穴碧苔養成羽翼喜徘徊誰知一自飛升後
不向南柯更轉來

閒居

門外長溪碧影流捲簾列岫翠光浮曾看十丈紅塵裏
結駟爭途謁貴遊

曉起二首

曚影才收欲曙天被襟獨立綠階前微風乍起輕無力
却向池塘聚柳烟

涵空新漲綠波平為憶蕭蕭夜雨聲林下陰翳林外淨
一天清氣撲人輕

讀小倉山詩話

自是才人第一流十年薄宦遯林坵可憐手製千絲網
頗有珊瑚未及收

閨情

芊綿春草片帆開南浦於今幾溯洄道說江湖波浪險
莫因風利不歸來

論詩二首

由來風骨自天生靚服明粧亦性成定使西施蒙不潔
料應未必是人情
是誰勸勉誰催促撚斷髭鬚嘔出心工拙一齊都着力
古來結習到如今

題蘭

寫蘭何所爲聊以寄清眞同氣堪千古相忘共幾人國

香非立異仙品固無塵如有他生幸空山托此身

雷雨即事

冥蒙靉靆碧霄昏雲陣排空萬馬奔亂掣金蛇敲石大
大鳴布鼓震天門驚風作起池波立急雨橫飛木葉翻
短榻被襟當檻坐久人炎暑快無存

雨後漫吟

半天雲氣尚模糊捲起湘簾坐室隅樓外殘霞明斷錦
樹頭零雨滴繁珠世情久遠無嫌懶藜藿常甘不病臞
北牖風來炎暑去茶餘高卧撚吟鬚

遠行謠

青山迢迢白水悠悠蛟龍虎豹行人愁淩晨冒霜露日暮馳道周石棧嶄巖洄波逆流蒺藜欲傷足荊榛時碍頭驚風折危檣亂石礁巨舟其難如此胡爲遠遊是誰驅逐不自休區區朝夕衣食謀

夜坐

坐到深宵暑盡收被襟清秘數更籌窗虛月白夜如水林靜露凉天若秋我正微吟懷舊雨誰吹長笛倚高樓此中妙境無人賞獨對金波滿地流

河干望雨

長溪如鑑靜漣漪岸柳無風葉葉垂霎霎忽看山失影

一天烟雨碧於絲

庭前雜咏四首

庭前合歡樹繁英壓弱枝花鬚十萬寸寸是相思

庭前安石榴片片朱霞墜撿點舊羅裙空憶當年醉

庭前千葉桃春雨艷紅消於今貪結子無復更夭夭

庭前古栢樹鐵幹吞烟霧緣何得後凋冰霜根本固

曉起

捲簾看霽色天影射人明樹鎖朝烟重霞收夜雨晴綠
陰低小閣虛白入雙楹對此天懷靜詩成句亦清

獨坐二首

樹色垂檐綠花光入牖紅閑闌長晝靜高卧北窗風
曲沼涵天影踈簾繞篆烟南華開一卷何處問神仙

感吟

歲月催人疾蜉蝣寄此軀故交都契闊前梦半糢糊獨
對松陰瘦相看月影孤尺書曾未達誰尚憶愚夫

漫吟

茅茨雅稱土爲階木几繩床筆硯偕時有會心成妙句
別無餘事擾清懷半窗人醉三蕉酒四壁花明十笏齋
老去風光閒歲月此中樂地正無涯

孤亭

孤亭池上隔疎籬盡捲湘簾四壁虛水影澄空風定後
花光入座月來初林塘明瑟禽魚適心地清涼意氣舒
不被勞生成繭縛人間富貴竟何如

雜詩四首

晝靜曾無剝啄來一慊草色接青苔先生久慣成疎懶

滿徑飛花不埽開

簷樹參差翠影交素霞飛過綠楊梢金波忽到東窗外
吟得新詩待月敲

嫣紅姹紫繞籬開移向牀邊石斗栽細細風生香不斷
一雙蝴蝶入窗來

雨霽枝頭挂夕陽殘紅墮影入池塘林皋風蹴清波縐
吹上絺衣水氣凉

村居

松關籬壁碧溪隈高柳垂絲拂砌苔秋社微醺邨客散

夕陽欲下牧人來烟生遠塢平林暗風入茅堂四牖開
綺里先生疎懶慣只宜木石共徘徊

出郭

百里郊關景物幽迎人草木入新秋斷雲拖雨過山去
洗出嵐光翠欲流

題陳香泉先生書法

伊人不可見遺墨留精光顧言溯遺風靜心聞古香

紀事二首 入夏以來晴雨順時禾苗暢茂六月初迤南疫氣盛行有盡室俱歿者材木爲之告乏人多藁葬七月初流行及瀋其疾則醫家所謂轉筋霍亂也或一二日死或數時或數

刻醫者施治或有歸而
告斃者惟童幼鮮及

雨暘不合致天災沴戾無端海上來盡室可憐都鬼録
倩誰爲掃紙錢灰

不信訛言竟有徵也知妖妄自人興從來造化司生死
此義於今兩莫憑初相傳有人投藥於井而致病而諸井工遂投糠泥爲浚井計繼而傳妖人投藥頗衆所在司土者緝獲得其詞逮比部鞫勘

秋意感懷

漸看秋意動氣爽晚烟沉大火流初夜凉風度遠林雲
山當日夢鴻鴈故人心酬唱憑誰在蟲吟碧草陰

園中

疎簾高捲敞虛堂花氣霏微繞座香風入平林生颯爽
雨消殘暑得清涼不緣天籟無佳句安得清尊貯别腸
書罷吟餘循委徑溪藤席帽獨徜徉

雨夜懷朝鮮諸友

踈雨斜風夜不眠故人隔絕海雲天寸函難盡愁中意
遼道空餘夢裡緣菊侑驪謌方九月榻懸水館已三年
無端簷溜飛聲疾不斷蕭蕭到枕邊

即景秋懷

輕風不起暮烟浮灧灧金波素月流何處離愁飄遠遂
有人憶舊倚高樓未忘湖海心千里久卧蓬茅雪滿頭
吟望泬寥天宇淨生衣蕭瑟不勝秋

夜坐

蕭瑟西風動鴈羣碧虛澄澈月紛紛離懷萬里無人寄
賸有相思付白雲

夕望二首

雨霽烟全斂風生草未乾殘陽出雲表紅上蓼花灘
遠岸垂疎柳長隄繞大河迢迢秋水闊鴈影落澄波

秋思首 第四句入幰涼音韻相协應易之　适危

秋思

倚竹床清砧敲梦碎明月入幰涼海國人千里西風鴈一行是誰知此意空自繞迴腸

細雨

細雨涼雲獨閉門半庭秋樹掩黄昏西風吹醒當年梦砌草籬花鎖斷魂

曉望

木葉初飛夜有霜踈簾捲起曉風涼寥空雲去青天淨目斷高樓鴈一行

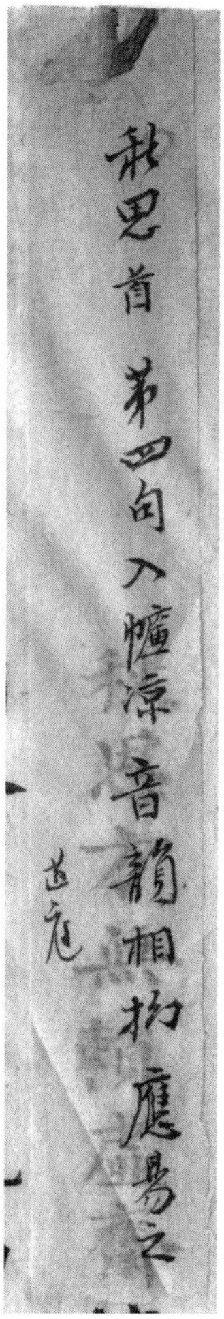
秋思首 第四句入罏涼音韻相扣應易之

迂庭

秋思

秋思方無賴，虛齋倚竹床。清砧敲夢碎，明月入幰涼。海國人千里，西風雁一行。是誰知此意，空自繞迴腸。

細雨

細雨涼雲獨閉門，半庭秋樹掩黃昏。西風吹醒當年夢，砌草籬花鎖斷魂。

曉望

木葉初飛夜有霜，踈簾捲起曉風涼。寥空雲去青天淨，目斷高樓雁一行。

怪底與何處二字不相呼應　算再酌　芷庭

墨雲不動壓山堂獨對疎窗薄暮涼怪底西風何處起
亂翻木葉下東廊

河上二首

渺渺長溪日夜流蓼花蘋葉可憐秋此生只合菰蒲老
莫對蘆花笑白頭

汀沙岸草淨無塵秋水淪漣欲問津一片烟波空極目
蒹葭何處溯伊人

松下

怪底與何處二字不相呼應宜再酌

芷庭

暮作

墨雲不動壓山堂獨對踈窗薄暮涼怪底西風何處起
亂翻木葉下東廊

河上二首

渺渺長溪日夜流蓼花蘋葉可憐秋此生只合菰蒲老
莫對蘆花笑白頭

汀沙岸草淨無塵秋水淪漣欲問津一片烟波空極目
蒹葭何處溯伊人

松下

明月滿碧虛被襟向深夜天風動海濤坐卧松林下

孤坐

孤坐中宵闃草堂瀼瀼零露滴青光西風不動千林靜明月無聲萬瓦涼一枕梦添蕉葉醉半牕人卧菊花香玉京瑤島知何處此是清虛却老鄉

露坐

天涵秋水碧光勻露重風輕不起塵我欲凌虛問明月前身照我是何人

夜雨

疑見一生字
芸庭

雲暗書堂短燭明半窓菊影冷香清故人千里相思夢滴碎空階夜雨聲

曉起

被襟當曙起時序慨流波高樹飛黃葉虛檐落素河盈盈清露滴瑟瑟曉涼多不息雙丸急其如白髮何

漫吟

厭逐風塵懶讀書微軀只合伴樵漁一身賸有隨身稿五斗常艱隔夕儲明鏡不須愁鬢髮青春久是負居諸濫学苜蓿容多暇每得閒吟退食餘

題畫

一曲漁歌獨扣舷不教沽酒賸餘錢扁舟穩繫蒹葭冷
任使空江浪接天

小樓

木葉蕭蕭墮小樓西風吹下一天秋行雲變態都無定
多少奇峰入遠眸

重陽問菊

宵來籬落有新霜把酒惟聞鞠葉香欲向西風問青女
黃花底事負重陽

散步

長堤擕短杖南浦路非奢疎柳浮烟薄高城落日斜水光寒殿宇秋色老蒹葭獨倚禪關靜臨風數暮鴉

夢

記得東窗短燭明故人抵掌話平生西風吹醒中宵梦腸斷瀟瀟夜雨聲

郊外

木葉蕭疎未盡黄草根翳日見殘霜遥山隔樹嵐光淡斷港浮沙水氣涼圃有崇墉豐稷黍野多滯穟放牛羊

西風瑟瑟吹衣袂，獨自攜笻過石梁。

題杖 父執佟文之手製也乾隆丙寅之歲見贈時余年二十有九迄今辛巳余年六十有六矣每泥途昏暮常以自攜其杖堅剛且澤赤質黃膚刀鑿之痕渾然不露真似生成也聊志新詞並申慨舊

計君來夢鶴夢鶴余齋名也是年佟文來寓齋中因留此杖，我齒未三旬。不意扶持力，今隨老病身。挂錢尋酒伴，荷篠訪耕鄰。重到山村日，徘徊感昔人。佟文居東山之四家子

自遣二首

荻火煨爐酒一尊，小窗倚醉薄黃昏。西風底事作寒意

落葉滿堦深閉門

遥天雲盡聞寒鴈老樹風多鬧晚鴉黍飰菘羹茆屋暖
居然城市野人家

感懷

不獨園亭花事闌階砌草已凋殘西風動地千林戰
素月流空萬瓦寒老樹枝枯鴉梦穩寥天霜重鴈行單
故人迢遞音書絶我有離愁欲寄難

雨夜對菊

横空風雨夜蕭蕭燈影揺窗坐寂寥賴有紫桑詩一卷

隔林相對醉詩瓢

晚晴觀菊二首

冷雨連晨夕西風得晚晴小陽春已近暖氣欲潛生

飄颻林葉落冷淡菊花香今歲開偏晚重陽近小陽

鈔詩

日短陽春漏漸長燈搖素壁夜初涼目昏不廢鈔書課

增寫新詩八九行

至仙人洞二首

才繞峰腰又石巔溪光嵐影自依然誰期白荻丹楓路

不到空山已二年

空谷停驂膏犢車斷崖幽洞鎖青霞道人自汲寒泉水爲析松薪煮石茶有樹附生石崖葉微似棗亦似柳山人焙以代茗味亦清芬但差薄耳

過雙峰寺

一片晴光鎖翠微琳宮晝靜掩雲扉迴峰納日秋嵐暖深磵含溫石草肥烟冷孤村荒犬吠風鶩平野亂鴉飛山中山外仙凡異但覺塵沙繞客衣

對月

霜重碧霄寒〻雪積空庭靜金波冷浸人片月懸氷鏡

甲鱗二字倒未

夜作

風息羣囂定霜飛萬瓦青寒烟遮不斷枯樹點疏星

題松

亭亭孤松樹欝欝生巖阿蒼蘚縈甲鱗虬龍結枝柯其上攫雲霧其下吞陂陀根柢禀靈秀霜雪將奈何

題竹

蕭蕭庭前竹叢生石闌曲披拂來好風牖户散餘緑堅節雖不渝淩雲殊未足六逸不時有含笑安幽獨

題梅

嶺上寒梅樹不及桃李華桃李當春陽爛熳如雲霞寒梅飽霜雪惟辨枝横斜誰知先羣卉早開元氣花

題蘭

空谷有幽蘭凌冬欝寒翠氷根自挺健劍葉無塵穢羣花遜幽静衆芳殊臭味不見瀟湘人誰能紉爲佩

暮雪二首

窗紙凝寒樹影昏暮天靉靆凍雲屯衰翁枯坐無聊賴風雪蕭蕭冷閉門

幾株枯樹掩横斜亂綴瑶天白玉華愁絶孤山林處士

暮雪首第二絶作思字爲妥

倚窗憶煞老梅花

寒郊暮行二首

遥空風斷暮雲齊黯澹殘陽壓地低一片寒烟飛不起
滿天雪意冷凄凄

行到青山第幾村柴關處處掩黄昏迢遥野路誰相識
衰草寒林有斷魂

題蘭

吟餘呵凍寫幽蘭筆帶冰霜葉半殘幸有精神在花萼
與君共結素心寒

寒夜

寒夜枯坐心不懌瓦鼎注酒澆結腸不知世事乃蹁躚
況復天地方閉藏一身垂老意氣盡壯遊空憶江湖狂
強開醉眼看宇宙俯仰上下何茫茫

蟹

濁流亂藻逸徜徉八跪雙螯謝自強未必横行是天性
多緣公子本無腸

哭三弟公偉二首

片紙驚看冷淚揮遠將杯酒奠靈幃鴈行遼海三年斷

蝶梦闌天萬里飛飄泊孤魂何處落艱難旅櫬幾時歸
那堪悲慟頻相告況我殘年近古稀從弟敬輿於七月十五日先歿
若御霜風午夜歸閶闔可識舊門扉壯懷已斷青雲路
老淚惟沾白雪衣空對西堂悲梦草最憐南海負春暉
先宜人於嘉慶二十年棄世踰年瓣坪始得歸其生母吳先于乾隆五十二年歿塋域未定孤兒幼
女天涯外宦遠應知悔昨非乙丑在都令其請親老就近竟未行

無題

白玉樓高玳瑁梁珠簾繡戶爛生光香殘蝴蝶歸春梦
沙冷鴛鴦卧曉霜機石有人逢織女桃溪何處問漁郎

鐵峰第二首宜有細注　風吟首傷於怨矣

凡愚難測神仙事水月空花盡渺茫

夢香坪第二首

衫履翩翩倚露臺月明笑語共徘徊家人底事不相見
道是身從海上來

月黑風高地籟悲寒雲黯黯暗霜飛難期萬里閶天遠
故國孤魂半夜歸

寄尚鐵峰二首

獵獵天風夜漏寒月波冷浸石欄杆霜空百里懷人夢
恐是雲山欲度難

錄[illegible]第二首宜有細注　風吟首偈於怨矣

凡愚難測神仙事水月空花盡渺茫

詩寄平□第二首

凡愚難測神仙事水月空花盡渺茫

梦香坪弟二首

衫履翩翩倚露臺月明笑語共徘徊家人底事不相見
道是身從海上來

月黑風高地籟悲寒雲黯黯暗霜飛難期萬里閶天遠
故國孤魂半夜歸

寄尚鐵峰二首

獵獵天風夜漏寒月波冷浸石欄杆霜空百里懷人夢
恐是雲山欲度難

君家小阮召修文予季南閨有訃聞予意君情同此恨
空教冷泪泣離羣

風雪

無端風雪打窗來靜對明鐙户不開任使寒威相迫逼
陽和在我掌中杯

感吟

戾氣從來讓太和乾坤生物竟偏頗縱然麐鳳行常少
何必豺狼到處多

新春漫書

自笑乾坤蠢徒慚馬齒加東風吹短鬢老眼看韶華酒債尋常有詩傭日月奢自來安澹泊久不問生涯

偶吟二首

峭寒欲退尚鋒棱陽氣潛通別有憑任使東風能作厲小池已是解春氷

又值陽春布暖時和風初扇日初遲衰翁吟望庭前樹日向南胸盼柳絲

老樹

老樹閒庭歷歲華朔風寒雪幾交加如今又值春消息

也向東風競吐芽

題畫

枯木疎林古逕深斷烟殘雪鎖高岑老梅只在空山裏
何處冲寒策蹇尋

輕寒入幕夜初深春酒懷人寄遠心明月半規人未寢
滿窗積雪照孤吟

首第三句人未寢与下句吟字韻拗當作人不
不同音未知可否
芷庭

寫懷

年矢催寒暑東風今又來病多常喜靜老去不矜才人

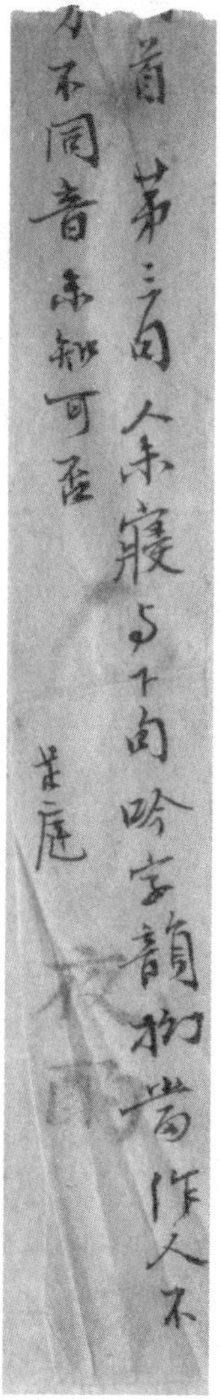
首第三句人未寢与下句吟字韻拗當作人不
乃不同音未知可否
芷庭

首第三首人[illegible]
不同音[illegible]題未[illegible]

也向東風競吐芽

題畫

枯木疏林古逕深斷烟殘雪鎖高岑老梅只在空山裏
何處冲寒策蹇尋

夜酌

輕寒入幕夜初深春酒懷人寄遠心明月半規人未寢
滿窓積雪照孤吟

寫懷

年矢催寒暑東風今又來病多常喜靜老去不矜才人

嘆靈和柳情懷驛使梅閑闗無所事獨自啓新醅

題畫

草堂只在林深處白雲已滅來時路落花滿地不逢人流水無聲過山去

元宵

滿天明月夜迢迢火樹飛花上九霄漫剪春燈歌一曲相從兒女醉元宵

自撿詩稿

深閉蓬門獨悄然閑尊自撿舊詩編瑕瑜不掩三千首

謌哭相尋五十年清瘦未能皈島佛風流空欲學坡仙
糊墻覆甕尋常事只授兒孫一脉傳

雪

凌虛天女散璚華偏反因風正復斜好句多情傳柳絮
離懷無賴憶梅花呼童待客頻開徑撥火添爐特煑茶
冷豔照人虛室白此中清況變無涯

閒步

東風吹暖滿郊關獨步溪南飯後閒水畔泥融冰乍解
手携藜杖看春山

暮吟

粉堞依啣落日紅烟痕飛過戍樓東暮天卯色浮雲淨
獨啓新醅醉晚風

晚步

細雨紛紛解凍塵風吹雲破夕陽新携筇飯後行南浦
春水茫茫憶遠人

雨後

積水沉天影餘暉破晚霞蕭蕭連日雨應是爲催花

憶舊四首

夢觀軒棣瀹詩鈔紀紛卷五　二十五

沙草蒼茫野霧昏長河濁浪撼乾坤萬年勁敵清淮水
直遏洪濤下海門

天妃閘上捲黃塵我向長隄幾問津記得瓣香燒畫燭
鳴鉦伐鼓拜風神

鵝黃滿市脣初肥買得吳舲八月時落盡白蓮飛柳葉
茫茫秋水露筋祠

夢裡東風陌上塵鶯花孤負少年春只今千里平江水
曾照遼東白髮人

題鏡

[illegible]寐首　第六句念字宜作恁字　妥否
芷庵

安得心如鏡圓靈一片凝物來能畢照物去静無形

不寐

雞聲催曙色雲影壓檐端遠鴈離懷動清鐘曉梦殘不眠聽夜雨多病念春寒擁被微吟句梅花帳紙單

即事感懷

風吹簾隙動孤檠窗壓濃陰暗不明漠漠春雲低欲墜紛紛夜雨細無聲遠書未附隨陽鴈舊友空懷出谷鶯萍跡於今何處是只餘剪燭昔年情

河上

碧雲靄靄壓樓臺無力東風掃不開細雨萬泉河上柳
幾人纖屐問春來

閒步

吟餘攜短杖獨步閱韶華暖霧呑青嶂春流嗽白沙鳥
啼深樹靜人度小橋斜三月時光好如何未見花

小園暮作

靜掩松關倚露臺庭除土潤淨無埃水紋縠縐風初起
慊影波搖月乍來舉首自憐千里隔被襟誰共一尊開
流年易度關山遠賸有浮雲夢往回

未收錄字疑誤
請著之 廿六頁

靜趣

水澄風定後雲淨月明時如此清虛境人間未易知

即事

遠寺晨鐘已息撞晴光作暖曉寒降東風新綠池塘柳
旭日遲烘蠡殼窗出蟄尋明蜂箇箇巡檐啣草雀雙雙
老翁為愛春和好卯飲嘷童啓玉缸

曉晴

曉色晴開海日紅紙窗柳影軟搖風應知花信催人近
蠟屐先教囑小童

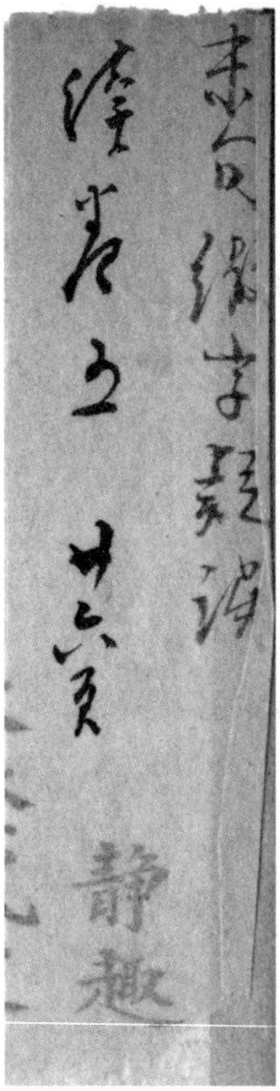
書內綠字疑誤
須看上 廿六頁
靜趣

靜趣

水澄風定後雲淨月明時如此清虛境人間未易知

即事

遠寺晨鐘已息撞晴光作暖曉寒降東風新綠池塘柳
旭日遲烘蠡殼窓出蟄尋明蜂箇箇巡檐啣草雀雙雙
老翁爲愛春和好卯飲嘑童啓玉缸

曉晴

曉色晴開海日紅紙窗柳影軟搖風應知花信催人近
蠟屐先敎囑小童

清明曉行

極目遥山翠，雲開旭日晴。朝烟村樹合，春水野橋平。絮酒迎風冷，錢灰落地輕。應知哀慕意，轉慟九泉情。

春遲漫吟

庭除才見草萌芽，已是東風二月賒。靉靆雲陰將作雨，氤氳暖氣欲催花。自隨景物看元化，不為衰頽感物華。憶得江南春正好，幾回清梦到天涯。

暖氣二字疑倒

郊望

為訪春消息，攜筇立野亭。羣峰如有意，遠近向人青。

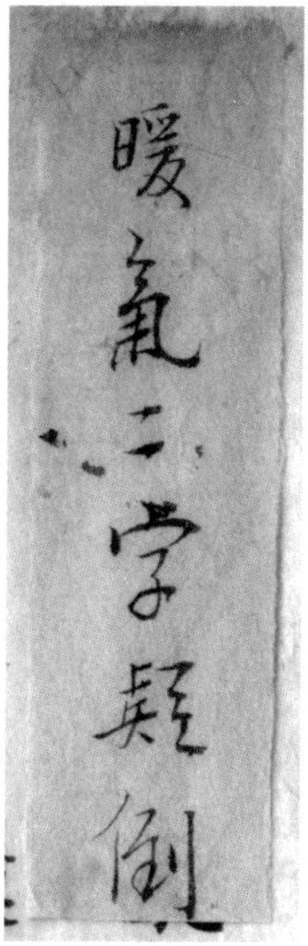
暖氣二字疑倒

清明曉行

極目遥山翠雲開旭日晴朝烟村樹合春水野橋平絮酒迎風冷錢灰落地輕應知哀慕意轉慟九泉情

春遲漫吟

庭除才見草萌芽已是東風二月賒靉靆雲陰將作雨氤氳暖氣欲催花自隨景物看元化不為衰顏感物華憶得江南春正好幾回清夢到天涯

郊望

為訪春消息攜筇立野亭羣峰如有意遠近向人青

雨窗

細雨橫窗寂寞春門無剝啄掩芳塵風簾忽見雙飛燕
避逕來依舊主人

即景

雉堞高低隱落暉暮天淺碧嫩寒微蝦鬚慵捲香迴篆
蠡殼窗虛月上幃池動疎星波灩灩烟籠垂柳綠霏霏
披襟小醉高吟處景色宜人逸興飛

寫蘭

嚴冬畏作蘭直待春風起吹出墨花香素心殊未已

對雨

綠雲不動壓瑚闌翦翦東風作薄寒虛室無人成獨醉
一窗細雨寫芳蘭

驛柳

問訊郵亭柳飄絲幾度春年年送離別送去幾多人

送君南浦去

送君南浦去春波正渺渺即今南浦來萋萋惟碧草江
湖震蕩飛銀濤風吹水立搖青霄幾人破浪萬里遙浮
槎雲漢青天高青天高白日遠行人迢迢何日返

春遲

景物今春晚，時光閏歲遲。況當雲漠漠，惟見雨霏霏。池柳才鋪翠，山桃未見緋。東風猶作厲，莫漫減春衣。

題蘭贈源鐵崖 名源溥，瓜爾佳氏，來任盛京比部員外郎

托跡雖殊意自深，三年虛負集同岑。贈君一幅瀟湘草，好向遼東憶素心。

代禹九送別鐵崖 禹九名鶴鼎，覺羅氏，余小姨夫也，來任盛京農部主事

同是天涯薄宦身，君歸我尚滯風塵。半生辛苦猶懸磬，三載棲遲等臥薪。能不傷神如奉倩，早經白髮近安仁。

願將五色生花筆寫寄榆關内外春時鐵崖絲皆

即景

時光閏歲較争差氣候才看變物華千里暖雲三日雨滿池春水半𦻏花就香臨砌先移榻解醉呼童預洗茶惟有乘時尋樂事衰翁即此是生涯

懷舊

遊蹤廿載寄江鄉重憶前塵未渺茫紅杏園林花氣暖緑波池館柳陰凉流鶯求友當風囀芳草連天到處香寂寂蓬門空悵惘只餘吟望繞迴腸

園中襍咏六首

棃花雪白丁香紫一樹垂楊緑間開倚醉園翁成獨笑
當年不是有心栽

揷棘葦籬結作籬新泉遠引入花畦連朝晴日烘桑土
百卉茸茸緑已齊

槐葉才舒落杏花絳紅點點墮苔沙廉纖一夜東風雨
青草池邊迸荻芽

嫩緑輕紅壓滿枝吐芽最是女桑遲也知虛負春蠶飽
難向江南作繭絲

亂綴青錢榆莢小輕飄翠綫柳條長櫻桃落盡酴醾雪
一片新紅上海棠

記得成家白石臺紅芽二月破蒼苔等閒莫道春婪尾
誰信遼東首夏開

偶成

夢醒東窗欲曙天披襟小圃賞春妍海棠亂墜胭脂雪
岸柳低垂翡翠烟一鑑池光新雨後半簾花氣曉風前
不因老去心情改猶愛韶華似少年

漫興

晴烟芳徑掩蒼苔風暖茅亭四牖開沾草零花飛更起
依人野鳥去還來池光涵碧澄雲葉樹影移陰過石臺
人静正宜春晝永酒杯詩卷共徘徊

贈于君

茆檐虛敞納微風嵐翠流光日影紅四面羣峰千萬樹
老人高卧緑雲中

題蘭

孤芳誰共賞寫出静相看劍葉淩風勁氷根倚石寒素
心甘澹泊空谷獨盤桓一自靈均去應知結佩難

東郊

我來細雨正濛濛人在雲嵐翠靄中怪底隨車香不斷
馬蹄踏碎滿山紅

園中

桑榆槐柳舊成林斗室虛窗萬綠深靜境不容塵事擾
杖藜長嘯亦高吟

即目

夜雨蒼苔掩落花平明霽色上窗紗玉鈎高挂湘簾捲
倚榻支頤看曉霞

遣懷

無端人事擾衰翁天遣移情妙不同餘雨垂珠芳樹潤斷雲堆墨夕陽紅鶯緣避溼遷枯木蝶爲尋香逆晚風倚醉微吟成短句只謀遣興不求工

觸感

黑白無分曉由來自古今妄成三字獄洞見畢生心縱使中懷坦難期外患侵撫膺空浩嘆何處問寃沉

戲題潘毅亭畫蠅

披拂清風六月寒已驅蠅蚋遠牀闌無端寫向溪籐扇

視短應知欲誤彈

爲壽者題蘭

劍葉氷根淺碧花九莖三秀燦朱霞應知瑶圃移來種
合與仙芝並歲華

即事偶成

曚影殘光盡虚空夜氣流風飄林外笛人倚水邊樓餘
雨消炎暑明蟾豁醉眸放懷天地闊無處着閒愁

題松

老榦垂鱗鬣横雲翠欲流空山挾風雨飛下一天秋

蘆

數行行葦碧交加瑟瑟風吹掩徑斜三十年前江水上
幾回秋夢卧蘆花

褋吟六首

炎威熾火日偏長賴有陰森樹幾行靈雨忽從天外過
綠窗爲喜晚風涼

雪藕氷桃妄自誇不尋沉李與浮瓜先生何事消長夏
一卷南華七椀茶

綠雲靄靄鎖茅檐蠡殼窗懸捲荻㡘我欲讀書誰是伴

稚孫爲撿舊牙籤

淫虹截雨駕長橋妖魃流氛氣正驕安得橫空飛霹靂
人間殄厲一齊消

罰淫奬善久相傳餘慶餘殃亦偶然造化何心分皂白
莫將人事問蒼天

忽然風雨又雲霞六十餘年閱歲華石火電光成底事
一尊且醉合歡花

静坐

任使陽烏熾太空樹陰重掩碧簾櫳南峰欲作催詩雨

過字旁作来字未知孰是　芸庭

北牖時過解愠風酒泛清尊桑葚紫花餘照眼石榴紅
虛堂長晝無人到靜坐高吟一醉翁

題畫蘭

蘭皋老居士惟愛寫蘭花問君何為爾空山心自遐緬
懷在幽谷聊以效塗鴉霜毫繞指柔玉版淨無瑕袖底
生清風手中飛墨花或如含露垂或如引風斜峭石倚
孤根蒼苔依碧芽千本不重複萬葉自紛拏生機妙流
動天趣固無涯

感舊

畫舫垂虹四十春五湖雲水阻音塵不堪回憶當年事
鏡裏韶華夢裏身

暮坐漫成

斂盡雲峯碧落空殘霞幾片過橋東迷離樹影玲瓏月
斷續花香澹蕩風蹤跡未能遺世外形骸枉自寄寰中
高吟長嘯渾無賴潦倒春秋任化工

散行

已落西山日顧見東峰月風生水上涼攜手步林樾

曉起

溼蒸眠不得启户立閒庭夜氣消炎暑晨光滅曉星遠溪明斷白客樹鎖深青對此天懷靜徜徉水上亭

蛛網

不結檐端不屬垣朝來牽引慣當門誰知挑得絲羅去却遣蚊蠅繞夢魂

題蘭

楳澥先生好畫蘭於今鬚鬢垂垂老誰知垂老好彌篤興來落筆如風掃三葉五葉淩風瘦一花兩花含露飽有時挺拔勁且健有時姿態娟而好懸崖峇蘚堅護持

片石烟雲亂繚繞靈根惟傍九莖芝仙胎亦倚三朱草
或謂先生好畫蘭自是先生寄懷抱先生一笑不肯承
技愧琱蟲何足道

漫成

庭院結重陰階前萬綠森水光橫户斷苔色入簾深風
月自來去精神在古今昨宵秋有信漸覺聽蟲吟

雨晴

暑雨連朝得夜晴捲簾風度曉涼輕陰森岸柳低垂綠
新漲平池照户明

晚步

消暑酌氷醪尋涼興獨豪清風生徑草秋意動林臯寺遠鐘聲小雲低月影高披襟攜短杖倚醉聽松濤

題畫

蘆荻霜青岸柳殘短蓑孤艇一漁竿迷離山影空濛水縹緲烟波暮雨寒

獨坐

素月出東林苔階綠影深夜窗羣籟息獨自聽清砧

題畫

蘆花飛雪大江流雲外青山鏡裏舟烟寺隅林深不見
寒鐘敲破一天秋

雨後

蕭蕭靈雨暮天收風送林皐爽氣流爲喜滿天炎暑退
一聲長嘯倚高樓

雨晴郊望

風吹㵎雨洗郊原霽色流空日未昏紅蓼深藏灘上鷺
綠楊低繞水邊門遠山明靚生秋意野渡彌漫沒漲痕
清曠自來從所好青帘招我醉詩魂

題成寶林秋蟲豆莢圖

一籬清露動蟲聲紫豆花開月正明四十年來遺筆墨
梦魂幾度繞江城

題烟柳平橋

弱線依依翠影嬌扁舟曾繫小紅橋當年萬里鄉關梦
曾逐東風幾度飄

題蘭

寫蘭夫何如幽懷於此寄安得古君子紉之以爲佩

河上有懷

幾經霖雨釀新秋，河上輕涼溽暑收。對月是誰吹遠笛，懷人有客倚高樓。水澄極浦天光淨，風度疎林爽氣流。尊酒何時聯舊雨，相携同泛木蘭舟。

村居二首

短短荆扉紫豆籬，高槐垂影夕陽低。幽人睡起茅堂靜，露草秋蟲四野啼。

一杖閒携飯後行，林臯小徑聽溪聲。歸來獨向山窗坐，月入虛檐似水清。

暮作

青雲天末起靉靆蝕殘霞雨細苔才溼風微柳欲斜就
涼移竹榻倚醉看籬花秋色宜人處清娛未有涯

雜吟二首

三徑苔光掩翠塵秋花秋草自精神先生獨坐胸懷曠
別有天機不告人
紙帳籐牀酒力慵輕寒吹入梦魂中隔窗不是蕭蕭雨
落木橫飛一夜風

林中

榔櫪坐秋樹無絃撫素琴林端見明月相對是知音

野步

攜杖循幽徑，高城日未昏。尋芳秋蝶懶，擇樹暮鴉喧。雲掩嵐光暗，風吹木葉翻。老人閒倚杖，蕭瑟對平原。

即景有懷

流水聲中落日昏，滿天木葉打柴門。倚窗吟得懷人句，千里家山有斷魂。

事漫吟重字過多音節稍合

即事漫吟

漸覺秋深薄暮涼，一尊獨盡敞虛堂。斷虹收影餘殘雨，落葉無聲下夕陽。柳線蕭疎垂弱骨，花光黯澹吐寒香。

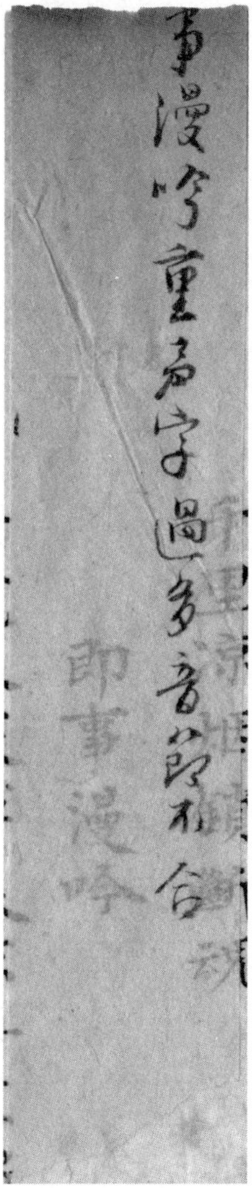
事漫吟重易字過多音節相合

野步

攜杖循幽徑高城日未昏尋芳秋蝶懶擇樹暮鴉喧雲
掩嵐光暗風吹木葉翻老人閒倚杖蕭瑟對平原

即景有懷

流水聲中落日昏滿天木葉打柴門倚窗吟得懷人句
千里涼烟鎖斷魂

即事漫吟

漸覺秋深薄暮涼一尊獨盡廠虛堂斷虹收影餘殘雨
落葉無聲下夕陽柳線蕭疎垂弱骨花光黯澹吐寒香

却看遠嶺青松樹醉倚東牕白木牀

吟柳

毿毿楊柳拂墻低幾度經霜緑不齊半夜涼風吹梦醒
秋聲只在草堂西

題畫

雲斷虹消細雨收嵐光波影作新秋一聲清磬山村静
有客孤吟倚佛樓

夜坐有感

人静宵深衆籟清天教幽寂啓詩情簾垂素月浮波動

風入疎林落葉鳴鴻雁無書秋萬里關山有夢夜三更
迢迢雲樹知多少離索空餘百感生

送別王義門赴黔八首

一曲驪歌別調收索居誰共慰離愁東風萬里相思夢
付與西南月一鈎

筆硯相親二十年曾將家學授薪傳義門以令祖璪峰先生詩草囑余為考訂從今攜手黔中去隔絕三生翰墨緣

片帆輕舫洞庭波倚醉蓬窗聽棹歌月裏靈和聞寶瑟
一湖秋水弔湘娥

鶴爲傳梆早放衙平反廷尉舊傳家瑶峰先生以大理卿致仕鳴琴
坐理人無事種徧河陽百里花

異水奇山古貴陽君家新建有祠堂丁寧若過龍場驛
爲我虔焚一瓣香

短箋芳蘭滿袖香贈君遠去過瀟湘故人珍重無多語
好扇仁風滿夜郎

黔山楚水隔音塵漫說天涯若比鄰一任柴門秋色老
自今削漫更無人

翹首黔天萬里長空餘雲外望清光盤江江水東朝海

好托雙魚到瀋陽

暮赴南村

野色蒼茫裏驅車欲暮天牛羊歸落日坵壑起寒烟棲鳥來仍去殘霞斷復連衡門何處是尚在遠峰前

村宿早起

鐘聲回小梦（村俗以朔望鳴鐘）猶未息宵舂野火明殘夜晨光上遠峰雞豚盈百室墉櫛慰三農最是秋成後家家擬素封

自邨中歸

霜老荒原草木凋長河雪浪捲銀濤殘陽欲下暮光薄
驚鳥亂飛秋樹搖閉戶人家寒寂寂隔林燈火遠迢迢
昏鐘古寺知何處斷續隨風近復遥

欲雪

朔風捲地起黄埃漠漠同雲凍不開獨倚小窗看樹影
一天雪意逼人來

獨坐

風籟習羣響疎鐘度深夜愛此清寂意獨坐虛庭下天
機靜不動活潑生瀟灑塵世念勞形鹿鹿何為者

萬泉河晚步

野色蒼茫欲暮天萬家鱗次起炊烟清溪遠映初升月
上下青光合璧圓

暮赴山村

黃蘆白荻擁長灘斷岸橫橋鎖逆瀾流水聲中風浩浩
夕陽影裏路漫漫疎林鳥下荒烟暗幽谷人行落葉乾
萬疊峰巒蒼翠裡嵐光四繞襲人寒

夜坐

月光窗紙白燈影菊花殘萬里關山夢西風一夜寒

遣懷二首

白雪堆雙鬢衰年近七旬自開新釀酒且醉小陽春

揷架書嫌少傾尊酒厭多數杯開數卷坐卧養天和

眠

斗室新寒入幭輕奚童展榻斂桃笙夢添布被蘆花暖

香憶山梅紙帳清滅燭静看明月影下帷傾聽讀書聲

長宵睡足天懷浄曉色離離蘇亮明

曝日

栗子山梨啓瓮新短檐晒暖小陽春手持一卷分甘録

笑弄諸孫學古人

鐙

古篇

五古中忽用噫噓嘻語似不合當刪

[illegible]無[illegible]視爾明不如我尚識聖賢字爾

我正相須上下人間世噫噓嘻膏油爾自焚精神我自

貴何如斂爾明何如斂我智彼此兩無涉爾息我亦睡

題畫

兩岸黄蘆起雪花一溪碧浪走銀沙老漁繫艇傾杯酒

倚醉蓬窗看落霞

萬泉河晚步

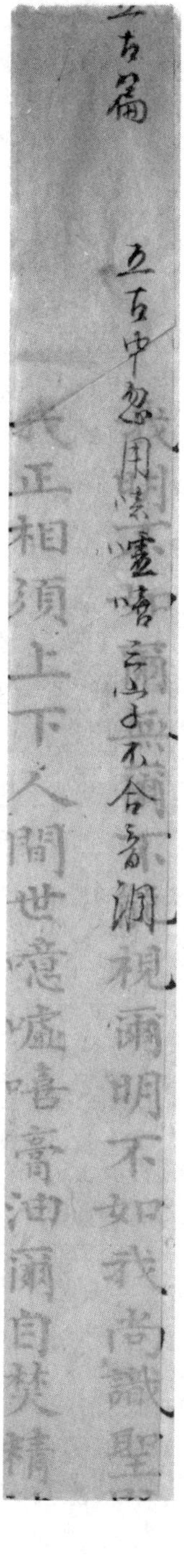
五古篇
五古中忽用意爐嘻膏五字不合音調
視爾明不如我尚識聖
我正相須上下人間世意爐嘻膏油爾自焚精

笑弄諸孫學古人

鐙

我明不如爾無爾不能視爾明不如我尚識聖賢字爾我正相須上下人間世噫嘘嘻膏油爾自焚精神我自貴何如斂爾明何如斂我智彼此兩無涉爾息我亦睡

題畫

兩岸黄蘆起雪花一溪碧浪走銀沙老漁繫艇傾杯酒倚醉蓬窗看落霞

萬泉河晚步

細雨新融積雪消青泥夾岸水蕭蕭斜陽欲下炊烟起
獨自微吟過板橋

深夜

深夜閒軒靜清寒啓性靈樹昏雲影黑窗皎雪光青把
酒敲新句焚香理舊經漫漫疎漏永寂坐獨惺惺

夜坐口號

天鎖寒雲樹影昏一燈孤坐閉齋門隔簾半夜蕭蕭雨
吹入西風冷夢魂

閒吟

吾愛吾廬靜掩關絕無紛擾樂清閒晝逢妙處回環讀
書有[illegible]時[illegible]一[illegible]拈斷簡暖窗酌酒破衰顏
莫將仕隱誇流輩自是松筠[illegible]刪管

□首第三句讀字易看字
偶占首字慨何深也

夜

滿地霜華夜寂寥寒鐘聲斷漏迢迢虛庭一片孤明月
瀲灩金波冷碧霄

漫成

樗櫟休傷卧草茅芥舟況復在庭坳燕臺未售千金骨
楚國空傳五石匏幾見春鶯先出谷久慚社燕善營巢

首 第三句讀字易看字 偶占首寓慨何深也

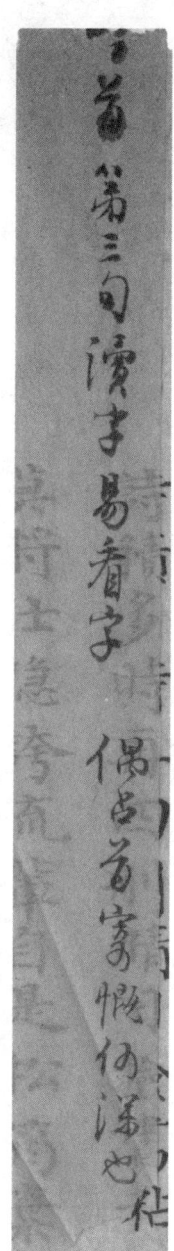

吾愛吾廬靜掩關絕無紛擾樂清閒晝逢妙處回環讀
詩積多時再四刪晴日撿書粘斷簡暖窗酌酒破衰顏
莫將仕隱誇流輩自是松筠棄蒯菅

夜

滿地霜華夜寂寥寒鐘聲斷漏迢迢虛庭一片孤明月
瀲灩金波冷碧霄

漫成

樗櫟休傷卧草茅芥舟況復在庭坳燕臺未售千金骨
楚國空傳五石匏幾見春鶯先出谷久慚社燕善營巢

百年自笑無能事贍有操觚作解嘲

偶占

何人容易說相交抵掌啣杯詡漆膠誰信幾微逢利害
等閒期許等閒拋

長至

一陽潛向昨宵回頓覺今朝暖氣來葭管不須灰更候
梅花尚待雪相催線長添繡勞紅女晷短移標驗露臺
佳會消寒誰有約獨吟孤負掌中盃

夜吟

滿地氷霜易歲躔飣餘小立草堂前迷離寒樹初昏夜
黯淡同雲欲雪天紙帳橫風凝燭影竹爐撥火散茶烟
衰翁豈爲分陰惜只怯宵長不蚤眠

口占

年衰冬更懶惟欲進溫暾日短疎尋友天寒靜閉門竹
爐添荻火瓦鼎注匏尊數典時遺誤抽書命小孫

懸崖蘭三首

不許荊榛衆草埋仙根百尺托雲崖應將沆瀣空中露
收向毫端寫素懷

任教生邃谷終是托高岩拔地雲常繞淩虛鹿不啣靈
根原自異仙種豈居凡空際幽香落天風下石帆

寫蘭惟愛醉揮毫十指淋漓酒興豪墨自九天如雨落
心凌千尺入雲高國香豈合生塵土仙骨由來遠俗囂
從此秉芳尋本末不須紉佩向江皐

寫蘭戲題

空使幽芳並草茅靈均不作久相抛揮豪寫向藤溪紙
漫詡仙根作解嘲

自適

歲餘滿地結氷霜自閉柴門闢草堂暄日多情容我負
浮雲無事爲誰忙消寒撥火三杯酒習靜垂簾一瓣香
適意因緣皆樂地不須欣羨白雲鄉

夜

繼晷燃明燭開奩撿舊詩夜長寒漏永殘月下窗遲

漫成二首

一片殘陽鎖凍烟迷離直到草堂前歸鴉穩睡空庭樹
夜半驚啼月滿天

氷雪連天歲欲闌風吹蕭寺暮鐘殘遠東不見梅花樹

梦繞江南萬里寒

無題

雲屏烟篆海南香蝶梦宵深翠被凉爲數鷗絃調錦瑟
漫尋玉杵擣元霜鵷鸞空詡毛衣麗騏驥曾傷道路長
自是幽蘭空谷媚蓬萊誰見玉爲堂

題畫

幾株老樹鎖残陽一片凉烟浸秋水扁舟何處訪伊人
柴門只在蘆花裏

自遣

仰天一笑問前因究到無生見本眞月地花天詩酒債
電光石火去來身多情往事常縈梦任數前途漫損神
閉户焚香茅屋暖胸懷坦蕩遠氛塵

送朝鮮李性質往於戊寅歲官鴻臚僉正滋臻鴻臚少卿

迫曛聞報故人來喜策霜蹄踏凍埃萬里爲勞天外使
三冬特訪隴頭梅别餘水館詩成帙梦繞禪關酒共杯
好待東風春二月歸旌小駐更徘徊

寄金清山二首兼懷李學山

萬泉河上策先鞭回首秋風十八年明歲停驂重握手

故人鬚鬢久皤然

若憶東瀛李學山春風隅斷鳳皇闕只憑天末初生月

梁上清光見别顔

卷五

詩〡〤〨百 前後提綱字〤〡 註字〸〦 邊縫字〣〸百 詩目字〡〣〤百

題字〡〣〢百 詩字〤〥〤百 註字〥〤百

共一萬二千四百五十一字

夢鶴軒楳澥詩鈔續編卷五

終

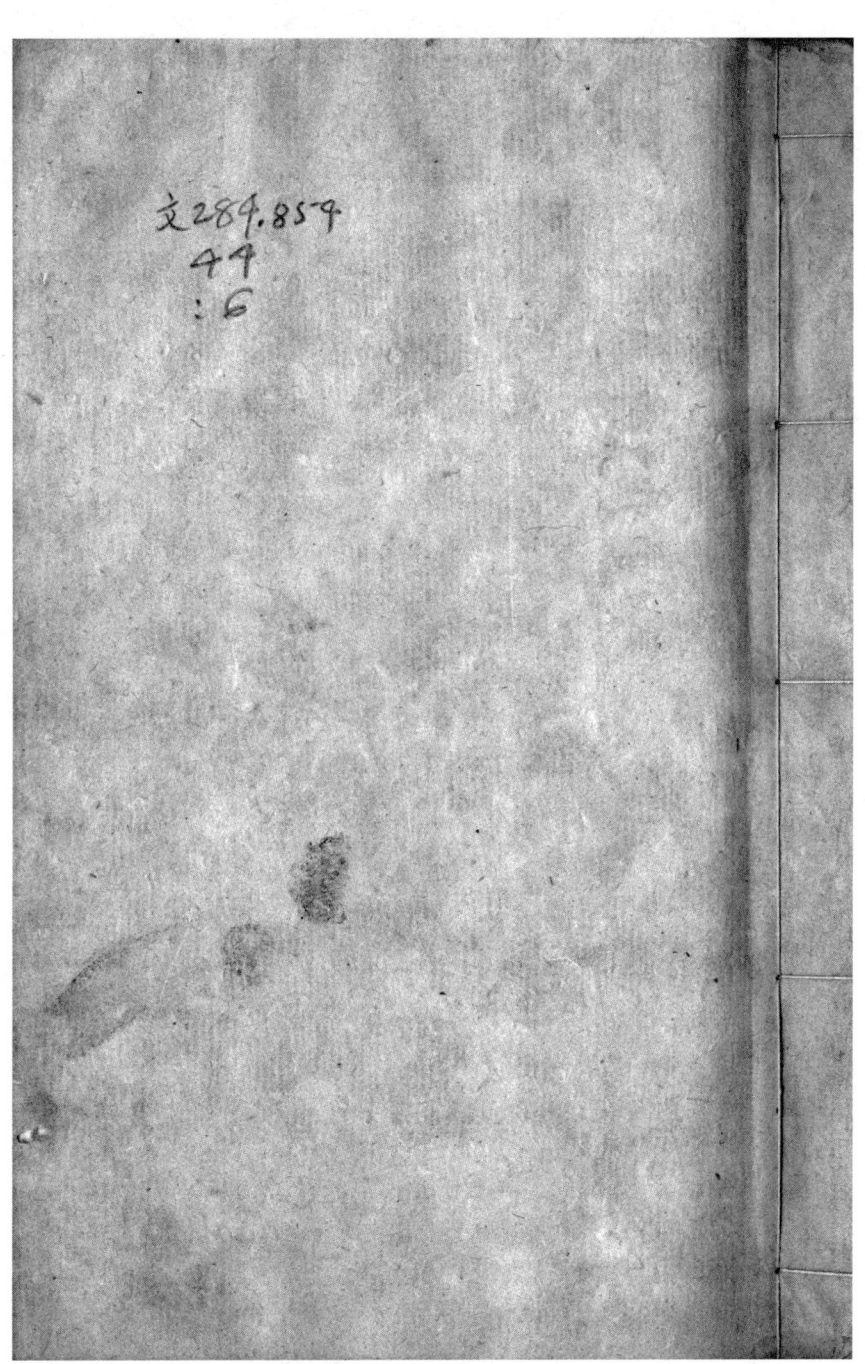

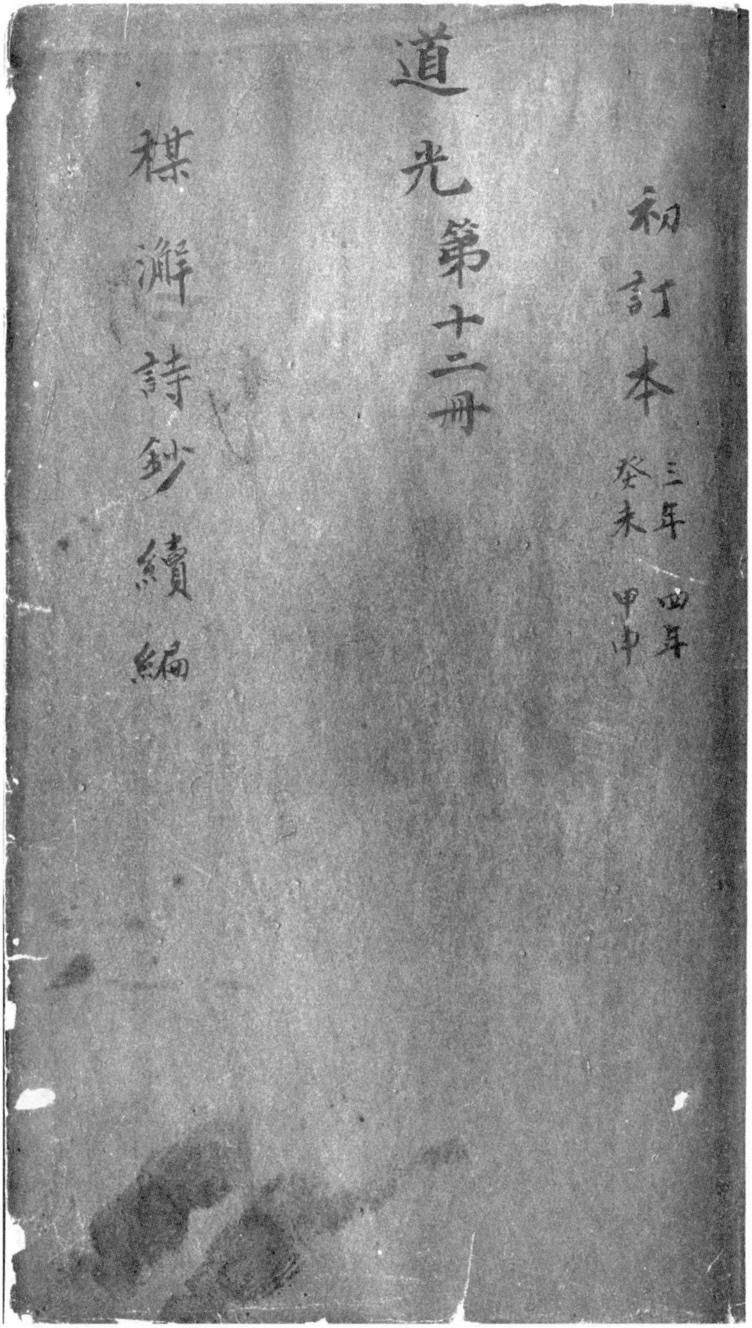

初訂本 三年癸未 四年甲申

道光第十二冊

楳澥詩鈔續編

夢鶴軒楳澥詩鈔續編目録 癸未至甲申

第六卷

夢鶴軒楳澥詩鈔續編目録　一

嵩鶴軒枝滄詩鈔續編目錄

夢衛軒杕湄詩鈔續編目錄

蘭鶴軒梅瀹詩鈔續編目錄　三

夢鶴軒梅澥詩鈔續編目錄　四

夢雀軒枕滄詩錄續編目錄 五

夢衡軒棲潭詩鈔續編目錄

夢鶴軒楳澥詩鈔續編目录

[illegible]寉東杉消詩鈔紀紀目錄

夢鶴軒楳澥詩鈔續編卷六 癸未至甲申

遼東瀋陽繆公恩立莊

漫成

作頌芳椒又一年韶華幾度過雲烟敢期詩卷傳身後且弄孫兒樂眼前笑我春風空繞座慚人月俸尚支錢吹竽漫側諸郎列誰許東方曼倩仙

即事二首

翠靄烘遲日和光泛軟風夜來春氣暖梦醒小牎紅閑門稀剝啄賀歲已梢閒蹀躞諸孫戲衰翁為解顏

草堂

靄靄晴烟罥遠林日光暖入草堂深青春萬事都堪喜
惟有和風得我心

元宵

凴地落三字不甚韻

過客倏三年簫鼓鐙花又眼前萬點春星凴地落
一輪皎月向人圓乘時景物無更變感我年光有代遷
寶馬香車忙不住老翁俯仰獨蕭然

春雪

春雪飛來暖茅堂短牖開飄空看舞絮墮樹憶殘梅吟

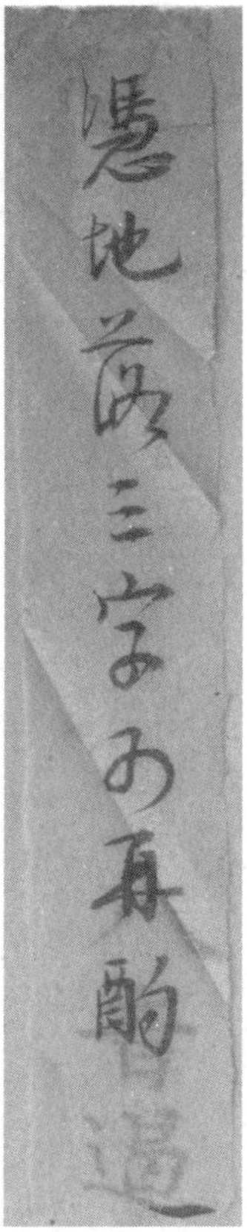
憑地落三字不再酌

夢鶴軒梅澥詩鈔[illegible][illegible]卷六　一

草堂

靄靄晴烟冪遠林日光暖入草堂深青春萬事都堪喜
惟有和風得我心

元宵

八音遏密倏三年簫鼓鐙花又眼前萬點春星憑地落
一輪皎月向人圓乘時景物無更變感我年光有代遷
寶馬香車忙不住老翁俯仰獨蕭然

春雪

春雪飛來暖茅堂短牖開飄空看舞絮墮樹憶殘梅吟

得新成句傾將舊蓄醅入閒情亦適即此是瑤臺

感懷

漠漠春雲暗不開虛齋孤影共裵褢金爐香燼茶烟薄
慊慔風生雪氣來陳迹只餘縈梦寐舊題何處鎖塵埃
歡娛消息年華去潦倒清樽酒數杯

夜雪

一天風雪繞茅堂自對蘭燈爇瓣香紙帳離懷眠不得
擾入寒漏五更長

看雪二首

玉蕊璚枝繞石闌廣庭素艷作輕寒陽和不是東風厲
萬樹梅花半已殘

粘枝貼梗壓橫斜誤認孤山處士家莫怪臨風易搖落
冰花原不是梅花

題蘭六言二首

空谷蒼苔白石冰根瘦葉幽香不必囊中紉佩何勞夢
裡徵祥

天付幽貞逸品人傳卉木祖香自具本來面目不妨荊
棘徜徉

即事

徑雪才消土未殭飯餘携杖步虛廊暎雲不動東風軟細雨無聲花氣凉尋睡爲傾蕉葉酒清心頻炷竹爐香新詩欲得推敲穩吟倚書窗向木牀

感舊

仍是從前舊畫廊湘簾不捲敞高堂當年多少烏衣燕飛向誰家玳瑁梁

題畫

縹緲仙源不可求漁郎何處繫扁舟落花滿地無人管

山自蒼蒼水自流

閨詞

池上春冰凍已消繡餘獨立小紅橋行人一去無消息
底事東風上柳條

漫成

獨酌醉芳醽微吟立小亭暖烟迷夜月雪水浸春星宿
蘚錢猶薄垂楊線已青東風輕料峭清响動檐鈴

偶吟二首

冰盡池波闊烟凝柳線勻新消庭際雪無處起纖塵

皎月當空靜東風入夜寒幽懷誰共語獨倚石闌干

東山道中二首

軟塵百里入春山高下峰巒碧玉攢清磬一聲傳梵唄禪關深閉白雲閒

溪上人來野鷺飛晴烟壓水綠霏霏空山四面嵐光落帽影鞭絲破翠微

次韻答朝鮮趙經畹

昨見東瀛李性質懷君爲誦寄君詩道周別去程三日隴上鶯來梅一枝（經畹書附吳大山大山訪余不得因交館人）清怨聲傳秋

夜遂纏綿情縛晚蠶絲星霜積歲違顏色賴有遐心慰
遠思

即事二首

綠雲風急雨絲斜紅杏緋桃未着花行向平池看春水
岸泥新坼迸蘆芽

自携鴉嘴治花畦插棘編籬繞舊蹊經界未能終半畝
夕陽已下戍樓西

春行

暖氣蒸羣類青雲作薄陰臨溪看躍鯉倚樹聽鳴禽一

片生成意無邊造化心村帘謀小醉遠隔杏花深

自適

卷山勺水小生涯五畝園林亦自嘉淡淡東風舒柳線
霏霏細雨溼桃花幾年陳迹餘魂夢一片閒情自歲華
陋巷蕭墻圍矮屋清幽不異野人家

題舊栽楊柳

五樹門前特有情閒園栽植倣先生垂垂着雨纖腰折
裊裊臨風舞袖輕此日繁陰堪繫馬當時弱線未藏鶯
靈和殿裏原無分菊葉松針好結盟

改掃

□寉軒杉溪詩鈔續編卷六

風二首

少女無端日夜狂園林何處問餘芳落花不肯相隨去
飛上兒家刺繡牀
吹放林花照眼明艷紅幾日點皆輕東風自古原無賴
道是多情正薄情

春曉

春曉首三四句梳字繞字对不過改掃字
繞着亦未妥

羣囂將欲動曙色上窗紗殘月梳池柳輕風繞徑花天
空春氣暖烟破曉暾斜一片清和意娛人未有涯

漫成

難測乾坤造化機，循環豐嗇妙權宜。草經夜雨生偏易，花得春寒落較遲。且以閒身尋樂境，莫將俗累擾清思。茅齋吟倦携笻杖，兩部蛙聲水一池。

雨餘

雨合春樹緑雲低，逕絮沾苔半著泥。幾點落花塵不染，和香飛過石橋西。

落花

封姨半夜下高空，斷送芳園幾樹紅。自是榮枯關造化，落花原不怨東風。

吳觀韓村消詩鈔續編卷六

吳桐二字對換

靜觀

繞門烟柳緑霏微徑掩蒼苔屐跡稀細雨有情開夕照輕風無力上春衣池魚嚼水吞仍吐野鳥穿花止更飛習靜老翁成獨笑天心不與道心違

河干晚步

雨餘楊柳緑娟娟新漲平溪長萬泉携杖緩尋芳草徑被襟小立夕陽天一錐塔影浮南浦幾縷村炊上遠烟水次人家依斷岸畫舲晚泊憶當年

即日

春陰晝靜最清嘉閒倚繩床自煑茶妙境會心天趣遠一窓烟雨半爐花

獨坐

暮雲吹斷緑楊風飛過清溪遠岸東苔徑花開新雨後板橋人度夕陽中含烟弱柳垂波碧帶濕低枝入户紅幽寂有誰成共賞孤吟薄醉老山翁

當風

雲破天西落日紅曲池緑過小橋東先生倚醉嫌春暖自掃苔階坐晚風

漫成

醉餘紙帳昨宵杯巻柝敲闌小梦回樹影横窗殘月上
鐘聲到枕曉風來海棠露溼胭肢潤楊柳烟消翡翠開
景物清和庭院静花光禽語兩徘徊

月下

海月飛來玉鏡圓金波風漾意泠然清光照向棃花樹
人坐陽春豔雪天

芍藥

漸覺南熏换物華滿階紅葯正含葩等閒漫笑常婪尾

留得春光是此花

小園暮作

幽趣怡懷處無人共此情涓涓春漲活煦煦暖風輕雜樹當簷暗殘陽入牖明閑闌深院靜獨自聽禽聲

獨坐

排悶傾尊酒孤吟為解醒幽情空寂寂風雨一簾燈

萬泉河上感懷

萬泉河上春消歇萬泉河水流嗚咽堤上垂楊拂碧波樹樹飛花花似雪憶昨清秋我客來懸車水館共喪哀

瘦竹提携午烟静芳尊磅礴晚凉開於今關塞成决絶
舉頭惟見滄溟月琳宫酬唱筆硯枯鴻泥蹤跡雲烟滅
别恨空餘對水涯水涯依舊繞蒹葭精神蕭索意離合
楊花惝恍認蘆花

柳絮

五株楊柳繞衡門飛絮紛紛過粉垣辭樹因風徒作雪
化萍隨水究無根顛狂縱使由生性飄泊應知也斷魂
青眼送君從此去可憐腸結憶王孫

漫成

青春竟爾易爭差暗裏闌珊變物華細雨爲誰沾柳絮
東風何事妬棃花天非著意都無定人自多情未有涯
流水流光同一瞬吟餘已是夕陽斜

即目

綠陰滿地落紅稀虛閣風簾燕子歸最是殢人清晝永
榆錢飛盡柳綿飛

擬古

風吹楊柳絮飛過高樓去不見復歸來飄泊知何處溪
邊桃李花落向清波裏清波去不停殘紅飛不已君子

守其貞所貴知所處不見青槐子常依根下土

破盆蘭

破盆寧改舊丰姿一樣凌風浥露枝未敢捧心求嫵媚
只蒙不潔傚西施

山中

輕塵不起東臯道十里平疇策僂裏漸覺岡巒坵壑生
羣峰歷歷青嵐繞遠天細雨忽飛來雜樹冥濛深復杳
枝頭不見亂紅飛林臯寂寂慈芳草我來盡日不逢人
空山晝静聞啼鳥

早起

早起閑庭静輕風襲目凉晨烟脅樹影夜氣聚花香長養看元化清和愛景光老翁心自得被褐坐虛堂

題馬

聲價千金骨平生萬里心未經逢伯樂伏櫪到於今

得金鑾坡書

一樽緑酒醉青春梦鶴驪歌迹已陳月地花天餘此日風流雲散感前塵半生苦受多情累萬里空懷遠道人尺素勤勤道相憶西南翹首獨傷神

偶興二首

折得安石榴含笑簪雙鬢衰顏不復紅借取花光潤

長晝閑門靜閒庭日已斜故人都契闊空對合歡花

萱草耄耋圖

鳳子多情覓暖香貍奴眈視午陰涼題詩別有關心處

擬取金萱樹北堂

綠樹

綠樹垂陰白晝長榴花照眼艷生光先生吟倦尋清夢

風入桃笙北牖涼

閒園

閒園雜樹綠陰寬半間花畦半藥闌留得羣英花不斷
何人惆悵說春殘

自遣

厭向塵埃逐後車閉關爲圃足生涯入喉颯爽風前酒
沁齒甘寒雨後瓜醉解生衣眠石榻戲將短髮插榴花
任交時彥紛紛笑老子痴頑自歲華

夜坐即事

炊烟夕起没回光坐久金波浸草堂月地無聲詩思靜

花畦小醉酒杯香憑闌止水澄天影倚枕虛窗納夜凉
即此清幽神意適不須妄冀白雲鄉

掃地

掃地安排却暑方沉心攝氣坐匡牀簾垂湘水爐烟靜
窗納明蟾竹簟凉翠靄繽紛披樹影碧波澄澈浸雲光
此中清妙誰同解寂夜無人到草堂

題畫六首

茉莉花

美人浴罷晚粧殘白苧生衣倚石闌茉莉摘來簪寶髻

一團雪壓鬢雲寒

荸薺

葱葉幾莖青芋根一丸鐵爽脆入吟喉清寒咽氷雪

桂花

記得承天寺天香冷一龕月明清露重秋芗落淮南

秋草

素月散清光秋叢玉露凉蟲聲凄欲絶倚枕夜初長

花籃二首

最愛東風暖芬芳萬卉齊筠筐收衆豔春色入提攜

緑肥深院靜春色在誰家停繡正無語隔墻聞賣花

漫成

壯歲忝諸妄衰年久抱眞心原安澹泊仕亦遠風塵小醉懷陳迹孤吟憶故人未能如太上終是累清神

孤坐

孤坐暮窗靜捲簾天趣清日沉炎暑退風過晚涼輕宿蝶依花穩流螢入樹明微吟諸念息虛室白光生

芳園

半畝芳園一草堂林皐風到北牕涼書圍四座茶初熟

花繞閒庭日正長蓮蕋香生清淨體桃笙寒入黑甜鄉
冥心寂坐消塵念此是先生却暑方

友人招集郊寺

勝地宜幽賞羣英逸興同殘霞開晚照杰閣受涼風樹
隔山雲黑波揺水蓼紅雄談傾四座誰放酒杯空

新秋

新秋初入令清肅氣潛通野樹含涼意疎慵度遠風劍
横蠲忿綠絲吐合歡紅老子閒吟慣詩成不計工合歡亦馬纓名

寄尚鐵峰四首

河山萬里倦風塵息羽歸來四十春戚里幸多同調者
不教孤德少芳鄰

氷雪文章不着塵鄒枚才調雅同倫雲霄幾輩騰驤去
伏櫪於今尚有人

西南悵惘少佳音東北猶傳寄遠心試問軒車勞跋履
何如耕讀卧山林

詩酒騷壇興未闌萍蹤已散聚應難孤吟獨坐懷離索
冷淡蕭齋苜蓿盤

早行

憚暑驅車早晨光入眼清遠嵐千髻翠殘月一鈎明溪水隅林白野風吹袖輕曉烟凝不散淡抹截山横

偶占

初入新秋氣即清露華暗向草間生最憐一片羅雲薄不碍長空素月明

霖雨

翠苔掩徑緑池平三日秋霖未放晴虛閣捲簾風四起葛衣不奈太凉生

哭　伯父蔭嘉公 諱廷玉前兵部外郎需次州同知致仕

卅年解組養天真塵世沉浮近九旬弈理久探姑婦譜
法書直溯晉唐人和平已足胸中氣解脫旋歸物外身
伯道竟教無嗣子白頭小阮獨傷神

題畫

羣峰倒影水中天一片澄波浸冷煙對此那能無一語
平生雅意在林泉

招復菴學廨小酌

舊雨離居感昔年新知結契復歡然官閒亦有風塵累
署冷宜聯翰墨緣千里人來黃葉路一尊酒醉菊花天

不須擬議三生事且對圖書樂眼前

對菊感懷二首

落葉飛林木凉風過草堂誰同一尊酒獨醉菊花香

風定鐘聲静燈明菊影紅故人音問絶惆悵聽飛鴻

論詩四首

皓質何勞飛雪粧麗都原在錦衣裳芳蘭若使經赦寫

應是靈均笑欲狂

不須跬步學娉婷各有情懷各性靈天籟有時成妙响

高歌不為別人聽

暖氣和光白晝晴震雷忽起不平聲風雲捲地連天暗
又作銀河碧月明

西子或教蒙惡臭驢兒亦自楦麒麟本來面目終須在
莫學人間皮相人

晚眺

秋老平原望渺茫憑高獨自倚山堂峰巒遠近森寒影
草木高低鎖暮光花葉亂飛風浩浩長河西下水湯湯
無邊野色蒼然起一片昏烟掩夕陽

石下蘭

嶙峋片石壓冰根，自是靈均去國魂。任使重遮稀雨露，幽香終古在乾坤。

偶成

風塵僕僕倦勞形，老我踈慵户每扃。落葉聲多人未寢，秋花香冷酒初醒。頭原匪石終難點，眼不如箕枉自青。别有會心隨造化，不翻釋典與仙經。

送楊復菴四首 名瀛，昌平州人，丙子舉於鄉，今任吉林學正。癸未夏以送試至瀋，余見其書法，造訪之。秋復至瀋，出其詩相示，一片春容之氣，發爲和平之音，讀而知其爲有道君子也。因與締交，昕夕過從，論書稽古，莫逆於心。且其年與余同生乾隆丙子，特少余五愈月耳

然其學則過余遠甚以兄呼余重
有慚焉於其旋任為小詩以送之

同此冷官同此好更逢年齒亦相當縱教見晚黃昏近
莫負桑榆好夕陽

古刻紛披溯瓣香心期衹在米襄陽豪端天馬行空氣
風雨金壺墨幾行

為憶蕭齋苜蓿盤鐙紅酒綠結新歡柳條邊外青霜重
一夜西風夢裏寒

蕭然冷署讀書堂虎僕龍賓繞座香良夜懷人成好句
松花江上月如霜

小春漫吟

東風歸幾日又及小陽春莫訝雙丸疾應知一氣輪雪
殘梅墮蕊日暖柳含嚬晷短殊長晝閑情獨老人

夜作

孤坐誰堪語青鐙手一編寒多謀小醉夜永欲遲眠留
菊餘殘蕊煎茶散暖烟衰翁何所慕習靜即全天

村居

蒼然嵐色近深秋萬壑凝烟翠欲流槲葉得霜紅似錦
衳田過雨綠於油耕耘已畢三農力墉櫛欣看百畝收

然其學則過余遠甚以兄呼余重
有慚焉於其旋任爲小詩以送之

同此冷官同此好更逢年齒亦相當縱教見晚黄昏近
莫負桑榆好夕陽

古刻紛披溯瓣香心期衹在米襄陽豪端天馬行空氣
風雨金壺墨幾行

爲憶蕭齋苜蓿盤鐙紅酒綠結新歡柳條邊外青霜重
一夜西風夢裏寒

蕭然冷署讀書堂虎僕龍賓繞座香良夜懷人成好句
松花江上月如霜

嗽庵作輩

小春漫吟

東風歸幾日又及小陽春莫訝雙丸疾應知一氣輪雪
殘梅墮蕋日暖柳含嚬晷短殊長晝關情獨老人

夜作

孤坐誰堪語青鐙手一編寒多謀小醉夜永欲遲眠留
菊餘殘蕊煎茶散暖烟衰翁何所慕習靜即全天

村梧

蒼然嵐色近深秋萬壑凝烟翠欲流槲葉得霜紅似錦
秫田過雨綠於油耕耘已畢三農力墉櫛欣看百畝收

祛袪也平声祛亦平声

柴門吟倚醉一天歡喜祛閒愁

聞雷十月六日

日馭虞淵落邨蹊絕旅行墨雲垂地黑紫電照山明雞犬千家靜雷霆百里驚催詩雖有意恐是駭輿情

葬薌坪弟

為君營葬重含悲闊越閭閻幸已歸一十七年空悵別四旬九歲可知非衰門祚薄心徒壯嫁女婚男願尚違

門衰句疑有顛倒字

我向西風傾老淚一抔黄土對殘暉

口占

袪袂也平声袪亦平声

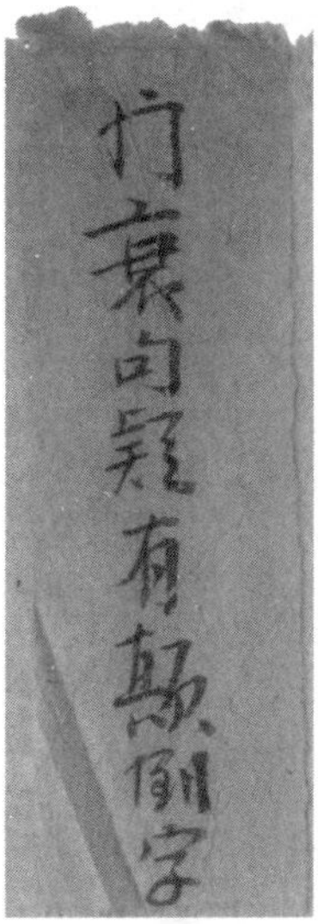
打哀句疑有脱個字

祛袂申去岸綴
声

老我柴門吟倚醉一天歡喜祛閒愁

聞雷 十月六日

日馭虞淵落邨蹊絕旅行墨雲垂地黑紫電照山明雞犬千家靜雷霆百里驚催詩雖有意恐是駭輿情

葬獅坪弟

門衰句疑有顛倒字

為君營葬重含悲闊越閶闔幸已歸一十七年空帳別四旬九歲可知非衰門祚薄心徒壯嫁女婚男願尚違我向西風傾老淚一抔黃土對殘暉

口占

雲盡碧天靜霜飛夜氣澄清寒一片月皎皎玉壺氷

夜作

斗室孤鐙寂宵長何所為短檐風瑟瑟寒漏月遲遲吹取竹爐火拾來松樹枝老翁心自得杯酒一編詩

赴南邨

野路不知極迢迢斷旅魂馬翻枯草亂溪卷凍雲昏寒樹下殘照暮烟横遠村何如茅舍叟無事閉柴門

自南邨歸莊

暮烟杳靄鎖高岑敗葉聲乾古徑深犬吠孤村何處是

遠燈明滅隔疎林

寄朝鮮金善臣兼懷李學山

徧是岐逵誤着鞭曰歸猶得接春筵關山阻梦三千里
笑語情深十八年已分谷音成絶响何期尊酒續前緣
送君揮手青坵去更念江東李謫仙

寄朝鮮趙石厓

故人消息近何如六紀星霜歲月除寒夜懷人千里梦
寥天附鶴一函書結交原在風塵外繫念猶勞翰墨餘
何日左軍充國使小停旌節訪吾廬

味直逼唐人而遠出
妙不可及　芷庭

晩眺

陟阜舒長眺垂垂欲暮天遠山吞落日平野散寒烟鳥
下荒原樹人歸古渡船北風吹裋褐吟望意蕭然

夜坐

寒林交錯凍烟迷靜夜風驚宿鳥啼明月不知人未寢
早教清影下窗西

皇甫君碑

氷雪聰明迥絶塵墨霜不掩古精神今知鐵畫銀鈎筆
未許庸流強效嚬

嚬改顰

寫蘭戲題二首

口飲彼人酒手寫此人蘭彼人固不知余心寧獨安案頭或有酒揮洒固不難案頭或無酒何以濡素翰

居士好寫蘭昔時索者少於今索者多不知居士老老矣將奈何惟期欲軟飽匪以療調飢聊以壯揮埽

題蘭贈文君保

几淨窗明逈絕塵新泉古墨益精神寫成一幅瀟湘草幾葉春風贈解人

月夜口占

皎皎青空月照窗白似雪金波浸骨寒此境眞清絶

鹿殘蘭

拈將敗筆寫芳蘭恰似幽蹊野鹿殘任使他離春自在古香不改素心寒

獨坐

漸生虛室白隐几此心娱枯樹風聲疾青雲月影孤縱教塵蕩漾未見鏡糢糊不覺撚髯笑昏蒙愧老夫

雪夜宿田家

千峰萬峰凝冷烟同雲不動遮暮天須臾雪花大如掌

玉龍解甲何紛然暝途坎壈滅古轍飄風栗冽燭不燃
僕夫告我見遠火雪花障眼頗難看十步五蹶冒寒凍
居然已至柴關邊主人開關竟迎客爲客掃榻施竹筵
稚孫幼子解鞍馬主人進酒憐客寒婦子嬉嬉效奔走
豚魚襍沓羅木盤問翁今年幾甲子翁言已近七十年
少年意氣殊磅礴不爲人下心志堅鉏田恐居他人後
趁虛期在他人先四十餘年積辛苦已看耘穫連陌阡
比年不數入城市二三老友相周旋春山草肥牧耕犢
秋溪水漲持釣絃時聽笙簧野鳥語同看錦繡山花鮮

邨愚無知幼未學順帝之則全吾天未見雲山證仙佛
未見修齊成聖賢惟知祖孫事耕作父子亞侶勤力田
自春徂秋日胼胝及今歲晚稍息肩昨日驅車糶禾黍
先將血力完官錢歸來斗酒聊自勞殺雞為黍酬務閒
人生百歲幾旦暮勿為凋我顏渥丹況逢嘉客駐蓬華
主人杯酒當盡歡我聞此語三太息對君心醉言莫傳
捫鼻呵凍借筆硯為君吟作田翁篇

閒坐

白紙糊窗冷不開案頭拂拭絕塵埃一牀筆硯一壺酒

任使狂風捲地來

獨立

空庭獨對泬寥天碧瓦無聲斂暮烟忽湧素霞三萬丈
一輪寒月寶珠圓

夜坐感懷

吳楚間關歷坎軻蓬門息羽近如何詩緣才短精華少
心以情長感慨多半世交遊空夢寐百年歲月易消磨
寒宵往事都縈念呵凍擎杯倚浩歌

新歲漫吟

新看月一稜盈縮氣相承歲改顏難改年增懶亦增寒
猶餘臘雪風未解春氷為感雙丸疾蕭然對短鐙

賀年後作

賀年人已息煩囂睡足晨光上綺寮尚有餘寒侵曉夢
忽看暖日作晴朝碧絲欲嫋風猶細鶯瓦無聲雪暗消
老叟焚香心自得獨吟短句遣幽寥

自笑

自笑浮生七十年早看筋力不如前於今酬應行常少
閒即吟詩醉即眠

春正六日

靈晨何處可尋歡六日晴和過履端蘆被酒酣添晓梦
草堂積雪作春寒雲山舊跡縈清念造化生機寄静觀
那得園蔬陳七種惟餘重荐五辛盤

元宵感吟

曾乘款段導車前今日燈花獨愴然十載音容何處是
不堪回首憶當年

題畫蘭

汪周庾亭夫子家見　先生畫蘭一紙是詩末句云瘦骨与冰心可以敵風寒今集中冰作芳字可以作幾人余以為不如原作之妙　芷庭

棱棱一片石落落幾枝蘭瘦骨與芳心幾人盟歲寒

寄尚鐵峰

不可長抛是故人如何四紀阻風塵筆端有力能扛鼎醉外無鄉可置身廿載交遊都夢寐半生離索損精神惟君尚未天涯去又復星躔酉隅辰

即目口占

簷端積素已潛消又覺東風上柳腰幾點春星明滅裡暮雲不動碧迢迢

觀詩作

好古不摹古心與古相期可爲知者道難與俗人知皇

皇三百篇規規學者誰涵濡不自覺别有處囊錐

題盆蘭

畫個籬邊老瓦盆仳倚幾葉種蘭蓀世間萬物依坤母
不喜前人作露根

漫吟

喜得青春廿日晴庭軒漸減峭寒輕蘆花被擁深宵暖
蠡殼窗虛素月明樹影不搖鳥鵲靜鐘聲遠入夢魂清
於今無復聞雞舞卧看簷端曉日生

行飯

行飦空庭裏垣低望眼寬斷烟沉夕照細雪釀春寒蟹
目湯初沸龍涎火未殘閒軒人不到化理靜中看

雪夜有懷

冷絮紛紛上紙窗隔簾寒意逼銀釭雲山萬里懷人梦
不耐清鐘斷續撞

雨雪連日又成一絕

北風連日雪霏霏料峭寒多酒力微一種幽懷眠不得
凍雲不許梦魂飛

望雪二絕

粘樹白皚皚琪花處處開只疑居鄧尉惟少暗香來
梦寐勞清夜雲山鎖凍塵故人千萬里誰寄一枝春

戲吟題蘭

蘭皋居士六十九筆不在手杯在手擎杯執筆任天真興來不自知妍醜有時寫蘭三五本有時吟詩一兩首十紙五紙雪片飛椽筆揺空吞大斗或問居士居何等居士掀髯開笑口道是乾坤生我本無心不過不識不知亦痴亦頑一老叟

喜晴

開戶奚童報曉晴紙窗喜見赤輪明隔爐不是檐頭雨
却學堦前滴瀝聲

正月三十日二首

羣芳親種滿閒園風信人傳廿四番繪得五星圖日月
教兒早製護花旛
雪消階砌逕輕塵度盡三陽又仲春應待滿園舒錦繡
不須結柳送窮神

薤露謌

薤上露易晞人生復幾時蝸名蠅利終何爲富貴雖云

樂所在多危機貨利與聲色欲勝天理微雖上露如珠
璣朝日欲上華釆陸離臨風不墜揚復垂幾人不羨好
光輝噫吁嘻幾人不羨好光輝

寄楊復菴吉林學正

凍解松花綠似油離懷一日阻三秋情聯同氣垂青眼
座入春風對白頭舊雨有書傳塞鴈醉翁何處倚江樓
閒軒淨掃洪都榻好待清和話別愁

晚照

樓西翹首月輪圓鴛瓦千家罩暖烟暮色蒼茫春樹靜

歸鴉啼下碧雲天

即事

露臺人獨坐落日下庭阪風定烟籠樹雲開月上樓踈
窗簾影暗虛棟水光浮春意潛來處無蹤更可求

獨坐

獨坐虛堂靜閒窓片席安柳絲殭夜雪花信逼春寒久
遠風塵事常甘苜蓿盤榮枯隨造化欲寡即心寬

送朝鮮正使洪濬園名義浩字養仲職判中樞府即國相也

新歸雲漢泛槎仙耳熟君平道有年云於乙丑歲尹義州即知瀋陽有繆

楳澥先生聖德至今傳八教
天恩在昔戴三田征途蹔解風塵累賓館欣聯翰墨緣
悵惘來朝揮手去迢迢江水隔春烟

臨別又占二首

廿年秋水識梧軒梧軒名受浩澹園從兄也於乙丑來瀋因訂交此際春風見
澹園今日相思他日夢幾回飛過鳳凰門
雲垂海立憶梧軒鐵畫銀鉤又澹園見贈書聯及詩辛未相逢
翻白眼不教長嘯下蘇門

漫興

行年七十久成翁蓬蓽安居擬靜功老去情懷惟念舊
懶來詩句不求工軒窗臨水宜明月楊柳垂幰愛好風
四十餘春歸牖下壯遊空入夢魂中

即事

落盡斜陽暮色晴凴軒寂坐靜無聲雨餘柳軃東風細
天遠雲開夜月明湘竹半垂簾影薄金爐一縷篆烟輕
個中消息何人問虛白潛生四壁清

久雨

紛紛洒洒復濛濛能見曦輪幾度紅不適兼旬違節序

教人愁雨更愁風

春寒

氣機寒燠竟無憑料峭緣何日日增細雨輕風旋作雪
小池已泮又成氷懶翻舊卷軒窗暗欲草新詩筆墨凝
安得陽和回暖律紅爐進酒醉銀升

書表簡齋詩集二首

鈍根空復費吟哦天與才華不可摹儒者每嫌知事少
先生轉恨讀書多性靈水照青空月流麗帆揚碧海波
我手一編學不得推敲終日竟如何

小倉山下讀書樓海内名家盡好仇政績自看垂志乘情懷未免太風流六朝金粉霜毫吐萬樹珊瑚鐵網收多少女郎稱弟子也期驥尾附千秋

暮立有懷

落落踈星帶草堂尚餘曚影泛餘光故人萬里無消息獨立空庭數鴈行

漫成

煦煦東風裏柴門鎮日閒鳥啼春樹静何必在深山

雨

雲光埀大野暖氣滿長川細雨清明近紛紛濕墓田

喜晴

纏綿無奈雪紛紛喜得今朝絕片雲尚有輕寒侵硯席
已消殘雪到池根短詩書畢移遲晷小飲斟餘取薄醺
再得陽和連十日不惟草木意欣欣

閒步二首

南浦路迢迢攜筇過小橋青帘緣底事柳外遠相招
拂面絪緼氣吹人澹蕩風陶然一壺酒春意滿胸中

漫成

曉梦初回紙帳慵晨光漸白小窗東春城畫角吹殘月
野樹輕烟聚暖風皓首不窺金鏡裡酡顔常照酒杯中
莫從變處觀人事伴我圖書共始終

寒食二首

有約尋春杏樹園青泥掩徑懶開門無端寒食紛紛雨
不必郊行始斷魂
呼童暖酒進盤飡改火原知强禁難顧祝之推開我罪
老人飲食不宜寒

晨卧

宿醒猶未解晨覓黑甜鄉日入窗前暖花來梦裡香得閒心自逸勝酒力難强推枕書殘紙年衰恐健忘

當年

當年呫嗶廢幽探花鳥青春月二三回首不堪思往跡空餘清夢在江南

自遣二首

仍是當時舊物華如今未信老相加晨偏多嗽難除酒夜尚能眠不禁茶繞地有情三徑草動人逸興幾枝花吟哦未廢常時課醉後書成正復斜

屋後閒園六畝寬林芳庭草足盤桓甘分膝繞諸孫戲
酒熟杯留舊友歡風月久知人澹泊鶯花不問鬢凋殘
古稀生在羲皇世塵事紛紛倚醉看

對月

明月上窗來青雲薄暮開鴈飛風斷續波動水縈洄得
趣詩三疊懷人酒一杯高低亭外樹落影滿蒼苔

題耒亭遊仙傳耒亭名幹濟字子梁姓索齊勒氏與余為中表兄弟行也為人方直而風流由選拔未得第授筆帖臻部郎不協上官以郎中致仕曹監開原倉儲得壎樂及令狐之事壎樂有詩令狐有傳而余獨奇令狐早歲曹讀此傳令耒亭族子介五孝廉揀示索題因

書四絶句

耆宿遼東幹子梁一生潦倒滯名場遺編小著遊仙傳
老眼摩娑泣数行

文字奇勝逸事奇仙儔帖括竟誰師未亭不吐生花筆
未必風流近遠知

不須七七詡神仙絳樹花明艷雪天石大電光都幻影
爭教紫玉不成烟

相看曾在卅年前小阮珍藏喜象賢今日重披憶抵掌
先生久證玉樓仙

對雨漫吟

高樓連日鎖輕陰樹繞閒園緑影深萬里暖雲風細細
一天靈雨畫沉沉寫成小幅憑誰賞敲得新詩獨自吟
寂静柴門無客到虛窗倚醉豁清襟

落花

莫向東風問落花落來底事亂横斜枝頭可有青青子
歎然飄零未有涯

漫占二首

晚烟芳樹稠暮色碧天浄擕杖發長吟聊以適吾興

夢鶴軒楳澥詩鈔絲絲卷六　三十一

花迎戶外紅酒泛杯中綠庭院寂無聲煢煢樂幽獨

散步

飯餘常恐卧策杖步南塘野草向人綠落花隨履香鳥聲飛上下山影列青蒼坐卧輕陰裡天機欲自忘

贈楊復菴橄欖

舶趠天風駕海航筠籠遠致不盛囊先生盛德無須諫只助清吟齒頰香

午飲懷舊

青天斷續走晴雲屋影東斜日欲曛坐久漸看花亂落

吟酣不覺酒微醺山嵐翠黛閑慊見野馬塋黄隔樹聞
為憶嬉春諸舊侶十年杖履久離羣

題畫

檻外清波漱石湍窓前羣峭入雲端緑雲不動虚堂静
一片嵐光浸水寒

贈楊復菴

倒箧傾筐雅話長芝蘭久接不聞香蠡窗静裏生虚白
蠹葉聲中揭硬黄促膝和光親笑貌横秋老氣入文章
莫嫌相見於今晚已是余心醉幾場

問花

去歲將離首夏開，今年重午尚含胎。花神底事疎撿點，不問催花御史臺。

端陽有感

豆人艾虎又重陽，佳節筵開意轉傷。有子率兒將珀酒，携孫憶我侍萱堂。十年久是音容隔，五月仍前氣候涼。一瞬韶光空飲恨，情懷蕭索倒蒲觴。

燕二首

砌花頻歲減芬芳，蜂蝶紛紛何處忙。惟有入簾雙燕子

啣泥猶上舊琱梁
溪上芹泥幾度啣歸來畫棟語呢喃主人久識與戎戒
尚有吟詩口未緘

寫蘭漫題

蘭皐老人近七十寫蘭每被人什襲興到呼酒滿銀杯
運筆如風神欲來寫成諦審殊未妙擲筆起立發長嘯
自愧丰神非作家却笑世人偏嗜痂

晚步

綠陰滿地野花香新暖惟宜近水涼攜杖沿堤尋小徑

柳絲疎處看斜陽

題焦冥先生詩集 先生姓苗氏名君稷字有邰籍昌平州明諸生也入 本朝為道士以經史儒術教其弟子而其感慨悲涼常於詩歌寄其志趣其人高故其音暢其遇苦故其語摯向者倪君顒菴曾為余言之因循未能求訪茲昌平楊復菴於景祐宮得其板刻印贈同人第惜其板多殘闕非復完璧然一勺水可以知大海味況此卷若干篇豈同一勺也耶閱餘題此且呈復菴

賸有殘詩在古今先生遺躅已消沉天荒地老身無着鶴侶猿儔意獨深莊列聲名經史學水雲蹤跡聖賢心幸教老鐵光潛德愧我鄉閭失討尋

小步

一片飛花過小橋溪流徑草碧迢迢門前幾樹先生柳
不遇清風不折腰

東村

自攜藜杖覓幽溪樸樹垂垂壓草低雲影來從孤岫外
烟痕繞向小橋西山花解舞迎人笑野鳥偷窺近坐啼
暮色蒼然何處起前村衡宇欲冥迷

村居

茆屋空山裏籬疎不設門林泉堪避俗雞犬自成村羹

滑金萱蓝菹甘玉竹根是誰同調者相共數晨昏

題畫

石上泉聲到座間峰頭樹影接雲端溪光山色無人管
輸與幽人倚醉看

東村

村塢千章夏木森綠雲不動晝陰陰炊烟影裏殘霞斷
牧笛聲中夕照沉一片松濤來座席四圍嵐翠上衣襟
未能買得青山隱甃此棲遲寄遠心

子夜四時詞

春水送子去容華不如舊惟有鏡中人相對憐儂瘦
打槳下蓮塘思入蓮房裏其中何所有懐抱惟憐子
鷓鴣怯新涼獨坐與誰語秋雲暗綺窗淅瀝聽簾雨
寒風何處生吹儂幰外竹不見故人來淩冬為誰綠

即事

暮烟深鎖綠楊枝樹影垂牕月影遲却笑情長忘白髮
夜來猶夢少年時

無人

無人剝啄到山家日午池蛙靜不譁何處香來紈扇底

綠堦滿樹合歡花

雨後獨立

新晴苔徑正含滋階砌無人獨立時零雨滴池魚嚼水
斜陽挂樹鳥爭枝繞檐不動炊烟重隔屋才生月影遲
一片清涼庭宇靜引人逸興助吟詩

即事

涼過芳林小閣邊蕭蕭時雨碧於烟一牀筆硯無他物
恰是吟詩作畫天

暮飲

水邊收暮暑林表下殘陽移得臨階榻當風醉晚凉

東村

廿里郊原路新晴愛霽光緑疇時雨足芳草野風香峰影挂殘照樹陰生暮凉郎翁携短杖來共醉清觴

山村步月

明月上遠山來照東牖下素霞三五片繚繞不相舍精光透雲隙寶鏡初離冶須臾雲霞散萬里金波瀉西風寂不起萬籟聲如啞愛此不能寢坐卧何蕭洒爲問在城市何如此山野嘯傲倚茅檐悠然我心寫携杖出郊

頭寥天垂大廈獨往仍獨還夫誰同調者

新秋

最愛新涼好涼生暑漸輕雨餘林氣濕潭靜水光清野草崴甤綠炊烟斷續橫天懷惟自適誰與話幽情

秋霖小病二首

乍雨旋晴日幾回空階新綠長莓苔風來風去都無定簾幙飄颻落更開

小院閒花繞石闌不禁霖雨欲凋殘病人小病無聊賴幾度添衣怯薄寒

圃

幾年知菜味小圃最清嘉疊石分泉道編籬間草花晚
涼來夜雨晨饌荐秋瓜培溉常無節難如老作家

題蘭二首

寫蘭不必倣前人別有生機別有神作意便生沾滯氣
靈犀無着是天眞

蘭皐老人好寫蘭石儒未升堂釋不踐迹匪曰能之聊
以自適寫罷掀髯浮一大白

村中

爲愛村墟暮偏宜野性情山坳殘照落柳鎖晚烟横初
月生牖白疎鐘入梦清孤吟誰是伴相和有蟲聲

山村

襍花芳艸亂繽紛烟柳環村掩碧氛鎮日茅堂無客到
一溪活水四山雲

獨坐

欲問林嵐酒力慵獨被褞褐草堂東蕭疎樹影玲瓏月
冷淡花香淅瀝風往跡憶來魂梦裏天懷靜入寂寥中
跳丸五十餘年事自笑於今白髮翁

河干小步

萬泉新漲碧無涯拖屐攜筇踏磧沙一片烟波殘照裡
西風亂颭水紅花

即事

一牀筆墨任蹤横乘爽攜筇且自行楊柳樓髙殘日落
蒹葭水淺晚波生作書誰復籠鵞換琢句空教擊鉢成
人事不須縈念慮漫將高致適閒情

寫蘭漫吟二首

促膝無人話寂寥行雲漠漠雨蕭蕭寫成幾紙瀟湘草

憶煞揚州鄭板橋

斷續涼雲細雨晴倚窓何事遣幽情不期一片天然意

幾筆清風葉葉生

晚望

郊原漸覺氣蕭森長眺青霄坐綠陰鴉陣亂翻天欲黑

雁聲孤唳日將沉遠山有影秋林隔古道無人暮露深

倚杖衰翁閑醉眼躋扳非復舊時心

雨

風吹徑草亂飄颻門巷無人坐寂寥吟得新詩敲未穩

一天秋雨正蕭蕭

口號

西風下碧空落葉鳴窓紙方牀人未眠心在秋聲裡

漫笑

漫咲衰翁每向隅時光蕭瑟少清娱蒼苔露冷蛩聲澁碧漢雲消月影孤安得同心從我好欲尋古徑倩誰扶逼人霜氣秋衣薄且醉西風酒一壺

夜坐漫吟

雲消風已息玉宇露華清月爲中秋近空庭分外明

軒庭對月

柴門幽寂愛吾廬倚戶清吟小醉餘碧樹低垂秋露重
晶簾高捲夜窓虛蝶回花底三更夢鴈斷天涯萬里書
玉鏡不知憐白髮此生身世竟何如

適情二首

垂垂綠影蔭茅廬八面窓開四壁虛欲問幽人何所樂
披風醉月讀書餘

城上高樓起暮笳晴烟遠鎖夕陽斜醉翁不管秋蕭索
相伴酣吟有砌花

涼夜

涼夜幽軒寂靄開戶不扃舉杯邀皓月倚戶數秋星露重初凝白林疎未減青天懷能解脫可以逸勞形

秋夜吟

明月墜高閣清風飄遠林暮色蒼然來烟影昏復沉寒鴈動哀聲僵蛩有怨音對此夫何如悠然生遠心四時何代謝朝暮何追尋如何壯盛年倏忽老相侵

園樹

園樹蕭疎掩落暉青霜幾日點苔衣西風不問秋多少

黃葉翻空作雨飛

中秋菊花

天地生機未許猜小陽昨歲菊方開今看黃蓋中秋放
不待青霜九月催丹桂月中欣有伴寒梅嶺上漫稱魁
不須簪鬢登高去籬下金波浸酒杯

夢亡內二首

妝

青燈同倚合歡牀螺髻依然病裡粧醒後窗前問蹤跡
一㦓秋水月如霜
我已春秋七十年重逢不必問蒼天風淒月白來相訪

尚有今生未了緣

夜坐

漸覺宵深漏水長短檠小座怯新涼西風落葉秋千里
明月髙樓鴈一行助我酣吟樽酒熟引人逸興菊花香
先生隨遇皆天趣半在詩城半酒鄉

題蘭

劣紙退毫枯墨畫禪草聖詩狂一笑先生醉矣亂頭粗
服何妨

風雨夜吟

斟酌三蕉酒徘徊十笏齋飄風驚老樹急雨打寒階對
菊渾忘寢敲詩獨遣懷憶人聞遠雁清恣正無涯

靜中

靜中天趣好漏永不思眠離雁啼深夜寒星帶遠天一
燈搖菊影小座繞茶烟殘月潛來照清光到几前

聞雁

滿林落葉晚風淒寒雁橫空半夜啼惆悵故人千萬里
雲陰靉靆夢魂迷

秋夜偶吟

菊花磁斗爍黄金燈掩迷離緑影深冷雨洒窓風瑟瑟
寒更敲梦夜沉沉古今罕有三生事雲樹空劳萬里心
明日登高無舊侶聊爲拈韻寄孤吟

獨坐

獨坐微吟欲斷魂寒雲枯樹掩黄昏蕭然風雨重陽近
送酒何人到蓽門

口占

撥殘荻火盡餘杯積雪凝寒户懶開不信陽春真有脚
如何不到草堂來

孤坐

孤坐虛齋靜黄花掩燭看月涵窗影白風入鴈聲寒老
樹輕烟散空階落葉乾一尊謀小醉莫待冷香殘

樹影

滿庭風露夜初寒磁斗黄花尚未殘老樹月明横瘦影
紛紛亂壓石欄杆

月

玉宇月波流霜風上敝裘賞心無舊侶吟句有新愁遠
笛傳清怨何人夜倚楼

晴窗漫吟

白紙新糊玉不如胭糯紅日午晴初輕風不到爐烟靜
短滔頻移樹影疎座繞菊香人澹泊胸無機事氣安舒
吟成書罷擎杯酒自養天和小醉餘

閒立

寒色暮天闊晚煙凝夕暉歸鴉何未宿猶繞碧空飛

無題

十二層城鎖碧霞水晶簾捲玉勾斜明珠照夜何須月
寶鼎噴香不貴花雲外樓臺遙遠夢墻東簫鼓是誰家

夢鶴軒楳澥詩鈔續續卷六　四三

青天碧海無消息莫向風前問歲華

南郊

一鞭驅野路處處閉柴關嫣馬冲寒去昏鴉背日還炊
烟浮遠塢落葉滿空山雞黍留賓易田家務正閒

郊行

一片寒光日不紅平沙衰草望無窮橋能束水流澌急
樹不遮山落葉空擊壤場邊嬉牧竪提壺壚下醉村翁
家家碌碡驅黃犢樂歲風光到處同

登樓

遥山寂寞夕陽殘風色凄其白晝寒百尺高樓空極目
不堪獨自倚闌干

夜雨

簾外瀟瀟凍雨飛遠鐘斷續入書幃傾杯欲見懷人梦
狄火厌寒酒力微

對月

不眠倚户思漫漫墻裏霜花點石欄明月滿天清似水
金波無賴襲人寒

暮行

百里郊原路迤長馬足遲炊烟昏落日寒犬吠荒籬雲掩空山影風鳴老樹枝一鞭驅古逕幸不誤多歧

漫書

七旬餘幾日碌碌笑何成天地留遺老鬚眉負此生捫心問操履常恐累家聲

題畫二首

羣峭翠嵐輕新漲瀲波淨雲影與天光可以怡吾性

載酒泛扁舟長吟對空水何處故人家渺渺菰蒲裡鷗

笑爾營巢計劬勞與我同為憐窮月力不敵五更風雖勝春鳩拙終輸越燕工是誰知此意相對有衰翁

漫吟二首

凍雲凝雪意寒色逼人來悵惘空山裏梅花幾樹開

吟望有新詩庭軒無舊友雪夜幾時來相對傾尊酒

題畫

嵐光四合烟雲滿樓花香霏微鳥語鉤舟幽徑杳而深清泉潺亦流和風扇萋春高天明素秋避炎深巖載雪扁舟朝霞與羅綺暮靄散颷飀噫吁嘻安得層城何處

夢鶴軒楳澥詩鈔續編卷六　四五

十洲塵氛其不我侵兮吾將終老於斯邱

夢揚州四首

疎鐘敲夢夜迢迢廿載邗江繫念遥記得月明天似水
幾聲柔櫓泊紅橋

湘簾銀燭隔紅綃小閣琱闌傍畫橋有客停橈眠不得
蓬窻倚枕聽吹簫

揚州明月二分饒空憶烟花廿四橋誰信一灣瓜步水
緑波終古未通潮

夜闌何事夢迢遥自是紛華念未消倚枕微吟成獨笑

半幅明月冷蕭蕭

雪 十一月十一日

同雲壓樹紙窓昏幾卷殘書酒一尊讀罷更無人共語
滿天風雪閉柴門

感懷

不信居諸若逝波韶光空自悔蹉跎山川縱使開心目
人世偏教歷坎軻好博固知能事少情長未得好詩多
即今已是頭顱白幾度低徊喚奈何

晚步

行飯黄昏薄醉餘寒風雪月滿庭除歸來煖卧蘆花被
静聽諸孫夜讀書

寫蘭

拂紙寫幽蘭揮豪成怪石爲之天然姿此心殊未適

醉題寫蘭

爲喜晴窗日色嘉拈將敗筆寫蘭花先生醉矣天機發
繩墨何須問作家

題畫

殘陽影裏鎖柴門老屋寒烟落葉村溪友園翁何處是

共誰杯酒數晨昏

夜吟

不眠嫌夜短深夜漏聲遲小雪新晴後寒蟾到戶時無
須愁憶舊只可醉吟詩迢遞天涯遠推敲復有誰

漫感

已是行年近七旬東風吹我幾回春烟雲過眼人間世
花鳥無情夢裡身臘盡欲更新歲月年衰仍憶舊風塵
漫將杯酒消寒夜百感縈懷懶入唇

題蘭

寒日寫蘭花研冰不和墨紙澁筆亦慵揮灑殊不得心欲會其神筆已違其則滿幅生坎軻五指有荊棘噫嘻吳貫之咄咄何相逼吳貫之板橋之同鄉人也其寫蘭余以爲勝板橋但題識書法不及且非進士蹩窣耳

卷六　詩共〡〢〢百　前後提綱字〤〡十　邊縫字〣〡〢百　註〡〢十　詩題字〤〢百

詩字〡〩〇〨万　註字〤〡百　詩目字〤〡〢百

共一萬三千〇七十六字

夢鶴軒楳澥詩鈔續編卷六

終

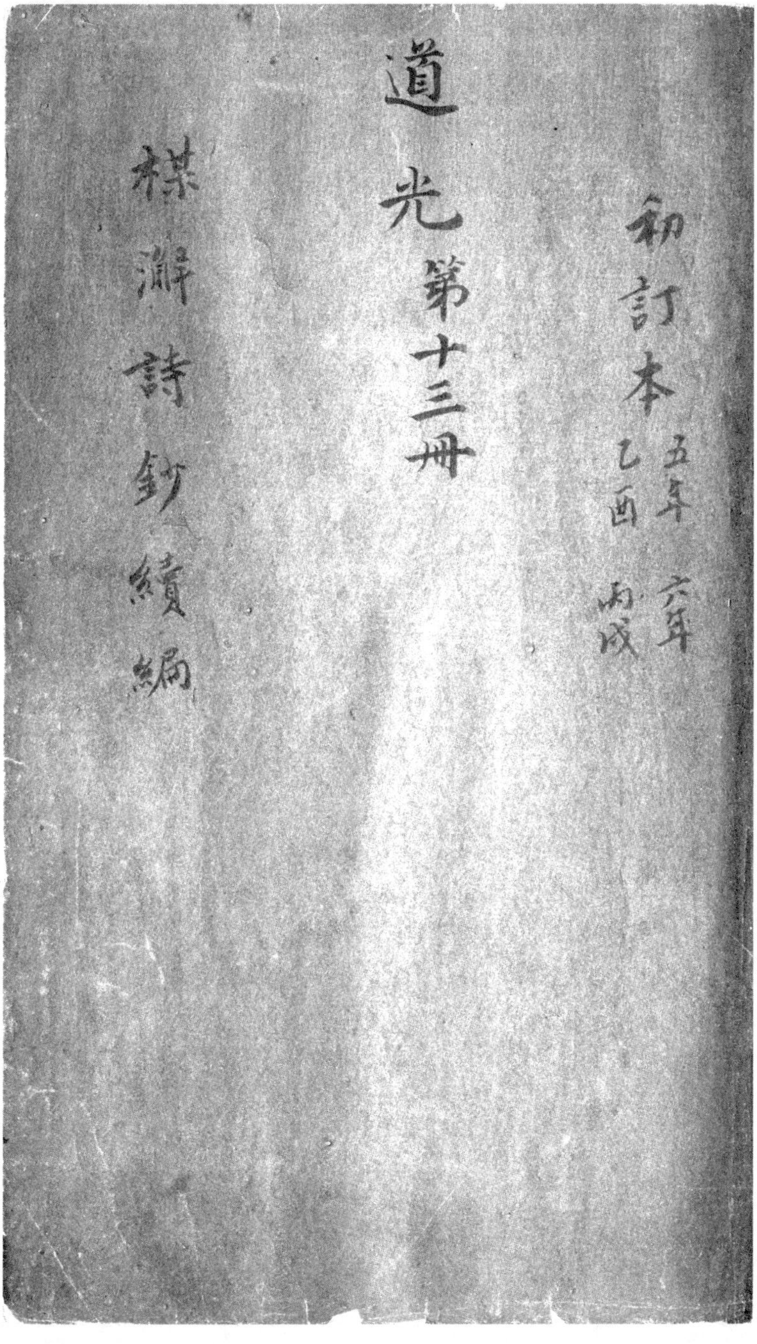

初訂本 五年乙酉 六年丙戌

道光第十三册

楳澥詩鈔續編

夢鶴軒楳澥詩鈔續編目録　乙酉至丙戌

第七卷

夢鶴軒楳游詩鈔續編目錄　一

夢衡軒杖澗詩鈔續編目錄　三

夢鶴軒梅澥詩鈔續編目錄　四

夢鶴軒梅澥詩鈔續編目錄　五

夢鶴軒梅澥詩鈔續編目錄　六

夢觀軒枕漪詩鈔續編目錄

夢鶴軒梅澥詩鈔續編目録　八

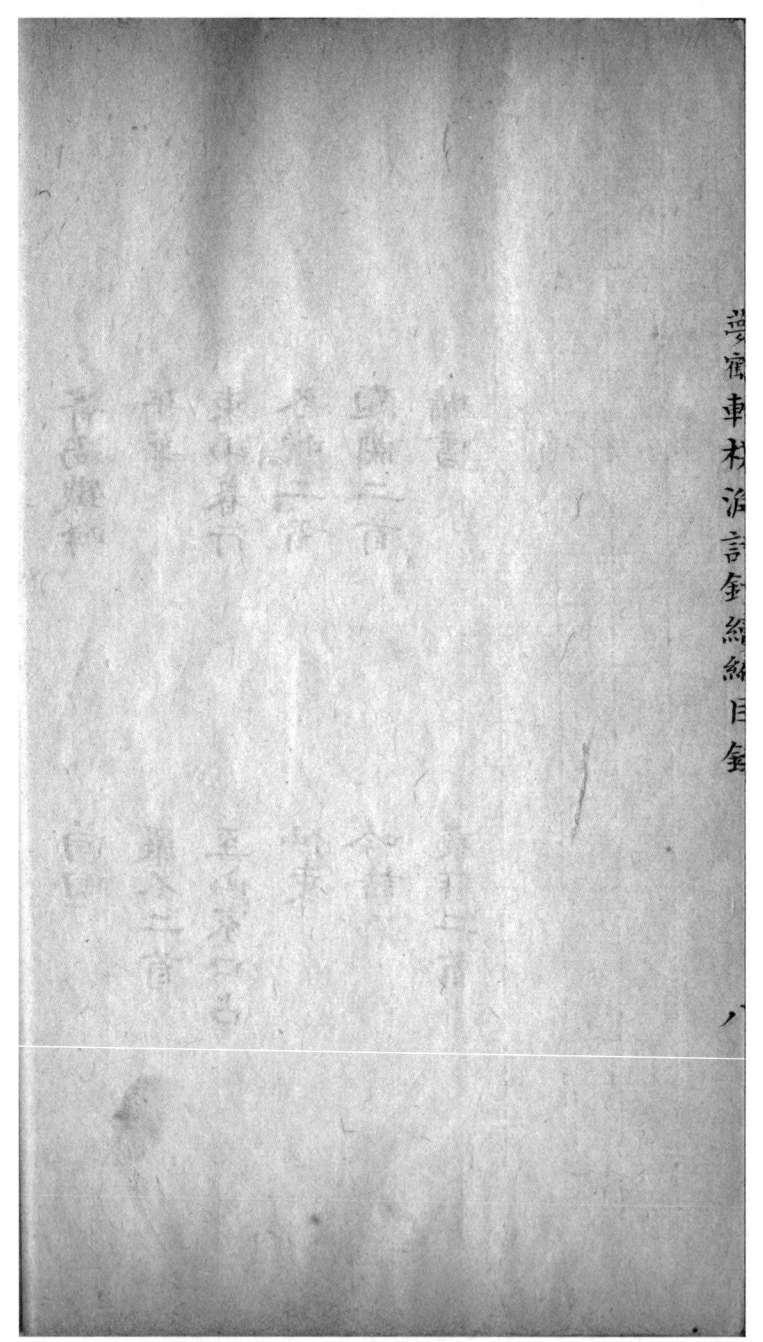

夢鶴軒楳澥詩鈔續編卷七 乙酉至丙戌

遼東瀋陽繆公恩立莊

題畫九首

春山隔岸青春水瀲波翠深樹聽黃鸝斗酒期謀醉

遥山隱隱落雲嵐密樹陰陰蔭茅屋扁舟何處溯伊人
柔櫓數聲春水綠

東風吹我度榆關滿眼陰沉雨後山記得盧峰峯下路
人行米老畫圖間

密樹垂陰當戶暗亂山飛雨入窗來幽人對此無他事

半在詩篇半酒杯

四面㟁山𡸫千章圍夏木嵐影與林光來照鬚眉緑

嘉樹共陰森清溪自來去何不結書堂遠在山深處

冷翠散遥峯落葉飛空谷不必鼓天風秋聲滿茅屋

玉峯深鎖華門斜可是孤山處士家鶴徑無人更來往

衝寒何處探梅花

雲横白玉峯雪壓黄茅屋閉户卧高人不問寒波緑

無題

雲屏深掩桂堂西漏水沉沉燭影淒夜雨暗侵瑶艸逕

裒來不一韻

春雲暖壓畫樓低金爐火細名香靜翠被寒輕曉梦迷
不信電光才一瞬東風無處問鴻泥

有懷

健否諸君子春秋我漸衰還看天際鴈可爲寄書來

憶舊十二首姊翁班生菴先生之副室戴所生女適覺羅鶴鼎字禹九禹九來官盛京戶部迎其內子及戴至瀋詢其年已六十有九少余一歲相對話舊溯余親迎至今近五十年其間人事變遷不勝感悵因成截句十二首

輕舫來迎客是嬌蓬窓銀祘押青綃澹臺湖水殘陽裏
柔櫓聲過寶帶橋時余隨　先子寓蘇州岳翁任吳江縣令

五龍橋外水如天風飽輕帆走畫船驚起白鷗眠不穩
雪花點破半湖烟五龍橋外即入太湖

滿湖春浪一舟輕百丈垂虹壓水平楓冷吳江傳好句
我無彩筆擅詩名垂虹橋在吳江城下

紫薇風裏暮烟浮共坐藤牀倚竹樓鈴鐸無聲深院静
㡘垂花影月垂鈎館甥於署之紫薇軒

銀燭搖紅月滿輪衣香扇影起輕塵樓中樓外春多少
寶鼎烟濃玉樹新

錦屏華燭啓芳筵月白風清按管絃舊事衹今都幻影

那堪回首憶當年

漆園何處問遺徽蝴蝶宵深夢久歸明月昏沉芳草歇

彩雲飄散落花飛岳翁於乾隆辛卯高郵州牧任

門楣許史舊名流小試金章百里侯政績至今傳父老

精神久是返山丘岳翁姓費莫氏

窗月簾霜對白頭玉堂人去幾經秋已看墓樹堪爲柱

今古傷心燕子樓

此首韻重翁字當易之

芷庵

絲綸當日翊乘龍玉潤原知愧樂翁廿載春官猶竊吹

側身郎署已衰翁

夢鶴軒楳澥詩鈔續編卷七　三

卅首韻重翁字壽書之

芷庵

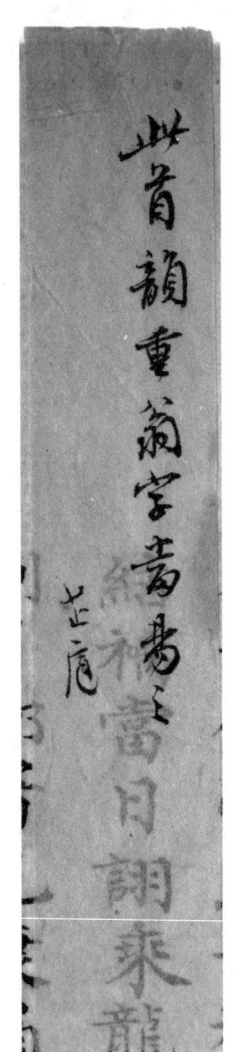

那堪回首憶當年

漆園何處問遺徽蝴蝶宵深梦久歸明月昏沉芳草歇

彩雲飄散落花飛岳翁於乾隆卒高郵州牧任

門楣許史舊名流小試金章百里侯政績至今傳父老

精神久是返山丘岳翁姓費莫氏

窗月簾霜對白頭玉堂人去幾經秋已看墓樹堪爲柱

今古傷心燕子樓

結褵當日謝乘龍玉潤原知愧樂翁廿載春官猶竊吹

側身郎署已衰翁

紫簫聲徹畫樓空好梦吹殘半夜風不意生離過汶上
竟成死别到遼東時岳翁以邳州牧駐宿遷縣城在運河岸運河即入淮黄之汶水也
過眼韶華似逝波蕭蕭白髮竟如何言重意複都休計
俯仰傷懷託嘯歌

春窓

春牕黯黯思無窮過眼寧惟幻迹空舊事已成蕉葉鹿
故人久絶帛書鴻陶情畫裏兼書裡得意閒中或醉中
道是古稀人世少那堪回首問東風

節序

節序潛移意暗驚半黃柳影近清明三冬無雪春常暖
鎮日恒風雨不成未見靈鳩思逐婦空聞布穀欲催耕
宵來喜是重陰合曉色才分訝又晴

得雨二首

樹暗雲光黑窗昏燭影消擁衾清不寐喜聽雨瀟瀟
十月收靈雨三春望正奢衰翁欣喜處豈獨爲催花

微雪獨坐

玉屑霏微點石欄東風料峭不多寒竹爐活火添香瓣
獨坐虛堂習靜觀

散步

風定纖塵淨閒庭曳杖寬暮天生薄靄餘雪作輕寒酒得三杯醉眠宜一席安無人共明月獨自捲簾看

郊行

沙路無塵廿里遥新晴弱馬踏春郊柳絲已向東風軟野水初從夜雪消一帶林烟横遠塢幾家茅屋隅平橋微吟心曠神怡處樹杪青帘喜見招

聞雷

驚聞半夜風窗月忽冥蒙布鼓横空震金蛇射地紅節

推三月首日計仲春中不意今年早潛陽已暢通

偶書二首

花甲矜六十古稀稱七旬蜉蝣寄朝暮蟪蛄昧冬春得此七十年厚幸殊超倫嗟哉彭殤齊何必百年身

去日休苦多來日休苦少彭鏗七百時自期常不老寧知至八百此身竟難保在鏗視百年貪懷殊未了若使在恒人歡欣誇壽考嗟哉名不稱雖壽亦如夭

即席次和朝鮮李蒼厓名鎮華御史充書狀官

仙李蟠根稱邈古詩成調逸亦神清巴吟携過驪江去

舊雨新知共論評

病愈入園

病慵未到小園來文杏含桃已盡開無賴東風不相待
誤儂花下啓新醅

偶成

連朝回暖氣砌草盡含萌雨過風初靜天開月正明漸
看迷樹影已聽起蛙聲小病詩懷懶微吟句漫成

看花四首

暖雲一片掩芳林紅蕋輕盈綠影深艷麗不香香不艷

材成是否在天心
才放南枝又北枝東風催促不教遲無端最是閒蜂蝶
何事紛紛盡得知
榆錢滿樹綴枝輕柳線垂條拂水平欲把榆錢穿柳線
春風許買價難評
兼旬小病未尋花紅紫繽紛結綺霞香豔繞人忘坐久
回看忽訝夕陽斜

出郊

塵囂思欲避緑野性偏宜細雨夭桃片輕風弱柳絲醉

心非是酒寄興不關詩俗念都無係天機到處隨

園中漫興

園樹滋榮雨過時幽軒習習暖風遲丁香碎結䞓赦豆楊柳輕颺翡翠絲梦裡神怡仙蝶舞窗中人静野禽窺衰翁無事縈懷抱半學疎慵半學癡

風雨

東風薄暮催急雨打窗來無賴林花片紛紛滿碧苔

入夏

無從轂雨見花王入夏春歸日漸長穋徑柳綿晴舞雪

當階芍葯艷生香魚兒戲暖鶯池浪燕子尋棲繞畫梁
欲問衰翁安樂處隨天消長足徜徉

園圃

園圃繽紛紫閒紅擕尊藉草醉芳菲殢人最苦春無賴
偏是花開日日風

雨晴

暮雲收雨過東堂垂柳多情綰夕陽短榻醉眠攲竹枕
一簾花繞夢魂香

遣懷

惟有情難遣聊憑化理融春殘人中酒花落鳥啼風已
是繁華歇全叅色相空排徊下轉語衰盛互無窮

雨

緑烟繞樹雨霏霏榆莢楊花溼不飛辛苦營巢雙燕子
啣泥猶自未曾歸

落花

蒼苔漸厚柳綿乾黯淡林芳樹樹殘幾度迴風留不得
亂紅飛過石欄杆

柳絮

永豐坊裏最多情蕩颺垂條萬縷輕何必萍花期再世
早從柳宿證前生碧絲拂水風初暖白雪飛空日正晴
果是硯冰能不結願教常貯墨池平世謂柳綿鋪硯冬可不冰

題畫

烟水冥迷捲素瀾橫天風雨下雲端扁舟一葉蒲帆飽
萬里空江六月寒

送前宗伯昇賓旭先生之任少司空六首

久職明禋盡恪恭
恩綸重賁紫泥封由宗伯轉司寇又膺今職倍增寅亮平反志報稱

彤廷凜靖共

金提聞說走狂瀾淇竹無材捍禦難從此庚辰任

帷幄淮渦佇見及時安

小開綠野七榆亭退食焚香手一經餘緒別裁風雅則

曹賡白雪得垂青

祖筵肆設坐春風桃李栽成幾樹紅翹首西南望卿月

清光終是注遼東

濫竽八載恩先生悵望雲霄萬里行談讌似嫌春晝短

無窮縫綣故鄉情

一官匏繫域封疆今後淵雲隔渺茫縱使傾心依愛日
難期拜手覲和光

暮晴

暮晴消溽暑納爽廠虛堂日墮雲陰黑風來雨氣涼池
波浮草色樹影動天光靜趣誰同賞憑闌欲自忘

題蘭

空山托根白石爲友以訂歲寒與之悠久寄心於花寄
花於手花香石貞與心不朽
娟娟幽蘭瑩瑩奇石砂徑浮金苔花點碧蘭香幽靜石

體貞白寫之楮素與永晨夕

雨後

晚空新雨後雲斷透斜陽鳥入花枝動陰生樹影涼微吟攜短杖薄醉倚迴廊助我心機活天光與水光

題蘭

清風吹瘦葉怪石倚孤根不妨同衆草永矢不當門

小園

小園五畝足徜徉倚倦孤吟白木牀虛室垂簾長晝靜綠陰繞屋午風涼池搖樹影波瀾動硯落瓶花筆墨香

朝槿露葵俱可摘一尊清酹醉斜陽

採蓮曲四首

柔櫓紛披荇藻開餘波猶自小潆洄如何只在花深處
不見蘭舟過浦來

水上風來過石橋粉紅幾點落輕綃歌聲嬝嬝回塘裏
斷續餘音近復遥

雙鬟小妹素羅裳阿姊榴裙喜艷粧私向花叢問女伴
紅蓮香是白蓮香

青青蓮菂最甘芳嚼得璚漿沁齒涼莫待西風秋色老

石蓮沉水守空房

新醅

乍啓新醅漉且嘗墨雲恰值壓茅堂一帘細雨虛窓靜
四座清風短榻涼萍逐游魚翻碧沼花隨歸燕上琱梁
故人簑笠曾相訪安得於今共此觴

看霞

風送濃雲入望遥半天雨脚尚瀟瀟彩霞落影沉波裏
一片光明錦動摇

露坐

清池皎月浸虛靈耿耿明河落碧渟牛斗至今無劍氣
空教翹首看天星

漫吟

七十年來髮盡皤當時意氣早消磨未能霄漢誇飛翥
幾向雲山歷坎軻留客每嫌藏醞少善忘空自積書多
閑門鎮日無他事惟有詩篇尚揣摩

雨後

峽吐朱輪苦蘊隆銀河忽爾瀉高空斷雲乍露天心碧
夕照斜蒸雨脚紅短幔不垂留待月生衣半解爲當風

微吟薄酌軒窗靜清曠無人與我同

題富春山圖

渺渺澄波浸碧岑雨餘衆壑白雲深羊裘老子誰憑弔
流水高山萬古心

郊原

郊原雨洗若新秋灘外林皋爽氣浮岸柳難教留夕照
溪橋似欲阻西流身雖垂老猶能健數合閒官不妄求
攜杖且乘時物好幽蹊小步訪林坵

新秋

爽氣流天地新秋變景華金衣蠲忩草紅線合歡花殘
月留窓紙涼風入幞紗衰翁心意適幽興正無涯合歡馬纓花也

小病二首

菜園踏破不成春二豎無端逼此身玉蟹正肥新出水
持螯妬煞朵頤人
雨積庭除起細波蠡腦風入晚涼多且教伏枕吟新句
吩咐詩魔戰病魔

散步

斷雲飛影過高岑一片秋光屬遠林水漲長溪流灩灩

烟消平野碧沉沉原無筆墨超凡俗別有情懷閱古今
自向天機尋樂地漫教塵事累清心

初秋夜坐

小池新漲水溶溶夜氣初澄露未濃醉倚竹牀清不寐
滿階明月聽秋蟲

即事有懷

夜氣涼如許金波靜不流輕飔生北牖碧漢轉西樓花
掩螢光暗池搖樹影浮携筇尋窄徑清妙憶同儔

晚涼

清碪聲裡日昏黃遠樹高低鎖暮光今日秋陽偏較暖
薄醺恰喜北窗涼
即目
晶簾高捲上銀鈎一片金波拂户流絡緯夜啼清露重
豆花香繞半籬秋
題蘭一至五言
蘭蘭心素根寒生空谷遠琱欄幽人紉佩韻士搦翰寫
成聊自適置筆靜相看
撿詩漫成

天機到處托謳吟不向三唐溯淺深擲卷自看還自笑
滿頭白髮一生心

題淡墨蘭

明月生空谷清光上遠岑葉疎留淡影露重溼芳心自
有孤標在何妨衆草深寄懷惟澹泊素魄是知音

郊寺赴友人招

郊原開古剎野樹綠陰稠僻地宜禪寂高吟倚佛樓酒
杯慚退戶笻杖占先籌且作逢場戲諸公半白頭

見紫薇有感

赬赦碎簇幾球紅四十餘年小梦中記得樓西人未寢
生衣共倚紫薇風

散步

雨後郊闗斂暮光飯餘攜杖獨徜徉城頭日落烟痕淡
溪上風來水氣涼紅蓼遠灘移釣艇綠陰深柳繞回塘
林皐坐久塵懷靜一片天機欲自忘

蟲聲

墻陰漸覺老蒼苔籬落秋花次第開唧唧蟲聲啼不斷
王孫底事未歸來

[illegible]軒[illegible]詩鈔[illegible]卷七　十四

獨坐漫吟

高城烟散下殘陽爽氣宜人愛景光遣悶自尋沽酒市
懷人夢繞讀書牀香生籬落秋花淡水浸樓臺夜月涼
勘破勞形成獨哭心空萬有坐虛堂

寄楊復菴

尺素遲回滯鯉魚軺車竟未訪吾廬琦瑜什襲囊中句
蛇蟥高懸壁角書不計年華前路逼祇憐雲樹故人疎
羡君脫屣風塵吏一杖林泉快自如

出郊

川原與氣撲人清灘繞葭蒹有鴈鳴斷港扁舟誰問渡
蕭蕭岸柳作秋聲

郊行值雨

原田禾黍緑油油野樹高低鎖素秋驀地遠天來暮雨
烟雲隔斷萬峰頭

夜雨

萬壑凝陰合雞鳴夜不闌倚牀眠未得風雨隔窗寒

邨中值雨

遥天雲陣壓山横靈雨飄空暗復明傍水疎籬垂柳重

隔村落日爨烟平牧兒織笥乘新漲田叟凴樞話晚晴
我愛三農欣有歲不愁泥淖滯歸程

題蘭

習習東風吹彼幽蘭心素神清葉瘦根寒、百卉祖香揮
洒豪端噫嘘嘻靈均其尚有知乎寄余心兮素翰

對月有感

明月流金波浸我青竹牀秋樹結清陰秋花明淡光庭
院寂無聲籬落生遠香少年值此時每每發清狂招攜
兩三朋窄徑步林塘詩歌互酬答笑傲共徜徉欲歸不

即歸罔知風露凉今者筋力衰鬚髮盡如霜往時雖復
有良朋已參商溯念夫何如中心獨感傷孤懷寄短吟
寂寞坐虛堂

秋花

秋花雖澹泊猶自競芳菲病間籌加飫凉生怯減衣愁
心霜鬢短老友曉星稀人世隨天運生成聽化機

雨後

初晴靈雨淨無塵丰老莓苔綠尚新倚醉幽人眠不得
一池秋漲浸冰輪

圃中

飯餘閒引步小圃愛清嘉落日隔高樹清池澄斷霞涼
低三徑草香淡一籬花林際葉微脫扶闌看晚鴉

中秋懷舊四首

寶珠湧上海東頭短榻傾尊憶壯遊五十餘年當此夜
幾經歡樂幾經愁

記得清光滿露臺西風初靜綺筵開
重慈微醉頒珍果曾舞斑衣學老萊

莓苔深碧海棠紅人在西堂小閣東玉宇無聲清漏遠

桂花香冷月華中

玉露宵澄萬井烟青空水鏡十輪圓七旬不復思前路

只有情懷感昔年

懷孫笠山

渡字錯未

五年雲樹隔音塵聞道輕帆入七閩萬卉靈根渡瀋水

雙龍寶劍問延津白頭瘴雨悽孤旅紅葉秋風憶故人

我有離愁憑塞鴈期君滄海托游鱗

晚步

歸鴉聲裡日昏黃城上炊烟鎖夕陽我欲橋南溯秋水

披襟不耐晚風涼

即事口占

我本無愁者偏來外物摇縱教天渃渃其奈雨蕭蕭酒只增煩悶詩難破寂寥未能如太上安得謝塵囂

題畫梅

横斜憶煞老枝柯不到孤山夢奈何未有寒香生筆底寫來那用着花多

漫吟

加飡猶努力垂老亦何嗟適意恣揮洒隨緣度歲華扶

筇尋小徑倚醉看秋花莫笑囊錢少尋常酒不賒

閒園

數畝閒園百事幽綠陰奇石小林坵眈吟習慣詩成課憶舊牽思夢是遊柳線遮留殘日影豆花拖逗半籬秋情懷自念仍如昔不信蕭蕭已白頭

野步二首

細草埋幽徑尋秋一杖閒炊烟連暮靄隔斷遠城山

斷烟橫日影野寺繞溪流灘上蘆花雪無端撲白頭

小亭獨坐

虛亭明月四窗開弄影離花老碧苔落葉無多偏掩徑
時聞滴露似人來

村中

柴門臨水不曾開收積山翁尚未回雞犬那知人是客
却隨杖履過橋來

閒步

屋掩垂楊裏門迎緑水灣我來攜短杖獨自看秋山

夜坐

明月生東海照我紋綺窗空軒寂無人我與影一雙

波静不流盈盈白水光徘徊憶昔年秋浦泛孤航投契兩三人御風凌漭蒼扣舷發長吟促膝引清觴吳歌聽縹緲漁火透微茫快意欲忘歸不知夜已央於今五十年見月每不忘何如復何如梦魂天一方

憶舊感懷

胥江水接五湖烟平底雙橈小畫船楊柳曉風殘月岸梧桐疎雨淡雲天故人書斷四千里好梦自經十六年伏櫪只今同調少那堪孤坐溯從前

戲題畫蘭

蘭皐好寫蘭往往宜醉手手醉天趣生有如神附肘諸
君愧王宏廚酒不相剖苦苦索揮毫毋乃困衰叟

萬泉河懷朝鮮舊友

八載秋風倚佛樓星槎小駐碧溪頭墨花研雨歸何處
明月無聲水暗流

對月

風涼露重怯排徊移榻茅堂蠡殼開明月似知人愛惜
也隨我影入窗來

漫成二首

不是容心捜僻典偶然觸手入新詩自知貧慣非誇富
人道才多好弄奇
兩日簾纖雨不晴閒官得暇更怡情鈔書題畫兼吟句
縱是勞生趣也清

感吟

居諸自昔已消磨壯不如人老奈何卷軸懶開知事少
宦途無競得閒多交遊應是晨星沒花鳥都從夢境過
四十餘年成逝水空餘現在苦吟哦

瓶花

作字宜換

瓶花換去莫輕抛此是書牀翰墨交記得風來作點首
幾回向我學推敲

懷金鑾坡

萬里睽良友霜催卉木殘情懷秋易感風雨夜初寒梦
繞巴江遠書傳蜀道難十年曾有約何日整歸鞭淋鈴檐際
鐵相共
漏漫漫

落葉

刮地蕭蕭鎮日風滿林落葉舞高空回思却憶三春日
綠襯窗前幾樹紅

重陽與人話舊

梦隔平江三十年蘇臺秋樹鎖涼烟登高虎阜玲瓏塔回首題餻一黯然

擬古

明月上紋窓華燭掩清輝徘徊坐虚堂深夜啓雙扉輕風入戸來吹我素綃衣吹衣未即已又入我羅幃芳草緑欲歇美人殊未歸零露漸以凝衰螢鳴亦稀寂寂復寂寂忽聞南鴈飛

登城

岑樓絕頂四天開地設
神都壓九垓三素雲霞森
殿閣萬家雨露淨塵埃駒驪西北坤輿折熊岳東南海
色來閶闔可能噓噫氣凌虛吹我到蓬萊

擬古

天山崔巍晴雪晝飛征夫荷戈鐵衣霜沉畫鼓風捲
大旗將軍轉戰方前馳爺娘那知歸未歸

即目

鎮日飄風木葉稀入檐淅瀝打窗飛秋雲亂走垂天黑

鴉陣橫空冒雨歸

古謌

驅棧車策羸馬風湧寒雲垂大野風颯颯雲蓬蓬砂飛
草偃絶人蹤

問菊

繞徑多秋菊籬根老碧苔問开應較早底事未曾開

即事絶句

小夢半成燈影暗遠書每被鴈聲催籬邊未放三秋菊
嶺上空懷十月梅

烏棲曲

啞啞昏鴉繞樹紛飛朝東暮西將何為秋田餘粒可以
療飢反哺之禽是耶非噫噓唏老烏羽化呼難歸

夜吟

短榻一鐙明虛窗月未生吟餘渾未寢卧聽讀書聲

途中

堤柳灘沙間坂田滔滔逝水下長川風吹大野低荒艸
樹繞孤村上冷烟有客驅馳嗟日暮誰家雞酒醉豐年
當初未學耕耘事隴畝低徊獨惘然

清尊

清尊且覆菊花杯漠漠輕寒戶不開濃淡雲光風淅瀝
一天雪意逼人來

書憶舊詩

幾許名區未盡探於今空自笑痴憨拳山勺水閑花徑
刪樹牽蘿結草菴一點秋燈摇夜半廿年春夢憶江南
比來舊感成新集也爲吟哦性所耽

寄王義門

四度西風憶祖筵幾回翹首望黔天胸懷自爲山川壯

堂一高字宜細酌
半庭

政事須教父老傳萬里故人縈遠夢十年舊約待歸鞭
蘭皋不獨加飡飯目力猶能寄手牋

園樹

園樹凋零幾度霜亂飛黄葉下高堂迢迢萬里懷人夢
付與西風一夜長

夜吟

深夜清夢回萬籟無風静窓月白如銀落葉飛輕影

行圍二首

初冬修武事行狩表軍儀朔氣傳刁斗天風鼓畫旗五

花迷日月八陣結藩籬貂錦三千士桓桓聽指麾

大野團營結中權駐統軍四更申號令萬馬走風雲態

虎冲入陣騂騮亂麀羣獻禽歸毳帳秉筆待書勳

學廨獨坐

羸馬驅車碾凍塵明窗靜坐自怡神爲慚不是伊川子

那得門墻立雪人

寄尚鐵峰三首

秋老空庭素月涼梦魂飛不到銀閎爲思鎮日芸窗裡

可有新詩憶瀋陽

五年不到睫巢來把酒酣吟日幾回亂藁新釐須予訂舊藏美醞未曾開

百里龍山路征車竟久停別離情易感風雨夢頻醒矯首從天白雙眸爲子青故人都契闊落落數晨星

即事

明月清於水寥闊高空碧積雪古榆根片片餘殘白

題蘭口占

瀟水古遼東蘭臯七十翁谷香懷舊雨湘管寫春風老去心情在神來造化通幾多惆悵意寄向素屏中

小春

日暖新晴好陽春竟暫還梅花何處是積雪滿空山

漫成

風吹疎漏正漫漫頻注蘭膏影未殘半夜清鐘敲夢碎
滿天明月照窗寒緣慳往迹三生石皰係閒曹七品官
碩果及今何所用乾坤長養竟無端

夜坐

夜永燒銀燭寒生倒玉缸新詩吟未就殘月上虛窗

十月

十月日當午迎人暖氣和嶺梅無遠信驛使枉頻過老去常懷舊歡來獨放歌飯餘攜短杖泉上玩寒波

題蘭

自寫芳蘭破寂寥風花雨葉夢迢迢蘭皐別有蘭皐法不放揚州鄭板橋

放字對否

放字應是仿字　芷庭

寒凍

寒凍已固閉斗室氣蕭索皎月照明窗冷風吹遠柝冰雪積歲時念彼山頭雀霜露入更深夢我松間鶴達者快馳驅幽人卧泉壑何人憂其憂何人樂其樂吁嗟人

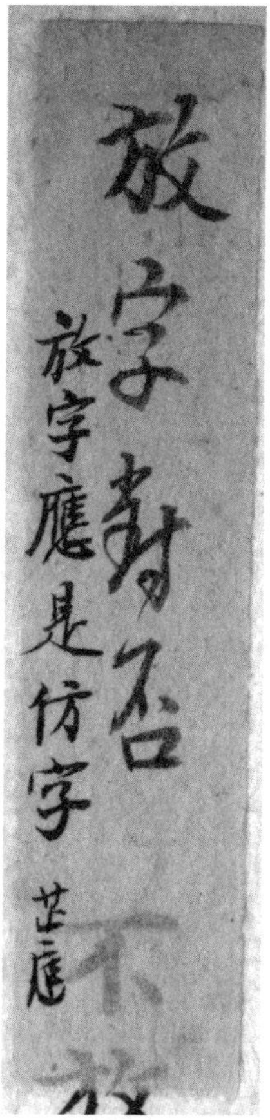
放字對否
放字應是仿字 芷庭

十月日當午迎人暖氣和嶺梅無遠信驛使枉頻過老去常懷舊歡來獨放歌飯餘攜短杖泉上玩寒波

題蘭

自寫芳蘭破寂寥風花雨葉夢迢迢蘭皐別有蘭皐法不放揚州鄭板橋

寒凍

寒凍已固閉斗室氣蕭索皎月照明窻冷風吹遠柝冰雪積歲時念彼山頭崔霜露入更深夢我松間鶴達者快馳驅幽人卧泉壑何人憂其憂何人樂其樂吁嗟人

行首 結句莫漫
字應改作且漫方安
芷庭

莫漫

間世每每互交錯吾生固有涯何爲念寥闊安能如太
上中懷空落落永夜不成寐瓶酒自斟酌

郊行

蕭蕭古道夕陽斜遠近羣峰凍靄遮天擁寒雲垂大野
風翻晴雪壓平沙行來瘦蹇吟詩客尋入荒村賣酒家
不是孤山林壑裏逢人莫漫問梅花

至日偶成

一綫初添日晷新潛陽乍動欲回春片雲飛過高樓去
細雪才能掩凍塵

題畫馬

寫出支離老駃騠當年神駿可能齊識途不復懷千里伏櫪空餘懶四蹄金勒罷尋芳草歇玉珂無夢曉風淒毫端牝牡何須問付與詩人任品題

看雲

白雲橫天飛或高亦或低高者或向東低者或向西人云風所爲雲固不能睽相去幾由旬風亦何不齊吾聞天九重宗動高無極晝夜健西行鴻濛秉乾德列宿及五星日月經緯織五星或順逆日月順其則高低有遲

速愈高行愈溢流雲夫如何距地殊未多山川生鬱氣
草莽與水波當其未升時固與人蕩摩無乃感人氣順
逆故不和氣機不可思聊以寄高歌

隆冬

隆冬惟閉户寂坐思無端日月人空老氷霜歲欲殘綈
袍誰解贈病骨不禁寒獨撥金爐火尊醪喜未乾

憩山寺

凍雲如墨嶺崔巍杰閣虛窓對嶺開忽見白光迷樹影
東風吹雪過山來

元日

令節清時好韶光萬類同晴輝生愛日淑氣扇和風屋
雪殘留白門聯艷吐紅吟餘命杯酒春在玉壺中

調達承軒

紅紙銜名字半行到門投訖便回韁閒曹往日原無事
却笑今朝也學忙

題枯葉蘭

消歇東風葉半枯當年芳夢久糢糊依稀記得空山裏
甘露曾汲白玉壺

口占

宦是閒曹與性宜俸錢饘粥尚堪支年來久得安心法
抛却牢愁只課詩

春日

暖日春明愛景光披裘無事倚匡牀閑關却掃三間屋
靜坐垂簾一瓣香舊稿雖删猶自撿新醅未漉且先嘗
不知門外紅塵裏車馬紛紛爲底忙

第三句却掃二字對不得垂簾者再易之　芷庵

首　結句不知門外紅塵裏字不妥當作宕方能呼起下句　未知是否　芷庵

病

連朝遘二豎席枕未容安心倦詩情減宵深瘦骨寒急

第三句却埽二字對不過垂
簾看再易之

芷庵

首　結句不知門外紅塵裏，裏字不安，當作宮
方能呼起下句　未知是否

芷庵

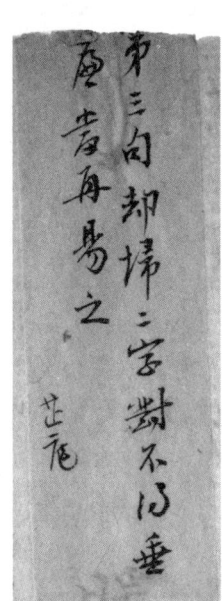

口占

宦是閒曹與性宜俸錢饘粥尚堪支年來久得安心法
抛却牢愁只課詩

春日

暖日春明愛景光披裘無事倚匡牀閉關却掃三間屋
靜坐垂簾一瓣香舊稿雖刪猶自撿新醅未漉且先嘗
不知門外紅塵裏車馬紛紛爲底忙

病

連朝遘二豎席枕未容安心倦詩情減宵深瘦骨寒急

風驚梦斷曉月上窓殘輾轉不成寐衰頽感百端

病悶

病減神慵太瘦生獨敲新句自怡情無端作厲東風急檐馬驚飛聒耳鳴

少眠

數盡殘更月上斜梦魂無計到天涯蘆花被暖春寒薄攲枕匡牀聽曉鴉

小瘥觀畫二首

漸覺精神復心閒體亦安怯寒窓不捲獨展畫圖看

雜樹水邊深羣峰天外起不覺會其眞身入林泉裡

憶舊十二首

荏苒韶光過七旬鶯花何處問前塵當年載酒論文地
知是晨星賸幾人

居近芳鄰卜一廛喜於城市足林泉小亭池上遲窓具
日日澄波繞畫船李園船亭與林蠡槎爲鄰

金鉤簾捲倚紗廚庭外風輕燕子雛半落林花連日雨
滿園春樹綠模糊李園春雨

黃楊樹子紫薇花白露秋涼桂有華記得招攜泛秋淸

無竿幾度醉漁家秋泛江干

梵宇烟沉月上初碧空如洗竹窗虛老僧息誦雲堂寂

借得禪燈夜讀書寓雍熙寺讀書

行過林邊又水邊滄浪亭子起昏烟夜游不用持明燭

一片金波月正圓滄浪亭

安仁丙舍虎頭聞一郡文名伯仲間行卷幾回邀藻鑒

一時髦士景高山謂潘公榕皐諱奕雋顧公星橋諱宗泰

興公鐵筆一時雄道祖烏絲楷法工今日開奩如對語

空教惆悵憶東風謂孫水南健薛性天公望

斷盡閭閻草木魂，當時花石竟何存。可憐五百餘年後，歎息猶稱綠水園。（社友薛樹滋宅，宋朱勔之綠水園也）

文壇春日畫樓東，玉尺司衡陸士龍。四十餘年函未啓，任教蠹飽與塵封。（結文會於府庠春雨樓側，吳縣廣文陸先生諱鴻績司文柄）

聯盟文燕側羣英，牖下歸來白髮生。不信七旬餘碩果，未能太上學忘情。（一時文友陸小坡、陸梅砦、朱對豹人、薛樹濤、薛樹滋）

金鞍款段木蘭舟，水碧山青足壯遊。雲散風流春夢醒，空教明月倚高樓。

幼孫

夢鶴軒楳澥詩鈔續編卷二 三十

呼母尋衣自解穿互相喧語好晴天紙鳶挂樹抽餘線
竹馬沖泥策短鞭盜筆就窗私學寫問安繞膝欲居先
天真未鑿痴頑甚衰叟含飴獨莞然

朝來

朝來爲喜蠡惱晴紙帳醒時好夢清比歲興居常自撿
少年寒暑與天爭驚花又見新知己卷軸仍依舊友生
江左瀛東惆悵處依依雲樹不勝情

靜坐二首

靜坐茅堂自煮茶綠雲黯黯掩窗紗花朝過了清明近

細雨如絲溼柳芽
晝靜門無剝啄聲況逢細雨釀清明茶餘酒歇閒軒寂
吟得新詩自適情

細雨頃復兼雪

細雨侵階潤風吹作雪飛陽和仍料峭旋舞更霏微落
地不堆粉着人還溼衣寒滋看變化播弄笑天機

臘梅二首

遼東春氣從來晚二月黃梅尚有花磁斗不教來萬里
暗香那得到天涯

雪壓茅檐鎖凍塵阿誰寄到一枝春檀心記得居停否
曾是當年舊友人

曉起

曉鐘初罷後朝日未昇前疎柳籠殘月和風聚暖烟角
聲吹粉堞鴈影度霞天病叟侵晨起居常厭早眠

雪夜

風掃春雲夜雪晴半輪殘月小窗明竹屏紙帳含虛白
對此神清氣亦清

閱歷

朝昏閲歴幾多年觸境興懷滿目前一鴈長鳴投極浦
羣鴉翻陣亂春烟林皐暗度和風細屋角斜遮素月圓
浮世自來無定局莫將人事諉蒼天

雨夜

素壁揺窗影昏燈坐寂寥懷人不成寐風雨正蕭蕭

懷遠庭諸君

驪歌聲歇幾年華蜀道黔天宦作家望斷東風無鴈信
夢魂可許到天涯

二月

年年二月按郊程今歲兼旬不放晴凍雨飛空過上巳
冰花沾樹送清明窓侵積雪寒偏峭徑没深泥滑莫行
春事何須頻問訊祇今砌草未含萌

題蘭 上巳

寫蘭恰值暮春初淨掃明窗代祓除激湍清流千古在
孤亭遺蹟近何如

石蘭二首

奇石如圭白似霜土花苔蘚倚幽芳未能紉佩蘭臺裡
衆草誰知是國香

觚稜風雨肯磨礱依倚芳蘭碧玉叢幾向空山問流品幽芬堅白竟誰同

凌晨

凌晨醒早夢孤坐竹屏東屋白春霜薄窗紅曉日烘顏酡帷借酒淚落未因風誰信年華去形神竟不同

雪雨

風兼雨雪釀清明却喜今朝得曉晴故鬼新墳知也未有人淚與酒同傾

夜坐有懷朝鮮諸友

細雨初收喜暮晴閒軒清夜寂無聲隔城風度疎鐘近
繞樹烟沉素月明千里竟稀鴻鴈信八年空係別離情
不知何日驅王事果下駒停問友生

睡足

窗雞喔喔促更闌睡足籐床一席安半夜東風飄遠夢
疎櫺落月鎖春寒溯將古史懷千載忽觸前塵感百端
不信於今筋力憊無殊五夜漏聲殘

書叟字誤加疒吟以自嘲

健飯闌臯叟緣何疒忽多豈因勞筆墨遂爾致煩疴腰

瘦原如沈顏頹久愧何是誰爲二竪酒陣或詩魔

偶吟

灼灼夭桃花東風吹煦煦不爲逐東風昨夜經新雨

紫丁香花

百結垂垂壓畫堂枝頭亂綴謝家囊星毬誰琢玫瑰碎

電影天開列缺光過雨輕赦沾綬溼迴風腦麝襲人香

紫薇只有嫣顏色却得聲華擅玉堂

春末

縱是春消歇流光亦自嘉綠波三面水紅雨半窓花酒

醉吟初罷眠餘日已斜隨緣皆樂地天趣揔無涯

石墨

造化縕靈竒石髓立天結氣太古始揮向楮素黑黝黝不羨巉巖白齒齒魏武鑿藏千萬片頑質登庸佐圖史松滋候墨仙子易水之法非君比女媧煆鍊遺世人龍賓之神難主此噫吁嘻能知藏墨貽後人堪笑分香與賣履銅雀之臺知何許滔滔惟見漳河水

送春

闌珊花事負心違春不輕來却易歸我欲勾留留不住

柳綿榆莢撲空飛

管公屯懷古

芊綿青草生原野故壘蕭蕭春牧馬黃巾戎馬正縱橫
避地遠來漢賢者風聞公孫安海濵履喬盈藤千里至
一見翻然辭授官不事王侯尚其志誅茅築室城北隅
安貧抱道樂琴書同郡故人龍之腹衡宇相望亦同居
我來憑弔古荒坵何處遺蹤問釣遊堪嗟當日魏太尉
名譽何以稱龍頭

題蘭

習習四山風蕭蕭空谷雨靈均不復來悵望誰爲侶

題蘭口占

不見蘭花學畫蘭終須隔壁寫生難縱教墨筆尋蹤跡
莫詡精神在筆端

良夜

茅茨不剪屋三楹良夜端居自適情月影滿窗詩思靜
花香到枕夢魂清低枝葉動微風過小沼星搖細浪輕
縱我鈍根當此際虛靈也得慧心生

蘆

新抽碧玉幾竿竿曲沼波澄浸小灘記得蓬窗花亂舞
一江雪影照人寒

雨

牖下風來入座涼霏霏細雨溼花光飛來幾片書窓裏
助我新詩筆硯香

衰叟

衰叟誰相伴詩魔與畫禪酣眠魂化蝶小醉耳鳴蟬髮
白三千丈人過七十年曠懷無所係隨境順吾天

玫瑰花

璚花艷艷映蒼苔細雨霏香入座來玉杵擣餘先漉酒
碧瓷不羨紫霞杯

漫吟

陰陰雲影鎖疎櫳樹暗茅堂小牖東習字幼孫求健筆
穿針老妾倩衰翁蔬含細雨盈畦綠花照殘陽映沼紅
灌水培根諸事畢得閒詩卷酒杯中

題蘭

山空谷幽風雨寒山鬼嘯傲恣遨遊盤雲中之君雲霙霙
千丈萬丈凌風湍紛紛來下湘水干褭褭大澤采幽蘭

欲贈三閭結古歡三閭不見同心難索之不見愁漫漫
幽蘭盈把空盤桓遺墮數本花葉完飛來天上歸毫端
寄形玉版永不殘不比羣卉傷春闌健筆揮灑無拘攔
颯然似有聲珊珊

午餘

午餘高卧北窓風檐外榴花照眼紅蝴蝶翩翩緣底事
引人魂夢入花中

園蔬

園蔬堪侑食飽恐睡魔攻移樹乘新雨開簾納好風垂

波烟柳碧照眼石榴紅健飯仍高咏人間羨此翁

長晝

長晝悠然鎮日閒綠陰掩徑閉柴關衰翁何事堪娛老
盡在書簽畫卷間

獨坐

面面清陰綠樹垂虛堂四啓夢回時胭脂亂落玫瑰片
翡翠輕颺楊柳絲雀趁飛蛾高下轉蝶尋芳草去來遲
天機靜處看消長獨坐無言只自知

冥坐有懷

冥坐不知暮捲慷沉夕陽遠樹生輕風明月流素光落
落幾故人迢迢天一方山川重復重尺書誰寄將

題蘭二首

用筆與用墨率意乃全天豈有秘密訣出之惟自然
磽确一卷石離披幾葉蘭幽懷寄瀟洒君子素心寒

晴蘭

空山過雨綠雲輕恰正花開日日晴香飽素心飛不去
谷風無力是多情

雨蘭

綠陰不動壓瑚闌簾外風來雨氣寒虛室無人成獨笑
滿窗烟霧寫芳蘭

雨後題蘭

幽蘭才吐兩三枝正值初收細雨時綠靄滿庭風未起
葳蕤幾葉尚低垂

夜坐

羅雲如織近新秋恰值黃昏細雨收長笛何人吹月夜
碧天如水倚高樓

口占

雲鎖黑甜鄉風吹細雨涼梦中詩句好偏是醒來忘

與尚鐵峰話舊

睫巢爲憶訂新編彈指流光閱七年梁月落來愁梦斷塞鴻飛到喜書傳傾懷莫惜千杯醉高咏欣逢一榻聯忽然當時萍葉聚故人多少隅雲天

露坐

微雨才收落照中馬纓花吐萬絲紅露臺獨坐星光下暗裡香來細細風

殘夏

漸殘炎暑近新秋暗覺晨昏爽欲流高樹計看桐葉落
踈籬已見豆花稠水邊涼氣風相送天上奇峰火未收
荏苒韶光過半載誰將年矢問悠悠

即事

徑分芳草竹籬閑緑陰垂垂掩翠岩吟罷新詩餘靜坐
山禽兩兩入窗來

雨晴

幾日霢霂得晚晴庭軒緑淨最怡情斷雲尚壓遥山黑
斜照偏穿小牖明鳥出踈林疑電影砌流積水作泉聲

衰翁把酒披襟坐為喜新涼拂袖輕

新秋

才入新秋氣便清林皐風度晚涼輕溪灘幾幹蒹葭葉已解蕭蕭作雨聲

暮坐

暮色晴光好天澄碧靄中纖雲承素月遠樹動涼風徑草蒙茸緑畦花淺淡紅入秋能幾日爽氣滿高空

北牕

北窻颯爽滿生衣秋意潛來力尚微籬落輕風時斷續

吹將花氣過書幃

積雨

積水庭階沒碧苔溼雲如墨又飛來懷人一夜秋窗梦
風雨聲中覺幾回

偶成六言律

披襟獨立橋外策杖閒行水西野鴎飛烟近遠殘陽挂
樹高低輕鯈曲沼潛躍絡緯疎籬亂啼歸到茅堂小醉
吟成以後標題

夢

清風入北窗吹我懷人梦夢中見故人詩歌互相誦贈
我一斛墨僂肩不可控醒來無所見故人情自重

紅葉秋蟬

右丞雪裡畫芭蕉紅葉何妨着嘒蜩吸露飡風都細事
立霜飲後玉京朝

中秋前作

滿空明月近中秋一片金波碧落流地白更無蘐桂影
天香徒憶小山樓四千里外江湖遠三十年來梦寐愁
今日裵褢惟老屋天涯吟望復低頭小山樓高郵寓中樓名

宜人

宜人爲最是秋光閒圃畦花豔淡香吟罷新詩攜短杖
橋東獨訪小林塘

明月

明月由南陸盧堂滿素光梁頭初破夢牀下已凝霜玉
鑑迎人靜金波浸簟涼不因殘醉後難耐襲衣裳

徘徊

裹裏深在緑雲閒剥啄無人只閉關小圃種花圍老屋
東籬把酒看南山不教冗事常時繞錐係微官鎮日閒

白首耽吟殊未已每逢得意解衰顔

急雨

墨色層雲鎖夕暉投簾燕子忽遥歸西風吹雨打窓急
亂捲半空黄葉飛

即事

檐樹陰森緑影交茶烟縷縷挂枝梢幽人白醉看雲影
吟得新詩帶月敲

暮

碧落涼雲淨迢迢欲暮天歸鴉投遠樹飛入夕陽烟

漫吟

萬泉河上老詩人流水聲中度七旬往事只餘縈梦寐
閒官不用惹氛塵風輕碧漢羅雲淨霜落荒園柏葉新
短句吟成嫌未穩推敲不覺醉清醇

兵赴西域

羽書一紙
九重頒選旅長驅莫雪山朔氣寒生金鎖甲軍威遠壓
玉門關旗翻繡字霜風勁弦控琱弧夜月彎請取長纓
天外去凱歌聲叩大刀環

秋畦

秋畦花漸少籬落已凋殘露重蛩聲澁烟空樹影寒徹
吟詩思靜獨酌酒杯寬不覺明蟾影紛紛滿石闌

新釀

紛紛落葉打窗來籬下霜風百草摧新釀至今猶未啓
清尊只待菊花開

目

天與人雙目日月懸霄漢萬有歸朗照胸懷具寶鑑湖
爾生於吾吾知必吾愁爾固不能言吾寧不爾念第爾

生於人人應分貴賤貴人生僂目炯炯如巖電朝夕覲
尊嚴瞻眺黃金殿高視而闊步闊闊或不見賤人生僂
目灼灼鷹睛旋潛窺而傍矚攫搜恐不徧惟我則不然
貴賤兩不擅在昔年少時繁華曾不羨及至年壯時錦
繡不知瞰非禮每不視在在常防範凡此數十年日惟
親筆硯橫牀置卷軸搜覽每不倦迨至五旬餘猶自矜
精健時或騁目力蠅頭強書繕亥豕縱糢糊毫釐思欲
辨今已七十餘時或告昏暗亦知役爾勞爾故欲吾厭
目乎爾未思勞爾非吾願恐爾縱所欲五色迷爛熳爾

既多馳驚吾將致顛晌爾如血液枯吾亦精神散與其
光早衰何似防閑便吾茲與爾約爾我兩相善我不復
爾勞爾其莫我遠期自今而後幸勿至瞑眩

飲酒作

衰翁無所事塵累久相寬樂酒杯思減敲詩字欲安風
驚鵜梦醒霜凍鴈聲寒時物催秋老蕭蕭木葉殘

自村中歸

家家農隙意欣然比户囷倉滿目前黄葉撒蹊金布地
白雲垂幙玉爲天山頭雜樹藏嵐氣水際孤村起爨烟

於直言段 今是段 此段字

一片殘陽城郭近嬌嘶款段處歸鞭

即目

捲簾已是夕陽沉黛色涼雲作薄陰天外亂鴉翻陣黑
紛紛鳴噪繞疎林

初雪

薄暮雨紛紛夜半潛成雪夢醒乍窺窗訝是空天月

殘照

獨攜短杖訪林塘牖下歸來倦倚牀我有新詩書未畢
莫教殘照下西廊

菊未花

九日常年醉黄花泛酒香即今何太晚已過閏重陽

散步

散步郊關引興長日晴雲淡好秋陽平疇遠近寒菘綠
踈樹高低敗葉黄沙徑緩尋芳草亂村醪吟醉菊花香
忽看天際驚風起吹斷遥空鴈幾行

河上有懷

岸柳蕭踈落葉空涼波如縠縐西風當年携杖同吟處
斷港惟餘夕照紅

夜坐

繩床倚枕漏漫漫把酒挑燈强自寬落葉翻空秋欲老
西風吹雨夜初寒清泠野寺鐘聲遠低亞花枝菊影殘
時物推移駒隙速懷人天末感無端

題畫

山色已蒼茫林巒掩暮光幽人心會處獨坐傍書牀

赴南郵

浩浩洪流捲浪花西風夾岸走驚沙山坳衰柳餘黄葉
天末流雲作斷霞嵐靄幾重迷岫遠炊烟一縷出林斜

等閒莫漫傷秋老景物宜人未有涯

即事

朝暾紅影滿窗新階砌霜消絶點塵怪底庭前風日暖
時光已近小陽春

行山中

霜重秋深草木芟山容瘦削列岑岩路拗烟鎖黄茅屋
林末風生白酒帘到處邨墟鳴碌碡誰家坵壟老松杉

墓所

一鞭荒徑殘陽裏寒翠羣峰落日啣

碧水環如帶蒼松繞作林徘徊霜露感俯仰幾沾襟

深夜

深夜不成寐燈花已漸殘百年歸夢幻萬里憶金蘭風
遠鐘聲小林空月影寒披裘携短杖吟望倚琱闌

獨酌

何人相對倒清尊鎮日重陰獨閉門萬里愁心誰共語
半天冷雨鎖黃昏

漫吟

衰年事事欲求安只好觀書與畫蘭楮素堆床揮欲盡

縹緗滿架喜頻攤豪情到處成詩捷疑義紛來索解難
吟罷不知工與拙更尋名句撿來看

古木

古木横踈影空庭鎖翠烟倚窓人未寢寒月滿霜天

暮吟

粉堞烟深落日低霜林風疾冷淒淒携筇欲訪梅花去
古徑無人敗葉迷

題蘭

花葉紛披淡濃相襯太似則傖不似非儁萬本垂溪孤

根倚峻不染氛塵力求風韵

酒餘

酒餘清漏永寒夜夢回初明月滿窗紙倚牀聽讀書

曉觀彩霞忽為雲掩因憶昔年泊舟江滸墨雲蝕
霞雷電雨雹大作

火雲燒空紅日起映澈長江一江水上天下地五色明
大千世界張紋綺忽然移海壓天來雷鞭亂掣金蛇尾
一聲霹靂震雙耳鮫珠橫跳船窗裏

夜坐

寒柝迢迢遠深宵手一編紙屏披竹影爐篆繞蘭烟掩
燭窗疑月開門雪滿天掃來雲液淨瀹茗尾瓶煎

酒蠏二首

入甕椒薑味特奇雙螯八跪酒淋漓縱教骨醉芳魂散
餘艷猶堪勝野雞
徵得將軍出濁流酒泉移鎮勝糟邱重翻水族加恩薄
我策新勳錫醉侯

題畫蘭

醉吟先生不寫蘭蘭臯先生能飲酒飲酒之樂快於腸

寫蘭之樂快於手醉鄉出入只終朝蘭幅朝朝懸座右
醉雖三萬六千場不如筆墨差傳久惟有吟詩樂最難
髭鬚撚斷肝腸嘔不能擲地金石聲安得名如金石壽
葩經隆古至今傳後賢作者如林藪虎頭道子重一時
晉唐墨蹟今何有瓮邊畢卓醉如泥樂地空爲名教醜
人謂嗣宗太白以醉傳我謂其傳傳於詩不朽噫吁嘻
蘭臯好蘭亦好吟手倦喉乾吞一斗或云先生摩古人
舉杯大笑曰否否

默坐

默坐深宵寂燈明四壁紅凍雲將作雪老樹不吟風貞固藏元氣陽和返太清冥心諸念息人在静因中

達符契蘭

圖書左右共盤桓我愛山陰符契蘭敲句律從前輩細談天欲起古人難日迎坳硯南牕暖星挂高城北斗寒曉夜勞君開巨眼只期直筆不求寬

明月

風吹玉鏡上天涯西北浮雲蝕晚霞幸得封姨能掃蕩不教月姊掩容華

南村道中

寒林掩映有孤村雞犬無聲靜閉門萬壑烟光凝黯淡
平原日影逼黃昏迎人積雪晴常眩拂面驚風氣欲吞
策馬微吟山徑遠青帘何處慰詩魂

疎窗

明月疎窗鎖寂寥江南江北路迢遙沉沉漏鼓漫漫夜
寒夢風吹過板橋

山村暮行

不是尋梅覓古歡蒼然暮色路漫漫鴉翻老樹枯枝落

馬蹈荒蹊凍草乾野塢烟深遮日暗空山風疾入裘寒
疎籬靜繞黄茅屋可有幽人卧澗槃

口占

枯坐渾無侶詩成獨自吟一鈎天際月纖影挂霜林

身世

自嗟身世太蕭然漫向官中靡俸錢花鳥多情貪好句
晨昏無事學全天奇書空揷三千卷病骨浮生七十年
草木形骸愚魯性不能才鬼愧頑仙

雪

暮雪飛如絮旋看結粉團影侵書幌白氣逼紙窗寒遠
柝敲更盡清鐘入夢殘朝來窺戶外不見石闌干

睡足

睡足深宵夢不成紙窓逼雪峭寒生荻灰自撥紅爐火
吟得新詩聽五更

蓬門

蓬門伏櫪幾春秋遠柝敲更數夜籌雪圃冷烟迷老樹
空天孤月照高樓衣冠到處逢青眼身世於今笑白頭
杯酒獨吟還獨醉不堪萍梗溯前游

夢

瑤島瓊林足大觀玲瓏樓閣五雲端梦中吟得新詩好
醒後相看索解難

寒色

寒色滿天地日晴窓不紅茅堂深閉戶高卧憶袁公

題蘭

撿管堅於石揮毫利如劍落落幾枝蘭曾不爭凡艶

雪月

明月照積雪空庭飛素光氣寒夜愈靜屋白天更蒼銀

屏罷蘭燭金爐開玉觴即此清心骨何必神仙鄉

冬日

羣陰龍戰一陽潛命擅元冥朔氣嚴萬里雲陰垂玉宇
滿天雪意壓茅檐尊傾白酒閒開卷座擁紅爐不捲簾
多病衰翁惟任運絕無機事寸心恬

冰雪

冰雪迺乾坤當風氣每吞縶身思墐戶覓暖為傾尊夜
永更頻斷爐寒火不溫吟餘呵古硯凍鼻手常捫

偶占

誰向乾坤識僞真舉頭滿目盡囂塵若教死後尋知己
地下應多地上人

朝起

半夜重陰一夜風晴光朝見小堂東黃茅屋壓繁霜白
素紙窗迎曉日紅旡梦心超塵世外微醺身在太和中
不須蒙叟談生死造化多情萬有同

冬至

今日是何日誰憑一綫量陽生寒轉勁歲逼日初長九
計貞元起三函太極藏漸看回泰運萬象發輝光

自遣

滿地冰霜歲又闌流光彈指數雙丸虛花豈獨庭前雪
生氣惟存筆底蘭鎮日無營心自靜百年多病體常寒
吟成恰喜晴光好争奈雲沉落照殘

寄尚鐵峰

一片清陰掩綠苔雲窩把酒四窗開笑談偕我消炎熇
詩卷勞君費剪裁隴上梅花虛驛寄山陰雪舫幾時來
寸函呵凍冲寒去計待東風鴈北回

梦回

梦回殘月上窓初譙鼓澄寒夜柝踈蘆被不眠成短句
呼孫呵筆代翁書

年華

年華無賴暗消磨寒暑迴環一擲梭日短金烏飛息早
宵長玉漏滴來多羣囂定後清神静小酌酡然暖氣和
共道七旬人世少百齡虛度竟如何

嚴冬二首

初回日晷歲將殘凛烈嚴冬度愈難此意憑誰能索解
一陽已復轉增寒

乍復微陽戰衆陰衆陰未許一陽侵自來積重原難返
造化裁成別有心

東山暮行

平原乍轉入山敞鳥道盤紆邃谷幽嵐氣迷空晴亦雪
溪聲激瀨凍還流炊煙擾亂西風急野徑昏沉落照收
忽見青帘枯柳外漫沽魯酒小淹留

至山家口占

杖策叩柴門停車夜已昏主人攜客手鄰犬吠籬根布
席燃松火烹雞進瓠尊若教寒氣解臘酒豈嫌渾

冬晚二首

收來雲液自煎茶烟繞黄昏月半斜窗外横枝惟積雪
霧中老眼看梅花

萬里雲山阻轍塵那能寄到一枝春此生不復孤山去
相對眞成夢裡身

仙吏

仙吏逍遥不係身閒觀塵世證前因雲霞紀縵都歸幻
家室和平别是春囊底乏錢詩自富言中有物士非貧
他時數語如傳後我亦將來是古人

題蘭二首

劍葉披風拂古苔生香惟待碧花開由來不是瀟湘草
漫許靈均紉佩材

不須蘭蕙辨紛綸此卉孤標本絕倫一種幽香清且韻
也應珍重老靈均

吟詩

楳海何忘老吟詩尚爾勤渾融期大雅湔洗慕清新呵
凍烘寒硯傾盃暖凍唇句成還獨笑底事苦勞神

晴雪

北風不競爨烟沉晴雪霏霏作薄陰向夕被裘閒自立
無聲栗烈苦相侵

夜作二首

凍雲飛雪過東樓忽見天西月一鈎積素盈庭寒色靜
冷烟籠樹翠光浮懷人殘歲書誰寄索句深宵燭不收
七十餘年傷往事幾多雲散與風流
黯然斗室燭光殘况是宵長歲欲闌撥火金爐添獸炭
敲冰石鼎試龍團鐘敲短梦三更盡雪湧青光萬瓦寒
吟得新詩懷往事閒愁輾轉總無端

夢鶴軒楳澥詩鈔續編卷七

終

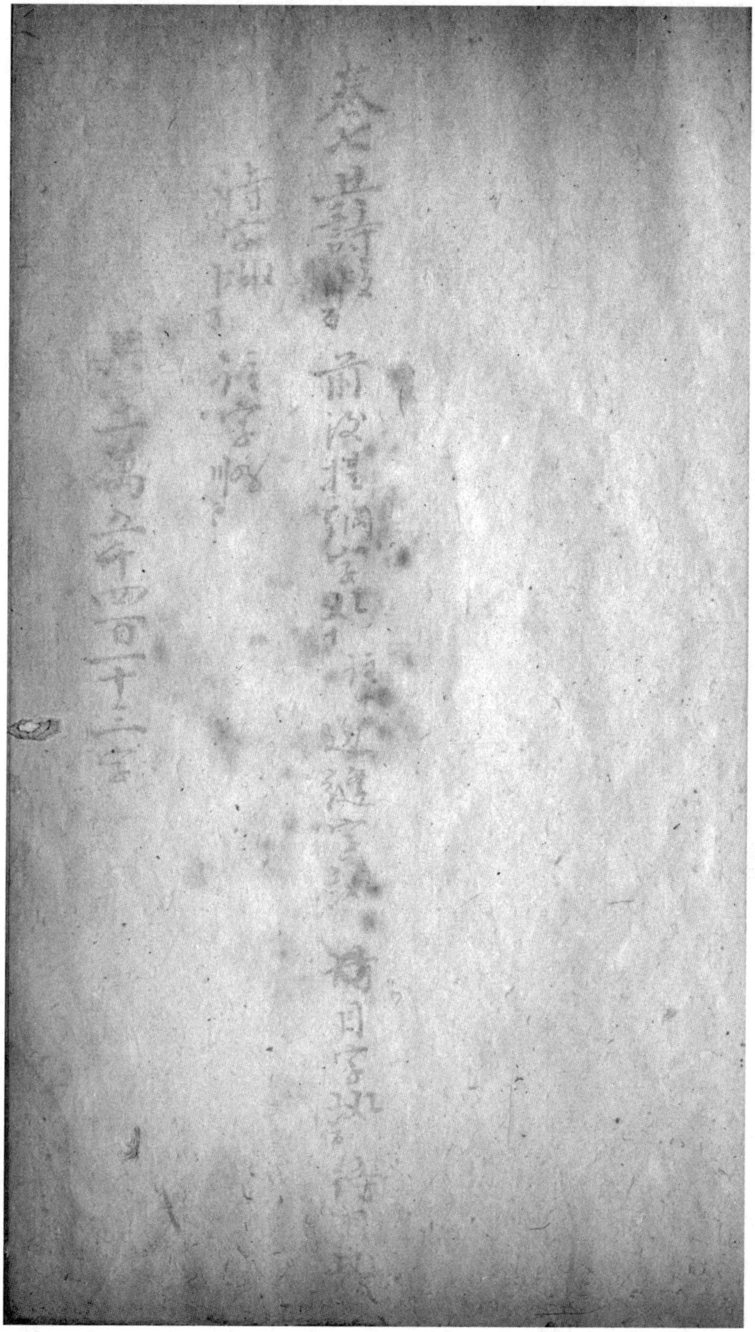

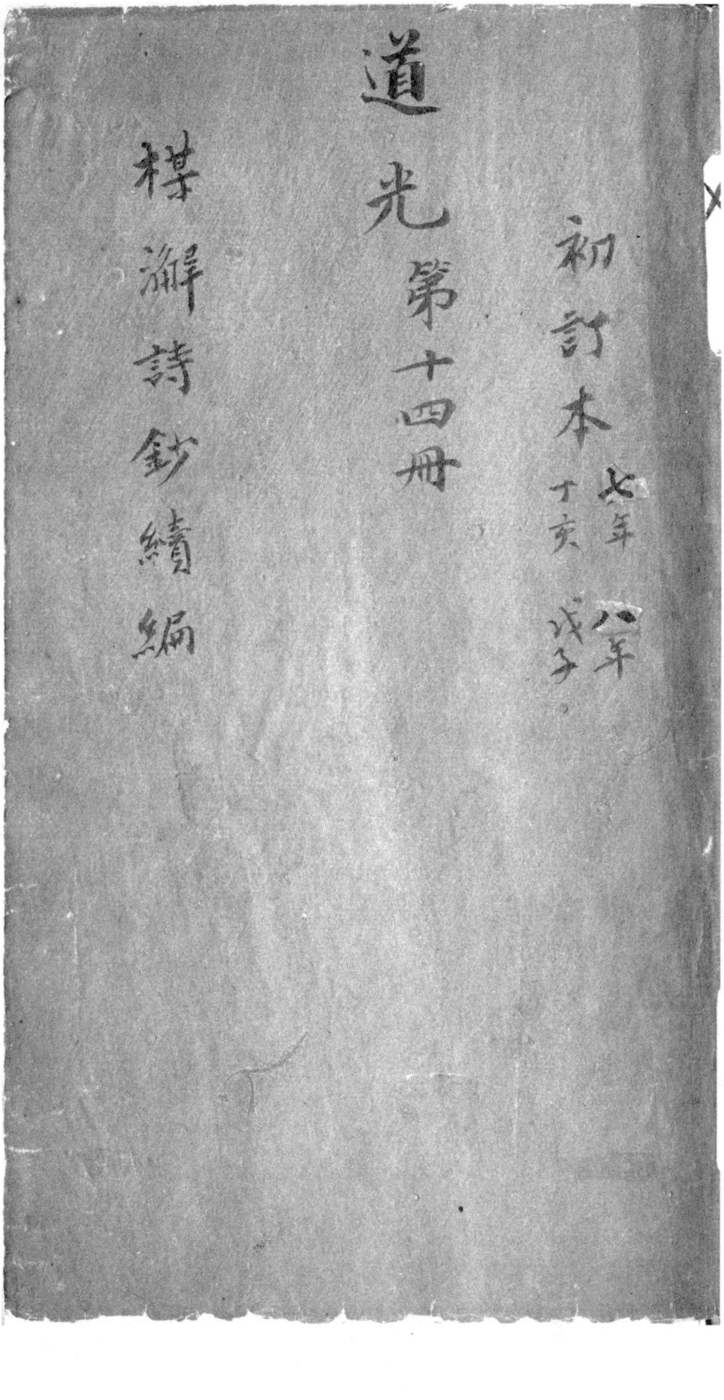

初訂本　七年丁亥　八年戊子。

道光第十四冊

楳澥詩鈔續編

夢鶴軒楳澥詩鈔續編目録丁亥至戊子

第八卷

夢蘅軒梅溪詩鈔續編目錄　一

□鶴軒杉澗詩鈔續編目錄　二

晴後復雨　溪邊
河上晚步　偶吟
即事　納涼
題鄭板橋畫　遣畫
團扇　學癖漫成二首
雜詩二首　蝶
即事　題蘭四首
口占寄尚鐵峰代簡二首　雨後
題桃源圖　喜雨二首

夢鶴軒梅澥詩鈔續編目錄

受宦軒[illegible]澗詩鈔續編目錄

夢觀車梅澗詩鈔續編目錄　七

寒郊暮歸

赴東村

寒夜

夜

裴禄梁瑶峰先生手札

夢衡軒梅溪詩鈔紀續目錄　八

夢鶴軒楳澥詩鈔續編卷八 丁亥至戊子

遼東濤水繆公恩立莊

新春

朔氣陽和易歲華東風又到野人家窓前麗日初回暖檐下春枝待放芽怡我暮年惟卷軸牽人逸興是鶯花韶光次第隨時好景物清娛未有涯

清課

衰年常喜靜清課亦無常石銚春前雪山爐海外香推敲尋好句圖史侑清觴閒裡生涯事朝朝也自忙

人日

七種園蔬繞著香靈晨恰值好晴光回頭五十年前事
記得題詩寄草堂癸巳人日集梦鶴軒懷張秋渚先生曾用高千里句今更憶之

紀夢

不知緣底事梦入白雲中雲中何所有樓閣掩重重徘
徊復徘徊無處見仙蹤惝怳如舊遊進退意憧憧忽聞
有人語呼我爲墮翁子是此中人謫居非數窮塵濁阻
清虛諸仙故不逢于歸慎厥修會須還舊宮方將前致
詞麗譙驚曉鐘

春吟

碧落晴和湧赤輪東風吹暖作芳春鐙花結市元宵近
簫鼓沿家法曲新白晝窗虛宜筆墨青門巷僻遠氛塵
得閒無事惟高卧不遣勞生累此身

曉日

曉日生東海輕雲作綺霞檐楹散華彩暖入碧窗紗

漫成

定局原無定生涯未有涯浮雲看世事隨境賞年華幻
醒三生夢春催百種花天真能自保湌飯不須加

觀孔雀

久聞惜尾擇高柯底事輕身入網羅金粉凋零難自展
翠毛蜷曲欲成窩雛羣終是能如鶴籠裡無端竟化鵝
文彩幾人知鄭重一憑塵濁暗消磨

即事

圍爐烘硯作書難不耐東風料峭寒忽向靜中成好句
天機生處在無端

傷懷

王母瑤池日月長滑稽常侍老東方延齡蓄有青精飯

介壽時傾碧海觴天上玉棺雲已散人間寶鼎篆空香
春暉久逐東風去芳草年年枉斷腸

感懷

芙蓉芍藥後先芳秋水春風盡渺茫鈿合久凋金翡翠
畫匳猶貯繡鴛鴦舞鸞影對菱花鏡夢蝶魂依白玉床
鸞鶴遙歸瑤圃去空餘瓊樹鎖殘陽

春光

春光才到綠楊枝未見堤邊嫋弱絲土潤乍當新霽後
寒輕僅在曉風時暖隨淑氣和光動影轉花塼日晷遲

炎夏隆冬都看迹東君煦煦不矜奇

春風

麗日消雲氣東風運化機鵬摶無厚力得意紙鳶飛

夢鑾坡

紙帳輕寒鎖寂寥風吹清梦漏迢迢錦川只在西南近
非復巴江萬里遥

春寒吟句

陽和才轉軸日晷漸遲留寒退風猶峭冰融土未柔曠
懷惟自得佳句不因求尚嗜推敲事蕭騷笑白頭

畔段泮

夜雪曉霽

韶光漸欲近清和無奈東風作厲何夜雪才能鋪地薄
春寒偏是着人多日穿小牖天初霽冰畔平池水未波
不必尋梅攜杖去甆缾玉蕊吐雲窩

寄尚鐵峰二首

盃酒雲窩夕照紅新詩敲向綠陰中送君暑雨龍山去
已是花開二月風
幾多舊雨夢魂中百里龍山也竟同寂寞雲窩誰問訊
白頭天末望飛鴻

盆梅憶舊

誰向孤山乞一枝仙根膏土貯青磁江南曾見香爲海
塞北真成雪作肌三十年來空悵惘五千里外慰相思
似知幾日花朝近欲吐猶含故故遲

閒庭

倚杖閒庭立虛廊啓素幃和風生暖氣明月散清輝夜
寂鐘聲靜天空鴈影稀曠懷誰與共目送白雲飛

百年

百年歲月易消磨半閱康莊半坎軻眼底河山空閱歷

胸中星斗愧包羅，鶯花聚散關心切，雲樹蒼茫寄慨多。牖下歸來成獨哭，只餘把酒托長謌。

鴈來

獨向茅堂悵索居，東風剪剪鴈來初。不知天末諸君子，誰有懷人一尺書。

自調 適坐閒有梅花水仙

鸞鏡塵埋十九年，小星耿耿暮雲天。先生不用傷懷抱，左有梅花右水仙。

過某宅廢基

曾見鳩工締造新十年華屋久成塵多情剩有當時柳
青眼猶看舊主人

夜月二首

小帳春寒薄亞屏素紙明多情窓外月照我梦魂清
春月如秋月晶瑩滿太空棲鴉疑是曉飛噪過林東

感舊二首

斗室參差十笏長湘簾波影卧鴛鴦只今追憶無人到
瑣户苔深掩緑楊
雲母屏風玳瑁梁玉爐海外篆文香一從明月西沉去

十二闌干壓曉霜

偶成

衰叟何關念閒居閱物華晚烟迷落日雜樹亂昏鴉月吐虛窗靜風吹細柳斜吾生行已矣身世感無涯

案頭梅花水仙

借得晴窓旭日烘銀臺緑萼競天工居然洛水仙人步也具孤山處士風素豔依人高下吐清芬隔座往來通幾年空繞江南梦相見何期碧海東

盆松

五葉攢成碧玉梢瓦盆相伴歲寒交他年百尺凌雲日
化鶴歸來好結巢

小雨

小雨如烟細霏微溼軟沙東風休作厲好養滿園花

清和

清和最愛暮春天輕暖輕寒恰自然繞樹山禽傳語溢
隔墻鄰杏着花妍青雲一日霏霏雨碧瓦千家漠漠烟
衰吏閑闗無所事靜隨化理養天年

紀雪三月二十九日

不期三月盡風雪忽交加氣候何其變陰陽竟爾差垂
楊殭玉綠老杏結氷花七十經初見吟懷未有涯

偶成

正是花開日天公太不情幸消前日雪賴得昨宵風

郊步

猶似清和三月天先生日貴杖頭錢提壺喚醉當壚酒
布穀催耕附郭田牧犢童來芳草路投林鴉入綠楊烟
幽人徙倚郊關外吟望平疇落日圓

對雨二首

輕雲不散夜來風吹綻窗前幾樹紅芳草叢鞋三徑綠
舍南舍北雨濛濛
好雨簾纖一日催晚晴烘暖百花開故人迢遞無消息
何日皆陰共舉杯

山中

層岩羣木碍虛空鳥道重紆一線通流水不知何處去
飛花只在此山中柳垂溪面波紋綠霞斷峰腰夕照紅
佛子閑關蕭寺靜未將春色問東風

口占

嫋嫋拂柔絲輕風上楊柳未聞出谷鶯先辨黄柑酒

即事

紅杏夭桃次第開朱櫻飛片點蒼苔庭中庭外香如許
蜂蝶紛紛去更來

短榻

獨凭短榻對踈櫺榆樹蒼蒼柳樹青小酌竟無人共醉
長吟惟有鳥來聽一簾草掩東風緑三徑花飛暮雨零
十載不煩塵土梦加飡高卧息勞形

醉吟

蝴蝶翩翩繞樹飛苔茵尊酒對晴暉先生醉矣花無賴
片片輕紅亂點衣

柳花詞

庭前楊柳花飄泊知何許不向天涯到處飛只緣幾日
霏微雨

夜雨

雲影暗高空輕風入夢中紛紛一夜雨溼透海棠紅

乍晴

乍晴日麗鳥聲歡時序清和雨不寒一樹海棠初睡醒

粉紅壓折竹闌干

郊遊

百里郊原草木滋，溪光山色總相宜。香雲結陣飛花片，零雨凝烟暗柳絲。莎徑尋詩行去遠，村帘招飲醉歸遲。倦來靜憩長林下，化理天機只自知。

山中四首

風生野草香，雨過山泉長。空谷絕人聲，惟聞幽澗響。

雜樹葉初密，野棠花亂飛。徘徊春已去，悵惆幾時歸。

山禽高下鳴，檐鈴斷續語。天機生會心，徙倚無儔侶。

草木弄晴色巖岫生暮光柴關深復深高樹迷夕陽

芳草

古城隅多芳草繞曲池依長道芳草生時春始來青光斷續萌芽小迎暉含露日蒙茸芳草盛時春正好緑香紅艶靄暖烟到處芊綿春窈窕春風春雨鎮相催芳草漸衰春欲老人生盛壯復幾時朱顏玉貌難常保古人秉燭為夜遊恨不尋春須及早

獨行

水浸遥天碧烟含遠樹迷暮雲低落日芳草没幽溪池

泛荷錢小隄垂柳綠齊獨行携短杖索句共誰題

楊花

幾樹垂楊繞碧渟飛花飄泊滿虛亭等閑莫漫天涯去
留向清池化綠萍

獨吟

千紅萬紫滿園開幽徑携筇日幾回鎮日自吟還自賞
何人載酒問花來

春歸曲

雙鬟小女當階立不解青春赴何處欲向庭前問落花

落花飛過高樓去徘徊無語倚窗紗芳春易歇怨年華
歸來簾下調脂粉不學栽花學畫花飛來窗外雙蛺蝶
翩翩尚繞花間葉上下尋芳不見花飛向㡘前窺畫牒
姹紫嫣紅爛熳光移來春色滿琱牀忽看蛺蝶雙飛去
畫得花容難畫香畫得花容難畫香低鬟不語損容光

漫成

一任韶華改端居恰自如閏年花事晚多病酒杯疎留
客商新句呼孫整亂書幽禽窗外語午睡夢回初

晴後復雨

靈雨連朝喜得晴携笻泥滑踏苔行無端撲面山雲起
又作天門玉虎鳴

溪邊

溪邊芳草緑萋萋暮色烟深夕照迷一霎芳林風乍起
落花飛過板橋西

河上晩步

濃陰滿地掩長堤葉底昏烟影欲迷芳草緑隨流水去
暮霞紅映夕陽低携笻窄徑尋幽侶得句長吟付小奚
新月一鈎揺細浪清光迎我過橋西

偶吟

脉望神仙是子虛蠹蟫生死一牀書性靈到處天眞在
數典何須獺祭魚

即事

柴關寂寂掩蒼苔綠蔭無聲滴露臺野鳥翩翩穿樹去
楊花款款入窗來風回曲徑芳塵斂雨洗南山翠巘開
吟罷捲簾長晝靜自傾苦茗碧磁杯

納涼

虞淵收日馭炎氣斂高空簾捲一勾月窗招三面風柳

烟垂水碧榴火照階紅林麓生清意披襟緑蔭中

題鄭板橋畫

趨庭江左正垂髫曾見揚州鄭板橋前輩風流何處是幾枝蘭竹尚蕭蕭

遣畫

苔錢三徑掩斕斑鎮日無人只閉關緑樹陰森長晝靜碧天寥闊斷雲閒梦回齊魯東南外身在圖書左右間消夏孤吟微醉後捲幰倚枕看南山

團扇

團團白紈扇皎皎如明月明月有時虧團扇無時闕盛夏值驕陽炎威氣方烈惠然招熏風為予開蘊結

學廨漫成二首

綠蔭清齋鎮日閒高城樹掩泮池灣諸生結夏渾無事只有先生獨往還

五十初經註一官管城書國日盤桓門墻幾許橫經士苜蓿闌干也素飡

雜詩二首

日落起輕飈垂楊拂碧絲半規天際月涼影入清池

暮色天邊晴烟光木末飛臨池移短榻水氣上生衣

蝶

仙驥羅浮鳳翩翻是也非我驚幽梦醒誰剪畫裙飛花
冷迷芳草香殘褪粉衣王孫緣底事春盡未曾歸

即事

亂飄急雨入虛堂垂柳當階舞欲狂燕避驚風歸棟宇
魚吞新水汎陂塘梦魂酬我清尊醉筆墨娛心短榻涼
幽曠無人共欣賞披襟吟嘯獨徜徉

題蘭四首

石

娟娟芳蘭棱棱白石山高谷深幽人是宅

水

寂寂芳蘭湛湛春水祓除不祥樂飢山鬼

露

天柱千尋心含流瀣陋彼金莖浮誇神怪

雨

霧雨南山澤彼文豹本色素心德馨爲耀

口占寄尚鉄峰代簡二首

悵惘銀岡有斷魂懷人孤坐又黄昏綠雲窩裡誰來往
鎮日垂簾晝掩門
一牀筆硯綠雲窠積得新詩又幾多只是推敲難自訂
空餘披卷獨吟哦

雨後

雷聲已過遠山東斷續浮雲走太空庭樹綠垂新雨後
砌花紅映夕陽中疎窓素影窺斜月團扇輕凉愛晚風
四座無塵虛室靜人間清曠屬衰翁

題桃源圖

清溪自是在人間別有乾坤鎖亂山桃片莫教容易落
輕隨流水到塵寰

喜雨

皜皜赤輪斜青雲蝕斷霞震驚鳴玉虎閃爍走金蛇遠
障峰堆墨長河浪卷花為驅炎暑去清爽正無涯

題夾竹桃

春江特愛長公詩竹外桃花三兩枝同體即今成一氣
艷紅寒碧正相宜

暮色

暮色生涼陰披襟倚石屏月昏花欲睡風到柳初醒沓
蘚生三徑禽魚共一庭靜中參化理隨境啓虚靈

牽牛花

誰遣紅縻幻碧絲相隨紫豆上踈籬翠苞不肯驅炎放
只占清風曉露時

即事

掩映蒹葭碧玉[艹鼓]披襟小坐水亭東流雲忽作西郊雨
短榻常迎北牖風岸柳絲籠池月靜露荷花映酒顔紅
天懷澹泊消煩暑别有清涼自不同

夜作

庭敞虛堂靜，涼生曲徑深。輕風吹樹影，小犬吠花陰。

鴈

滄江水冷綠蘋洲，蘆荻成窩鴈侶留。未向冰天傳遠信，暫依沙渚伴閒鷗。一聲啼破暮烟碧，小睡夢驚寒露秋。知是爪泥難久駐，寫來雅意托清流。

對雨

虛窗四面開，枯坐無儔侶。獨酌發清吟，蕭蕭聽秋雨。槐下

淅淅風吹細雨來綠陰深處草堂開即今可有淳于夢
笑對南柯問古槐

萬泉河有懷

斷水濤濤蘆荻秋萬泉蹤跡憶萍浮鳳凰邊外相思夢
鴨綠江空日夜流

河上

依依傍流水瀠洄清且深晚烟生碧漪夕陽天影沉離
離芳草雜樹亦森森曳杖步林臯輕風披素襟一匊
洗吾耳一酌洗吾心逝者已如斯何必問來今

歸自村中

靈雨初收出小村殘霞漸没近黄昏遠山明靚生秋態
野渡瀰漫漲水痕黄䱇推盤新上網青帘招客暫開尊
一鞭得得歸嬌馬早是諸孫候華門

散步

萬泉新漲後散步小橋東曳杖尋芳草披襟受晚風遠
田連水緑殘照入波紅徙倚無儔侶幽懷孰與同

露坐

微風瑟瑟拂衣輕露重疎林木葉明皎月滿天天似水

浸人爽氣玉壺清

漫吟

漸看時物改觸境感頻生微雨作秋意斷雲開晚晴水
澄垂柳静風細遠鐘清離索無人問空餘憶舊情

口號

業儒幾苒敢希賢不入玄門不學禪隨境周旋循分樂
與人無競自全天

北牕

北窓高卧憶羲皇炎暑潛收作薄涼風過虗空鳴爽籟

月沉積水動清光聊憑酒意資吟興不遺詩魂入醉鄉
别有曠懷歸静趣幾回翹首看雲忙

題畫二首

野水浸殘照斷雲横亂山幽人遺世事終日閉柴關
靈谷羣峰峭長林幽徑深神仙非所慕畸士有遐心

即目二首

籬花繞砌紅徑草迎人緑清風天末來輕凉入茅屋
秋水没幽徑斷霞開遠天殘陽透雲隙照破半林烟

感興

斜月流雲吐素光銀勾簾捲敞高堂踈籬香淡秋花靜
雜樹陰深夜氣凉賸有衰顏傷艸木曾無佳句夢池塘
故人許任推敲事欲向清輝寄錦囊

夜坐漫感二首

玉宇風凉爽氣流蟾光皎潔近中秋小山叢桂無人問
記得淮南古竹樓
揚州城郭柳萋萋一片秋烟影欲迷記得月明停畫槳
虹橋隨路問隋堤

擬古

桂樹森森兮空山之幽有美一人兮以遨以遊水之湄兮山之陬行踽踽兮孰與爲儔我欲從之相綢繆山高水深不可以求山雲暗兮風颼飀空悵惘兮中心愁

暮吟

寂寂長空靜晴暉沒尚明疎鐘沉遠寺哀角動高城未卜三生夢徒懷萬里情百年垂欲盡俯仰感浮名

夜坐漫感二首

幾片輕雲帶遠天蕭疎樹影鎖涼烟碧空明月何人管秋思無端獨悄然

小山空憶桂花香江北江南枉斷腸獨酌不知風露冷
忽看明月入東廊

百年

百年彈指憶勞生節物晨昏幾度更透樹斜陽金鏡碎
浸人秋水玉壺清深宵獨對明蟾影短夢頻驚落葉聲
日月不居霜露改孤吟誰與慰幽情

自學廨達方明一

一片青氊繫冷官飢軀升斗未能閒何時遺却人間世
短杖空山共往還

分芍藥贈符壽潛

移得靈根贈雅人已將長養祝花神明年芳訊東風歇
婪尾還留四月春

偶吟

候看秋漸老旦暮改年光病蝶迎風懶歸鴉擇樹忙酒
添蘆被暖夢入菊花香我本無營者高眠一草堂

暮坐偶成

滿庭落葉對涼秋短髮風吹笑白頭寫得芳蘭能換酒
陶然何處識閒愁

登萬泉河佛閣

獨憑杰閣望幽寥極目平原萬里遥黄葉亂飛風浩浩緑雲不動雨蕭蕭涼煙乍起迷邨樹野水新生泛石橋一别故人今十載緑江秋浪阻廻潮

落日

曳杖獨逍遥殘陽下秋渚我欲問金烏何方正當午

衰翁

衰翁何所事老圃是生涯興到詩成帙囊空酒不賒輕風鷩柳葉細雨溼秋花未敢高相擬柴桑處士家

小夢

蕭蕭風雨夜深寒紙帳驚回小梦殘記得故人操獨艇
蓬窗影入蓼花灘

近重陽作二首

新醅初漉葛巾香雲影無端壓草堂敗葉打窗堆滿砌
恐教風雨負重陽
紙屛補綴障風沙移座離根待菊花偏是無端風共雨
殢人窗外亂交加
獨酌不寐

打窗落葉正蕭然獨酌深更意自憐四壁秋燈寒不寐
一天冷雨夜如年故人久隔雲山夢舊跡都歸翰墨緣
五十餘春俱泡影即今何必異從前

對雨

積雨注檐瓴湛湛一庭水土潤階砌間風微塵不起窓
前列菊花香入清尊裡小醉倚閒軒欣欣心自喜

偶成

浮烟縹緲隔仙臺西北高樓枉溯洄明月沉空粧閣暗
清風到戶繡幰開夢隨巫峽行雲去怨逐蒼梧古瑟來

庭樹深深天漠漠，花塼落葉掩青苔。

即事

昨日寒風前日雪，今日晦暝騰列缺。震雷注雨豁然收，碧空洗出孤明月。

霪雨

淫霖淅瀝洒闌干，秋氣蕭森木葉殘。欲采落英三徑滑，滿園零雨逼人寒。

小酌自遣

殘日留窗紙，擎杯短榻前。風翻黄葉樹，霜冷菊花天。筋

力身非健時光意暗憐遺懷詩共酒聊此慰衰年

讀楚庭稗珠集焦冥集有剩上人頗爲焦冥所歎然不知其爲何如人今稗珠載之甚悉因志以詩

開軒静無事焚香繞座隅移几近南窗就明讀稗珠山川著奇幻名輩詳列臚乃知昔名跡已載前人書我覽焦冥集常見剩大師既爲焦冥友應知人自奇故老無可詢撿志志則遺幾回尋不得無意忽見之師爲尚書子姓韓名宗騋海内仰其名弱冠負異才國破師空隱薙髮離塵埃乃以文字禍荷械黄金臺其徒褕都市然

褕

指明鐙光

國恩論減死一衲戍瀋陽

命住慈恩寺晨夕司瓣香因得結焦冥投契相頡頏釋名

名函可釋字字祖心剩人為別號嘗題千山岑忠孝自

天性寄跡逃緇林我求見文字無從得遺音昨聞林生

言東梁有孤墳依倚古岸傍相傳呼剩人勝國多英俊

不為廊廟珍緇黃守高節以存天地真三讀禪珠集深

欽譚默齋搜羅滿錦囊破碎幾麻鞋筆力走縱橫幽光

得不埋掩卷再三歎渺渺感予懷韓尚書名日纘空隱名道獨字宗寶南海

陸氏子少孤與母居不識字得六祖壇經日夕拜之忽數行俱下後為無異禪師法嗣林生余友名世閬

渡渾河二首渾河即瀋水也

漠漠秋波下夕陽野風隔岸撲人涼平疇滿地牛羊散誰問前朝舊戰場

立馬危橋獨悄然村墟遠近起炊烟斷刀遺鏃消磨盡鑿井耕田二百年

斗室

斗室堪容膝清娛酒一卮官閒常喜靜老去只耽詩花繞寒香淡窗留夕照遲地偏心自遠靖節是吾師

有懷

風色蕭蕭獨閉門淡雲零雨欲黄昏一尊酒醉梦初醒
渺渺故人空斷魂

身世

身世成何事餘生尚自存風驚雲斷續烟冷月黄昏有
興常開卷無營只閉門静中看化理一笑對乾坤

浮雲

添火泥爐自煮茶閒庭植杖倚窗紗正看天際斜陽好
一片浮雲蝕彩霞

野望

郊關倚眺獨蕭然畎畝縱横繞墓田千里凍雲垂大野
半林寒樹鎖孤烟松楸望斷空山裏霜露情傷落照前
何日結茅開丙舍晨昏絜酒畢殘年

小飲

紛紛細雪打虚窗自漉新醅注瓦缸倚榻朦朧開醉眼
紙屏菊影一雙雙

虚窓

晴日虚窓暖秋殘近小陽人隨黄葉老詩入菊花香富

有書盈榻貧猶酒滿觴娱心常自足只是獨徜徉

捲簾

捲簾看曉色堦砌白皚皚老眼迷離處梅花滿樹開

野繭

墻下桑枝上山蠶滿樹頭看君空自縛何日到羅浮

雪晴

重陰吹散夜來風積素凝寒徧綺櫳近遠千林森玉樹

参差萬瓦列瑶宮斷雲歸岫晴仍雪白日當空冷不紅

小醉孤吟還自笑先生春在酒杯中

夜吟

晝短昏偏早，宵長睡足時。疎鐘敲夢斷，寒月下窗遲。雪凍低檐瓦，風生老樹枝。默吟蘆被暖，梅帳靜神思。

風雪有感

打窗風雪太無端，勁氣來侵肌骨寒。唫得閒愁眠未就，麗譙更斷夜漫漫。

山行

白玉羣峰萬疊攢，雪餘勁氣滿琱鞍。鵶翻古木枯枝墜，馬踏荒蹊凍草乾。野叟抱孫晴曝背，犉牛引犢暮歸闌。

行人別有怡情處吟得新詩寄靜觀

憶舊十六首自江浦縣舟行循水程至天津縣轉入潞河起岸

城外城中到處花青山繞郭碧江斜一辭南北池邊樹

秋雨春風幾歲華先君既解任寓珠江書院院中舊有南北二池花木繞之其間有隙地先君搆亭為偃息處命署之因題涵碧為榜

風豚羣拜出深潭浪打篷窗水氣涵燕子磯邊春繫艇

石頭城北大江南燕子磯守風

幢幢曉日泛輕舟上下霞光錦浪流何處寄書尋舊跡

身隨南鴈過眞州江行過儀徵縣元郁經寄鴈書處

邵字之右卩旁

粉堞深深萬柳遮東風剪剪翠絲斜梦魂飛過繁臺觀
不見瑶宮玉蕊花繁臺觀即揚州瓊花觀也
露筋祠下一舟孤堤外排空邵伯湖遺愛至今傳謝傅
我來先拜董江都謝安石築埭障湖爲其遺愛稱召伯埭揚城有董仲舒祠
河邊老嫗識王孫一飯何嘗望報恩烹狗未央郊兎盡
可曾鐘室愧孤魂漂母祠
驛路初經識稚存黄河古岸日黄昏重來舊日題詩處
獨對洪流更斷魂己亥過洪稚存於王家營
天妃閘上泊荒村三壩風沙掩日昏道是源從天上落

粉堞深深萬柳遮，東風剪剪翠絲斜。梦魂飛過繁臺觀，不見瑶宮玉蕊花。繁臺觀即揚州瓊花觀也

露筋祠下一舟孤，堤外排空邵伯湖。遺愛至今傳謝傅，我來先拜董江都。謝安石築埭障湖，為其遺愛，稱召伯埭。揚城有董仲舒祠

河邊老嫗識王孫，一飯何嘗望報恩。烹狗未央郊兔盡，可曾鍾室愧孤魂。漂母祠

驛路初經識稚存，黄河古岸日黄昏。重來舊日題詩處，獨對洪流更斷魂。己亥過洪稚存於王家營

天妃閘上泊荒村，三壩風沙掩日昏。道是源從天上落

如何萬古水常渾渡黃河

誰期四瀆竟成三賴有長淮力可戡吳越自來稱澤國
莫教泛濫到江南黃從合淮今逼淮水抵黃不然則黃將從入江

冷雨淒風日暮時扁舟斷岸小樓遲誰知一洒河干淚
即是生離死別期過宿遷縣亡內別其父母於河干嗣是未能相見

沒地漫天作雪飛風詩曾爲咏麻衣死生底事憑朝暮
誰向乾坤穩化機過韓庄聞見蜉蝣

汶河新漲水如天風利難教說泊船劍佩衣冠徒結想
瓣香遥底拜先賢過仲家淺遥拜先賢仲子祠

引來清汶濟糧舟，分取三分南北流。神禹浚川收水患，却留水利後人收。（分水龍王廟其法放汶水七分入海引三分至廟南北分流濟運廟設大禹及諸水神像）

順流不似逆流難，靜對蓬窗鎮日閒。一角遠峯飛翠靄，安山山外看梁山。（過廟則順流而行岸左則長山安山梁山見焉 灤成陸地設梁山營）

多情季子却歸來，解佩墳前空復哀。神物幾時龍化去，猶留劍草挂荒臺。（挂劍臺有挂劍草）

寂寂朱門掩夕陽，荒祠河上晚烟涼。留將節孝芳聲在，何事神仙說渺茫。（四女寺屬恩縣傳爲漢帝時人四女以父母老不受聘皆男子粧後與

夕汐朝潮共吞浮沉日月撼乾坤十洲三島如堪訪

父母俱飛昇

我欲乘槎出海門過津門由海口入潞河

清濁分流兩判然柳枝河影引行船當時從陸欣登岸

一任風波湧逝川潞河多淺灘插柳爲標以識行處謂之曰河影

雪後

臨風庭樹玉交加寒逼孤山處士家待客敲詩僮掃徑

呼孫掃雪自烹茶五千里外縈魂夢七十餘年感物華

爲笑勞生成底事獨憑磁斗問梅花

冬曉

窗紙生虛白空庭積素明凍雲千萬里寒夢故人情

暮吟

積雪庭除白嚴冬草木乾風塵人竟老日月歲將闌高閣餘殘照孤松倚暮寒圍爐聊自遣莫放酒杯寬

正月九日漫吟

度歲初看月上弦浮生七十又三年春嬉已近元宵節寒氣猶增薄暮天升斗折腰甘冷宦烟霞何處覓飛仙新詩聊且書籐紙細裊山爐一瓣烟

節物

節候隨時變青春感物情日華雲葉暖風細紙鳶輕琢
句才雖減翻書眼尚明衰翁思壯盛因漸悟無生

夜坐有感

寂寂意何如虛窗月落初夜深聞遠鴈悵惘故人疎

雪晴

半夜東風雪已晴紙窓清肅曉寒輕衰翁高擁蘆花被
虛白潛從帘裏生

○被字當作披字
東庭

曙色

曙色清於水被襟啓竹扉風柔春氣静月白曉星稀檐
雀羣相噪雲鴻獨自飛倚闌參物理萬有各天機

墻西

誰爲墻西綰夕陽緑雲窩外柳絲颺青春爲底吟懷減
白首休誇壯志長此日始完婚嫁事何時得遂水雲鄉
一官濫吹眞堪笑枉向清齋筆墨忙

陳公若雲之官於黔寫蘭贈之

東風吹夢入黔陽明月西南抱素光寫贈幽蘭懷袖去

相期萬里播芬芳

為陳子雨香題蘭扇

室有幽蘭牀有素琴鼻觀古香指揮古音慕子清操懷我素心噫吁嘻之子之來歸兮吾將聯袂予邱林

題蘭寄王義門

故人萬里隅黔天不信東風竟七年寫寄幽蘭相問訊精神可復似從前

暮晴

幾日春陰不放晴樓西忽見夕陽明微風吹破暮天碧

一片峭寒窗外輕

春色首 第三句娟字與也知不相應當作多字
第五句債字對不得清字宜再酌之 芷庭

聞笛

遠遞因風至羣囂靜不聞梅花何處是寒雪白紛紛

喜得雲開暮色晴倚窗獨坐靜無聲也知強步期勞力
未必加飡是養生興到每完詩酒債心閒常自梦魂清
杖藜飯後溪南去波影澄虛返照明

細雨二首

枝頭初綻小桃紅梦醒虛齋半夜風十里暖雲飛不動

春色首第三句娟字與也知不相應當作多字
第五句儂字對不得清字宜再酌之

芷庭

一片峭寒窗外輕

聞笛

遠邃因風至羣囂靜不聞梅花何處是寒雪白紛紛

暮色

喜得雲開暮色晴倚窗獨坐静無聲也知强步期勞力未必加飡是養生興到每完詩酒債心閒常自夢魂清杖藜飯後溪南去波影澄虛返照明

細雨二首

枝頭初綻小桃紅夢醒虛齋半夜風十里暖雲飛不動

一天細雨正濛濛

細雨連綿長翠苔北園徑滑不曾來新晴策杖探芳訊
紅紫紛紛滿樹開

閒園

樂意清和景閒園晝正長池波涵柳碧花氣入衣香蔭
樹苔陰靜臨風竹榻涼捲幙欹角枕卧看白雲忙

閒園首第四句入字當作蔭字不然則作染字入字殊覺未佳　芷庭

第五句蔭与陰寧韻拗蔭而作澆字　芷庭

春梦

春梦迷離擁畫床芳林夜雨減紅粧已看歷亂垂楊舞
莫向東風問海棠

陪陔培

漠漠

漠漠春雲鎖碧天霏微細雨日連綿丁香枝壓胭肢雪
楊柳絲飄翡翠烟跡斷東風金勒馬魂銷南浦木蘭船
即今賸有頭顱白不向東風問少年

問符壽濟芍藥

連朝細雨潤如酥憶得移根九月初借問東君陪植力
紅芽茁土近何如

朝來

爲喜朝來積雨晴流雲散盡曉風輕壓枝紅蕋迎人笑

掩徑蒼苔印屐平粉蝶眠花猶未醒山禽學語漸成聲
幽懷脉脉誰相契一片天機証性情

過舊日讀書處

絳幃卅載憶橫經不見當時問字亭賸有蔣家三徑在
隔門芳草向人青

雜詩四首

烟深楊柳絲雪壓梨花樹時聽讀書聲茅堂竟何處
蘆笋初茁芽蒲劍才抽綠新雨漲平池野鳥時來浴
簌簌飛紅雨紛紛點翠苔迴風渾莫定吹去復飛來

把酒獨臨風葉英落殘紅倦吟花下卧梦在衆香中

恒陰漫吟

日日重陰不放晴昏牕燈影隔簾明鶯花誤我春三月風雨懷人夜五更爲有素心諸妄息久無城府寸心清廩稍尚可侏儒飽閒寄謳吟自適情

茅堂

茅堂園雜樹朝暮對春風新漲涵天碧斜陽入牖紅鳥啼三徑外人卧百花中興到時高詠常嫌句未工

晚春

晚春節物最清和掩徑莓苔雨作過吟得新詩人意好
只愁滿砌落花多

蝶逐花

首句稠字不亮當作濃字　芷庭

綠樹陰稠鎖寂寥春光已向暗中消多情粉蝶憐芳艷

花首結句憐芳艷三字不響且殘花亦不能過橋非着一飛字叫不起過字二句當作憐芳蝴蝶多情甚却逐飛花過柘橋　未知是否　芷庭

橋

過雙峰寺

不來踰七載今此訪山靈萬木參天暗羣峰拔地青洞
深留虎跡潭黑起龍腥老衲餘孤塔何人撿梵經

仙人洞

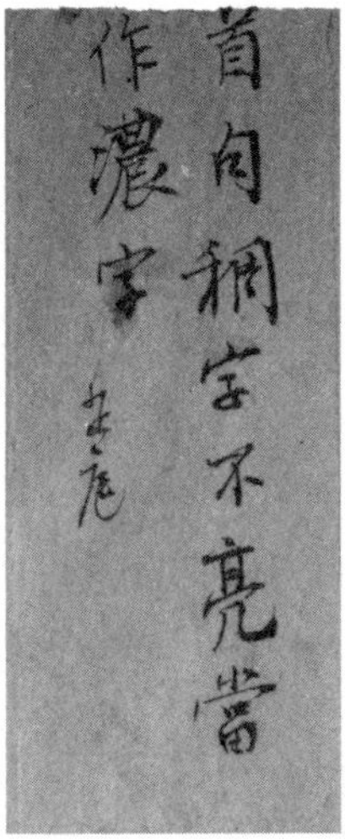
首句稠字不亮當
作濃字
杏庵

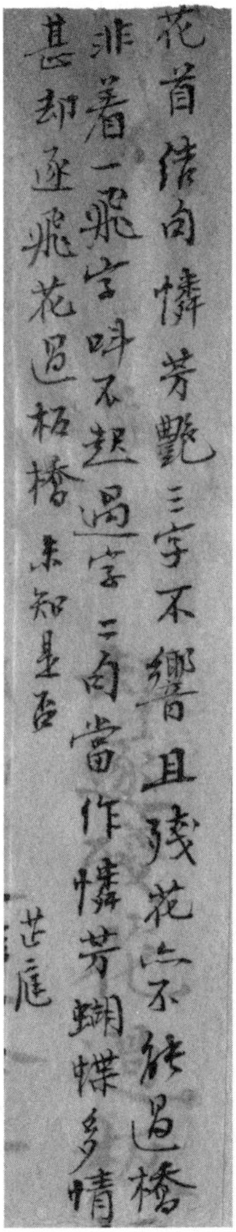
花首結句憐芳艷三字不響且殘花亦不能過檣
非着一飛字叫不起過字二句當作憐芳蝴蝶多情
甚却逐飛花過柘檣 未知是否
芷庭

首句稠字不亮當作濃字

晚春節物最清和掩徑莓苔雨乍過吟得新詩人意好
只愁滿砌落花多

蝶逐花

綠樹陰稠鎖寂寥春光已向暗中消多情粉蝶憐芳艷
却逐殘花過板橋

過雙峰寺

不來踰七載今此訪山靈萬木參天暗羣峰拔地青洞
深留虎跡潭黑起龍腥老衲餘孤塔何人撿梵經

仙人洞

洞口桃花幾樹開落花流水共縈洄盤桓不向人間去
恐引尋春客到來

漫興

彈指流光踰七旬一憑烏兎轉雙輪吟哦豈必期千古
風月無妨結四鄰書可娛心常欲借蘭能换酒欲醫貧
微官老去情懷淡首簮青氊寄此身

古徑

爲尋古徑過橋東亂草芊綿碧幾叢一樹好花嬌欲語
那堪春雨又春風

野水

空山自幽僻野水去潺湲流出空山後何人問本源

偶感

祘字各以頭平

碧闌干繞紫微風銀漢無聲押綉櫳靈氣已歸天地外蘼蕪空入夢魂中三千弱水憑誰渡十二巫山只夢通老去春蠶絲已盡不須惆悵落花紅

東風

楚水吳山意黯然迷離曉夢隔前緣東風無賴吹雙鬢却喜鶯花似往年

野水

空山自幽僻野水去潺湲流出空山後何人問本源

偶感

碧闌干繞紫微風銀沶無聲押綉櫳靈氣已歸天地外
蘼蕪空入夢魂中三千弱水凴誰渡十二巫山只夢通
老去春蠶絲已盡不須惆悵落花紅

東風

楚水吳山意黯然迷離曉夢隔前緣東風無賴吹雙鬟
却喜鶯花似往年

自適

衰老渾無事怡情遣歲華破苔剜荻笋帶雨剪椿芽綠
啓盈尊酒紅飛繞砌花雖居城市裡不數野人家

山中

野草花開紫間黄風吹清馥上衣裳恰愁到處芳菲歇
不道空山春正長

春去

連雨催春去清和得曉晴參差蒲葉長飄泊柳花輕粉
蝶飛何處山禽懶尚鳴恰如良友別寂寞不勝情

花徑

深院柴門晝不開閒園樹影掩蒼苔一從桃李紛紛落
林下無人更往來

山家

嵐氣迷空蝕斷霞停車小憩野人家山翁有意留行客
幽谷多情剩落花一自風塵歸牖下更無蹤跡到天涯
於今老去常疎懶偶托閒吟感物華

獨坐

流水聲中落日低亂紅飄泊下清溪幽人無語山窗靜

獨自支頤聽鳥啼

瓦子峪山寺

地據層巒勝琳宮壓嶺巔近承
天子氣高接梵王天遠樹低平野斜陽破晚烟我來舒
望眼不為訪枯禪

春歸曲

林花無語紛紛落閒園晝靜春蕭索鎮日無人剝啄來
緑樹垂陰閑高閣閑高閣倒清尊醉醒春衣溼酒痕欲
向東君問芳信緑陰何處覓花魂

惜春

計來幾日度花朝芳信於今已寂寥正是春殘人意懶
無端風雨更蕭蕭

虛齋

寂寂虛齋靜拋書獨悄然夕陽空自好幽草得誰憐有
著原非道無情不是天冥心尋樂意欲溯未生前

飡花

芍藥嬌紅壓砌垂玫瑰紫艷亦多姿摘來分入金盆搗
瀝汁光生白玉卮

小醉

庭除雨霽喜新晴草木陰陰綠蔭輕小醉閒吟得天趣
詩情恰在靜中生

閒吟

春色飄零去韶華過眼陳落花歸解脱幽草尚精神雨
歇長林靜雲開夕照新感時懷往事爲笑逐風塵

書懷

繞庭夏木綠沉沉苔徑茅堂歲月深自分勞生聊復爾
久甘冷宦到於今浮名不係身中事高詠常馳物外心

别有宮商調律吕不隨笙磬覔遺音

雨後

霡霂初收後閒園策短藜雲光垂樹暗雨氣壓烟低披拂庭花重葳蕤徑草萋靜觀心自得倚醉碧窗西

新荷

新生荷葉大如錢點破澄波鏡裡天畫槳亂翻沉不得浪平依舊緑田田

端陽值雨二首

安排角黍飭蒲觴相約尋蘭赴柳塘底事朝雲吹不斷

陽第二首二句擬不如改一似字方醒
芷庭

一天風雨送端陽

一天風雨冷颼颼簾幙森森擬素秋恠底富春江上客缺瓜船裏着羊裘

論詩

天籟何嘗有遝庭古今辛苦叩詩扃發言不必搜書卷得趣還須任性靈神王氣吞三峽小曲終人邈萬山青是誰着跡尋門戶未得元關契杳冥

閒吟二首

紛紛紅雨遍天涯底事東君送物華我笑風姨何助虐

穿窗摇動案頭花

緑陰滿地掩蒼苔無復花光照露臺蜂蝶不知春去處

却隨柳絮入窗來

曉晴

五更靈雨後啓户看新晴樹鎖朝暉淨花含夜氣輕遠

天雲尚溼田沼漲初平對此清涼界微吟逸趣生

進酒歌

羣峰屏列青迢迢清溪瀉鏡流蕭蕭當此不樂何寂寥

解衣磅礴開芳醪人生有酒且須醉等閒莫遣朱顏凋

朱顏凋難再好，長空日月不肯停，春露秋霜令人老。溪山今古閱人多，誰向溪山寄懷抱。我對溪山發浩歌，陶然一醉乾坤小。

夏至作

漸看火繖罩榴枝，又是陽消陰長時。高卧北窗欹竹枕，一憑堦晷自遲遲。

自遣

舌耕賴得有書田，小圃閒園度暮年。槐影綠沉零雨後，榴花紅照夕陽前。開尊斟酌嘗新釀，閣筆推敲撿舊編。

不用入山尋道侶丹經藥鼎學神仙

夜作

習習微風過草堂庭除雨後作輕涼捲簾靜坐碧天淨
明月入窗白滿牀

偶吟二首

詩歌已積五千篇未廢吟哦六十年佳句自來求不得
只憑天籟借人傳

學步曾期麗與妍壯年致力事彫鐫於今老去收雄放
氣取和平字取圓

題猿

孤舟山繞碧江清隔樹凄猿幾處鳴疎雨斜風秋夜静
莫教啼到第三聲

雨中

庭軒夏木影森森鋪徑莓苔映緑陰細雨多情芳草潤
輕風無力柳烟沉滿空靉靆收炎氣一片清凉洗素心
吟得新詩成獨笑傾尊短榻共誰斟

對雨

淋漓終日雨枯坐覓生涯張幞收雲液開奩煮岕茶黑

我何斯人錯來

甜抛竹枕白醉剪瓶花忽有微風到簾波湧綠紗

雨後二首

高槐結蔭影陰森虛室人生清淨心岸草葳蕤新雨後
平池止水碧沉沉

掩徑苔錢鋪綠歷雨餘為愛晚涼新北窗偶學淵明卧
也是羲皇以上人

生辰

吾聞孔聖七十三我何斯人年與參賢愚相去幾霄壤
撫躬自笑尤自慚溯我浮生數十載曾隨　先子遊宦

海山河閲歷賞靈奇人物逢迎訝風釆昔聞誕降事懸
弧孤負乾坤誤讀書即今筋力竟衰朽居然牖下一愚
夫曰殺羔羊獻清酒親者葭莩契者友子孫斑綵立盈
庭愧向堂中介眉壽

山丹花二首

猩紅片片滿山陬不與萱花共品流一自武侯燒博望
至今遺火未曾收

空山誰剪赤城霞百合分宗别一家鴰嘴移來乾淨土
庭除紅射海榴花

漫成

北牖橫擔白木牀綠陰結影壓茅堂新晴風定柳烟重
清曉露涼荷葉香暑到秋前方覺酷日於至後始嫌長
靜中消息無人問獨對天光與水光

為啓堂吟劍

古劍懸虛壁秋水照几座拭以華陰土鋒鋩不可挫無
魅不能避無堅不能破嗟彼延平津終向寒泉卧

止雨口占二首

流雲凝綠陰半日收靈雨北牖生涼風寂坐忘炎暑

雲來林樹昏雨後莓苔淨止水小池平澂瀲悅吾性

納涼

赤輪匿影落朱霞池上南薰細柳斜移得竹牀當檻坐
捲將羅幔恐風遮銀河雲淨夜如水荷葉露涼香勝花
獨自微吟心境靜生衣不用試團紗

見月

連日不見月見月倍相親何如千里外飄然來故人

雨後小步

為愁暑雨又連綿忽見斜陽到牖前懸瀑練垂雲外樹

學觀軒梅澗詩鈔續編卷八　廿七

斷虹橋跨水中天梦回短榻蘧蘧也風入生衣颯颯然
攜杖清池看新漲岸砂苔掩綠娟娟

梦

微聞姑婦話楸枰喔喔窗雞小梦驚起向空庭見殘月
露華滿地悄無聲

即事

濃雲掩夕陽納爽啓虛堂短榻風前坐生衣雨後涼林
皋收暑氣河漢動秋光小沼看星影攜筇繞曲廊

閒吟

楊柳飄絲翠靄飛輕風習習入生衣閒庭鎮日無人到獨對秋陰浄掩扉

懐楊復菴灝二首

舊雨羣懐嘆索居軺車歸後竟何如榆關雲樹軍都月三載曾無一紙書

四十餘年滯廣文胸懐洒落絶塵氛蘭亭竹扇謀生計老媼何能識右軍

即事

漸看籬落有秋芳爽氣潛來入草堂漠漠浮雲垂大野

夢鶴軒楳澥詩鈔續編 卷八　　四七

霏霏細雨作輕凉新詩落筆慚敷淺舊梦縈懷嘆渺茫
眠食以還無所事養成踈懶只安常

虛齋

樹鎖虛齋寂端居靜適情雨才收暑氣風已作秋聲繞
徑蒼苔老流空素月明倚窗懷舊友唧唧聽蟲鳴

梦尚鈇峰

西風吹涌夜漫漫急雨横空遠梦殘記得故人攜短杖
登牀先欲索詩看

自遣

又見涼風至心知去日多目昏時戒酒齒落只宜茄樹
色含雲影簾紋蕩水波閒居常自樂衰老耐吾何

漫成

月明風靜倚高樓短髮蕭蕭對素秋碧樹葳蕤秋露重
銀河淺淡白雲流半生魂夢隍中鹿卅載心情海上鷗
回首即今都幻影且尋歡喜不尋愁

雨後二首

鎮日霏微雨庭除積綠壓陰沉秋樹影靜對素心人
倚榻三杯酒臨流一卷書南華常在手秋水意何如

曉起

半天殘月曉烟收玉宇無聲爽氣流瑟瑟涼風清露重
短籬吹破碧牽牛

庭軒

庭軒清瑟瑟籬落靜沉沉殘日墜高樹涼風生遠林蟲
聲隨氣變秋意感人深離緒誰堪問憑窗聽暮碪

釣叟

雨餘萬壑赴長河雲影濤光滿碧蓑漁父不知魚上否
一竿秋水醉顏酡

赴南村

沙堤浩浩走渾波自叩船舷和棹歌山氣連烟迷野路
溪雲帶雨上漁蓑綠遮楊柳柴門遠紅映蒹葭水蓼多
我有遐心誰共語何時倦羽息卷阿

灘上

白沙灘上荻花深石瀨聲中夕照沉望斷幽棲何處是
垂楊影裡綠陰陰

浦上

衆流浮極浦秋水正無涯零露團青草西風捲浪花羣

峰天外小曲徑柳中斜何處伊人宅苗蘆掩白沙

京察唱名

自愧疎慵上考難也隨鵷侶肅衣冠三年幸得猶無咎
聞唱銜名二等官

秋夜

殘月三更白秋燈一點青瓶花與檐樹清影滿疎櫺

夜坐四首

秋風玉宇素霞開一片青光映露臺碧海蒼龍清不寐
淩虛飛上寶珠來

滿天白露未凝霜銀漢無聲挂草堂良夜懷人歆竹枕
月明如水上琱梁
霡霂幾日鎖晨昏清草池塘没水痕何處波光浮棟宇
萬泉新漲近柴門
金波灧灧碧空流獨夜凉風靜倚樓我有相思吹不斷
清碪敲破一天秋

清秋

清秋多感暗魂銷舊事秪徊不自聊楊柳飄絲風漸漸
梧桐葉落雨蕭蕭懷人夢醒空惆悵對酒詩成亦寂寥

一種幽情心自觧半窗虛白可憐宵

溪渡

短艇橫溪渡澄波接遠天蒹葭迷斷水人語隔秋烟

窗草

一片殘陽欲暮天平林近遠鎖涼烟砌花零落秋無賴
牎草依依獨悄然

不眠

片月下闌干老去情懷自遣難木葉打窗秋欲老
敲夢夜初寒雲山阻隔人千里風露淒清感百端

句重一老字欲改暮字懷古木字音
當作暮叢打窗秋欲暮未知妥
芷庭

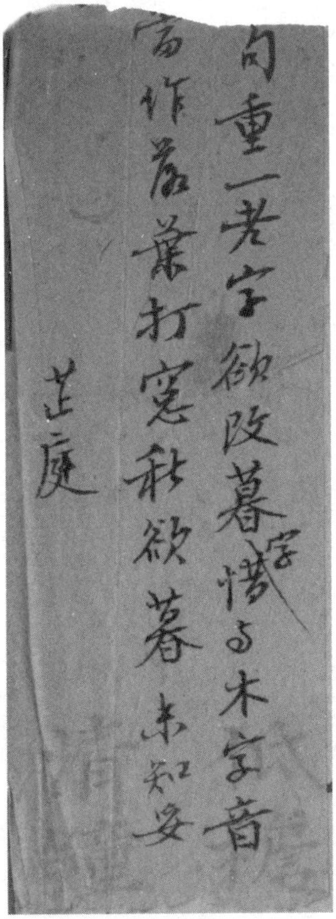
句重一老字欲改暮字惜与木字音
當作落葉打窗秋欲暮未知妥
芷庭

一種幽情心自解半窗虛白可憐宵

溪渡

短艇橫溪渡澄波接遠天蒹葭迷斷水人語隔秋烟

窗草

一片殘陽欲暮天平林近遠鎖涼烟砌花零落秋無賴
總草依依獨悄然

不眠

低檐片月下闌干老去情懷自遣難木葉打窗秋欲老
清鐘敲夢夜初寒雲山阻隔人千里風露淒清感百端

漏盡不眠吟不就蘭膏冷艷一鐙殘

酒蟹

玉蟹投清醑芳椒助紫薑割烹希妙術醞釀得奇方味本含中美形仍表外剛甲光浮螘綠膏色混鵞黃醖嘆江中化魂憐筐裡香全身皆貯酒莫漫說無腸

哭陳紉齋

不信斯人歿驚聞我斷腸據觚誰聽讀去堊賈云亡心已忝仙佛書能化晋唐知交餘幾輩老淚洒行行

雷雨

墨雲靉靆釀重陽籬落秋英尚未黄夜半忽驚雷雨作
四天寒氣壓茅堂

衰叟

衰叟渾無賴安居意自嘉庭軒多静趣筆墨老生涯暖
酒收林葉閑窻對鞠花吟餘閒倚杖雲際數歸鴉

溪邊晩步

流水無聲夕照沉暮光罨靄碧烟深長林落葉翻空下
遠岫浮嵐接地陰饘粥只謀終日計雲霄徒寄一生心
秋波灩灩涵天影短杖沿溪獨自吟

題畫石

小則一卷兮大則華岱之爲徒氣之核兮山之觚雲所扂兮神所都精神寄筆墨靈氣可招呼無乃三山之一壺無乃匡廬之香爐是兄是丈抑爲袖中之儲嗚吁噫嘻既沐日而浴月兮亦歷風霜雨露而不崩不泐終古介如

河上

黯澹秋山下夕陽平橋遠浦望微茫河干斷港蕭然立落葉風多薄暮涼

自東山歸

西出羣山外，歸途緩看鞭。橋通深磵水，村鎖半林烟。落日低平野，寒雲帶遠天。郊關迷望眼，暮色已蒼然。

秋盡

秋盡天當暮，寒雲蝕斷霞。陽春飛白雪，晚節豔黃花。物理原難測，吾生固有涯。不須探造化，消長任年華。

懷朝鮮友人

高樓翹首碧天東，蕭瑟吹人落葉風。我有愁心寄滄海，故人顏色月明中。

曉望

秋老霜凝萬瓦青疎林瑟瑟曉風輕半天殘月星光淡
却向雲中見啓明

玻璃窓障二首

障牖誰誇雲母輕玻璃我愛最堅瑩花光照眼芬芳隔
月影侵人瀲灩明削取春氷三尺薄剪來秋水一泓清
飛塵不到蕭齋靜虛白常從四壁生

瑣窗面面隅琉璃莫訝鮫宮照夜奇奩鏡滿開迎月姊
瓶花不動傲風姨天光常向懷中白雲影時從座上移

收得芝蘭香在室等閒蜂蝶未容知

十月菊

寒香冷艷尚依然磁斗匏尊對暮年莫道精神餘弩末
肯教孤負小陽天

與劉金潭論詩名萬清字椿齡蓋平縣人郡庠生充官學教習

天機活潑鎮常新欲採驪珠問古人字過琱鎪妨氣勢
語無寄托乏精神靈犀一線天通竅祭獺羣書性失真
此意可言行未得於今已是老風塵

晚眺

平岡杖策小登臨殘日寒雲作薄陰十里荒原蒼靄合
數椽古刹暮鐘沉村庵籬落迎人吠野徑蕭條獨自吟
天末明星三數點却疑燈火出疏林

寒夜有懷諸友

萍葉隨流再聚難竹牀欹枕思漫漫百年萬里相思梦
殘月霜天一夜寒

北村暮歸

朔氣侵衣袂重裘冷不溫一鞭餘落日十里下平原野
曠飄風急雲低暮靄昏郊關何處是燈火上寒村

夜坐

多病深宵且自寬紅爐白酒一鐙殘幽情懶慣惟宜靜
瘦骨支離不耐寒往事縈懷惟有夢前塵未定總無端
匏懸末吏空蕭索含笑晶盤苜蓿盤

夢鐵峰

故人攜手青松路把酒雲嵐最深處清鐘喚我忽歸來
霜月無聲照寒樹

對鏡

六十年前一十三炎風暑雨下江南於今牖下窺明鏡

白髮婆娑笑亦嘶

寄金鑾坡四首

錦溪人到錦江前幾日春風十四年聞道驪駒歸廐下
悲無征鴈落雲邊詩歌去取憑誰訂離索情懷秖自憐
時過黌宮城下樹幾回惆悵感淒然

風流應是尚依然我憶清懷望蜀川舊著文名傳北海
新敷政績滿南天心胷浩蕩三巴水筆墨光芒五鳳箋
萬里離愁空悵惘何時把酒泮宮前

執觚製錦本相聯莫道行藏事判然政教文翁期繼美

詞章司馬擬同傳臨卭不買當壚酒嚴道誰開自鑄錢
盤錯由來須利器操刀今且試烹鮮
勞君爲我憶華年知是情深往日緣孤介寡儔仍似昔
吟哦愛好尚依然頽能健飰甘粗糲尚復鈔書撿故編
十載舊盟應不忘禽言夜夜有啼鵑

又絕句六首

剪來一片馬頭雲手迹心聲擬見君不信峨嵋山上月
清光滿紙寄同羣
魚復川前江水清幾回指點舊連營知君憑弔傷懷抱

杜宇聲凄白帝城
丞相神祠古廟廊階前栢樹露華香我知不擬青銅句
別補新詩賦海棠
萬里橋邊碧水長滄江一臥幾斜陽浣花溪上如相過
爲我擎杯奠草堂
何必葭祠祀竹王青蓮村水古今香長流遺跡應多有
蔓草烟荒弔夜郎
風吹花滿錦官城有客春傷萬里情一向玉京山上立
故鄉東望海雲平

宵立

明河橫碧天殘月已沉西徘徊立空庭夜長風露淒

夜坐

皎月清霜萬瓦寒北風吹漏夜漫漫妙香白醉吟新句
且趁紅爐火未殘

閒身遺世事

閒身遺世事老去意如何縞紵萍蹤散鶯花電影過一
生耽筆墨半字費吟哦每到情怡處披襟獨浩歌

雲

一從出岫久忘歸蒼狗無端又白衣莫笑空天楊柳絮
與君同是等閒飛

晷短

晷短鄰長至氷霜杖履難息心能守靜減酒得加飡雪
映虛窗白風生老樹寒小詩吟未就屋影過琱闌

河上

習習輕風壓爨烟隆冬恰似小陽天岸邊泥滑凝氷泮
瀲灩清流走萬泉

長至前一日雨

今朝南陸盡測影莫登臺漠漠同雲重霏霏細雨來未當長至轉先釀一陽開冒向三吳日披蓑覓早梅

枯樹

北風吹廣庭明月照枯樹枯樹夫何如根盤枝節固憶昔青春時鵲鴉來乳哺覆蔭數畝餘杖履堪延佇及今葉已脫冷落蒙寒露寂寂立空庭無復人瞻顧指日東風來綠影應如故爲笑舊時物依然又來附

寒郊暮歸

日入寒雲黯澹天荒原暮色漸蒼然茅檐老樹蕭森影

幾點疎星破冷烟

夜

夜夜常看熒惑星宮垣耿耿昊天青月明鴛瓦烟光煖
久坐吟詩戸不扃

赴東郵

陂陀盤野路登陟馬蹄艱世事常相逼衰年尚未閒人
烟昏遠嶋氷雪老空山欲問青帘處寒溪第幾灣

裝褫梁瑶峰先生手札

五十年前泛梗身幾經紫陌逐紅塵空從大匠思遺矩

也向他山強效顰覼縷德言留筆墨端嚴手迹駐精神
於今裒集須珍重前輩風流貽後人

寒夜

雪積冰凝歲又闌循環消長笑無端滿牀湘帙澆新釀
小座青毡偎冷官霜髮僅教雙鬢禿蘭膏相伴一燈殘
年衰不復貪眠早石炭泥爐坐夜寒

夢鶴軒楳澥詩鈔續編卷八 終

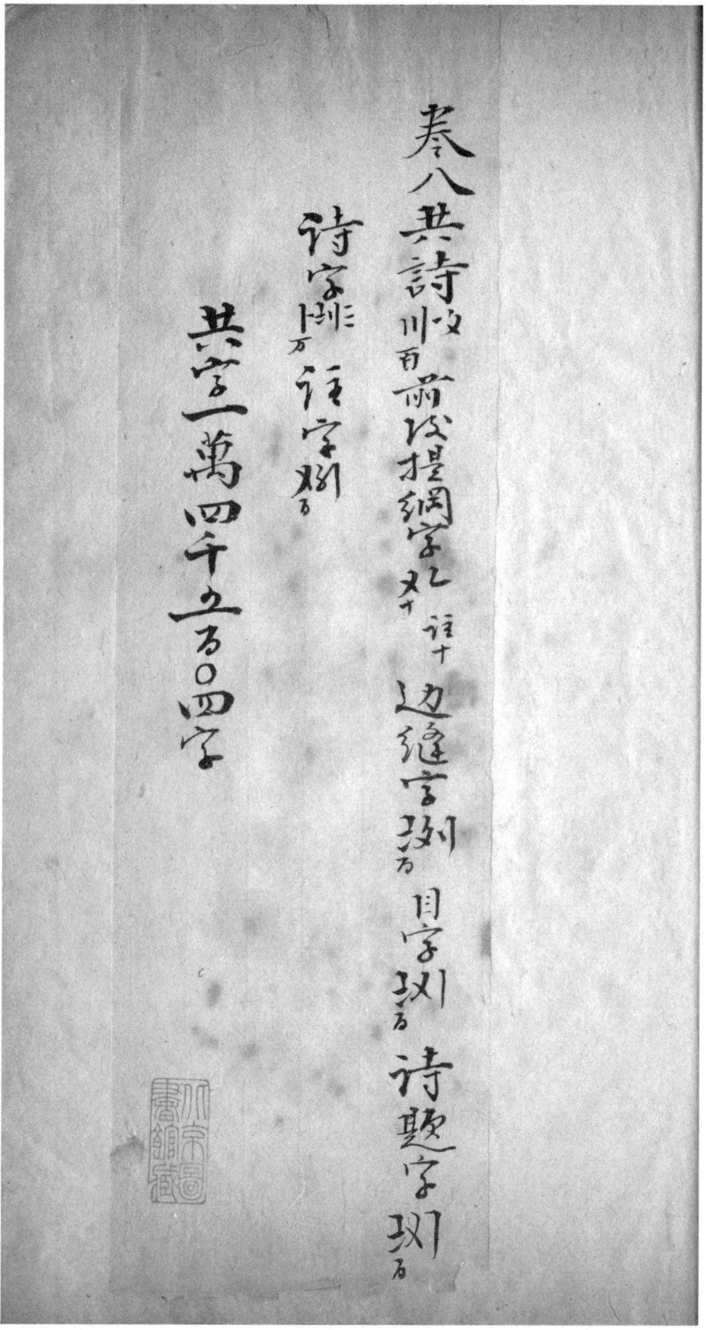
卷八共詩
共字一萬四千五百〇四字

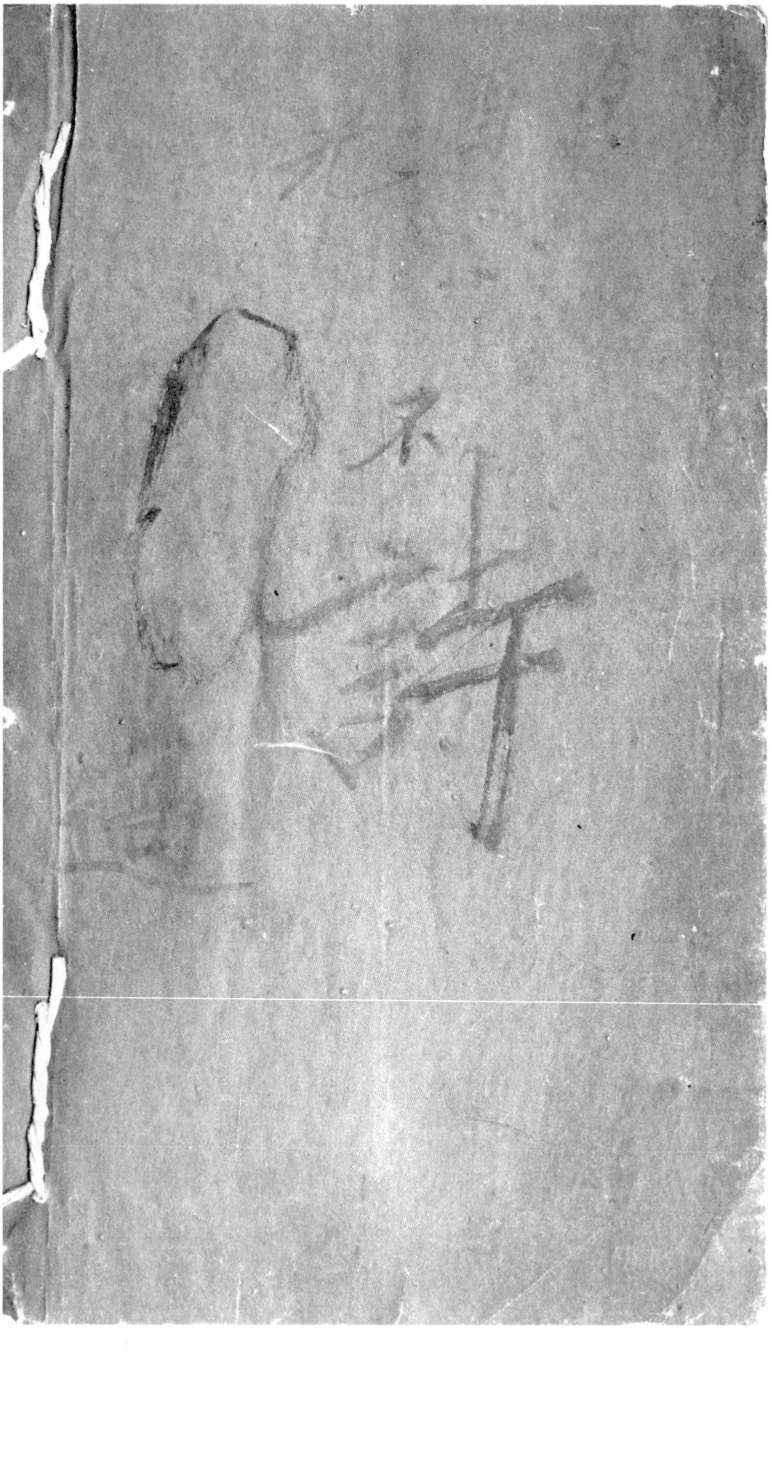

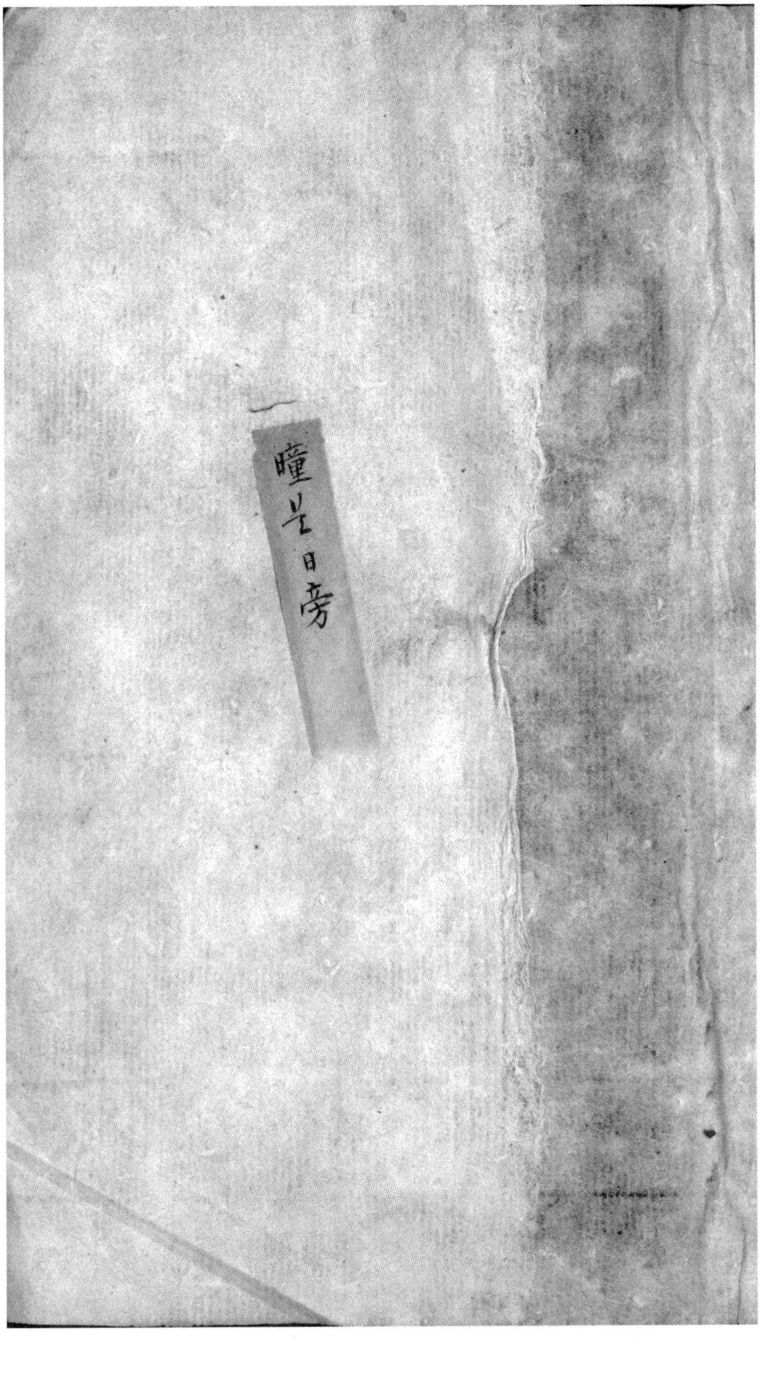
曈是日旁

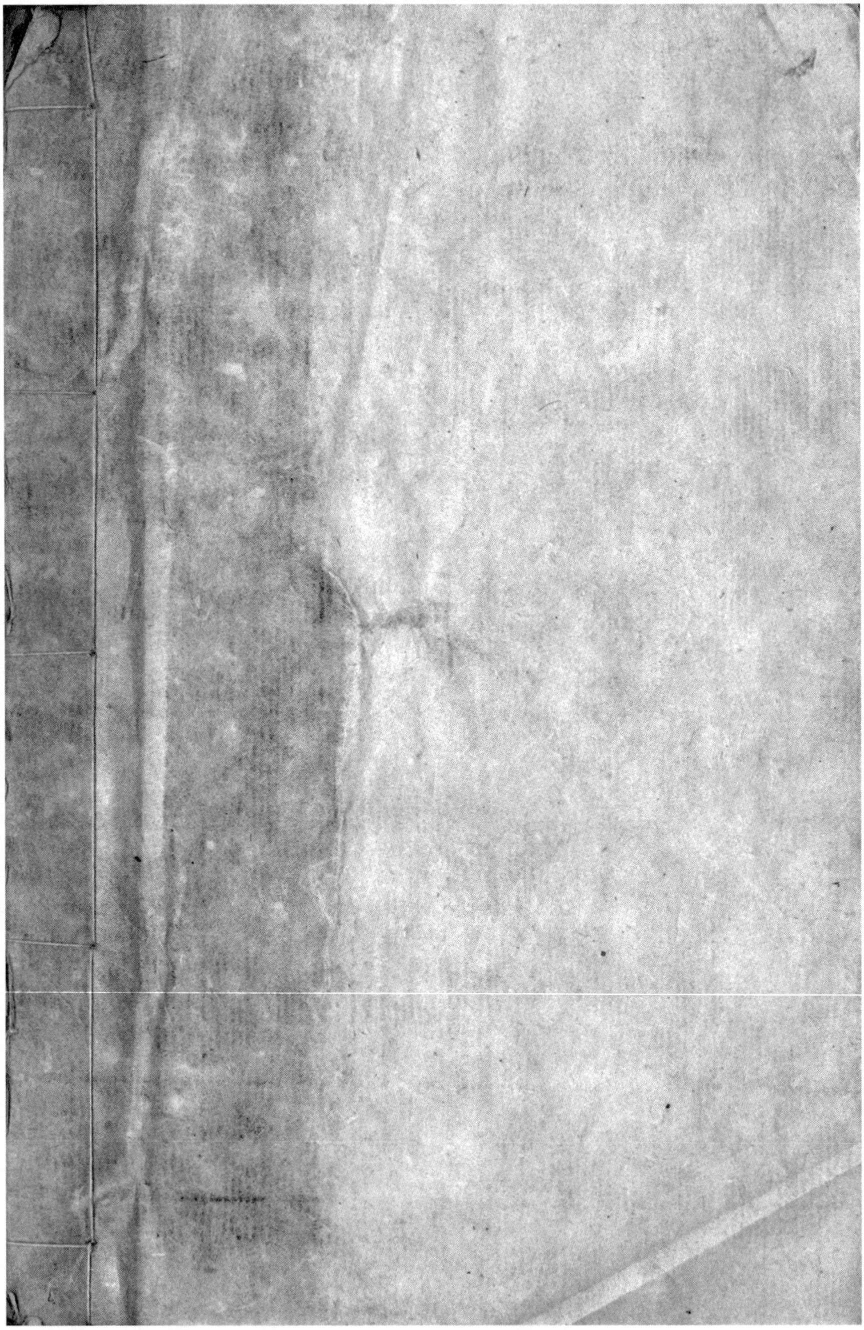